姫

―ソナンと空人2―

沢村　凜著

新　潮　社　版

11354

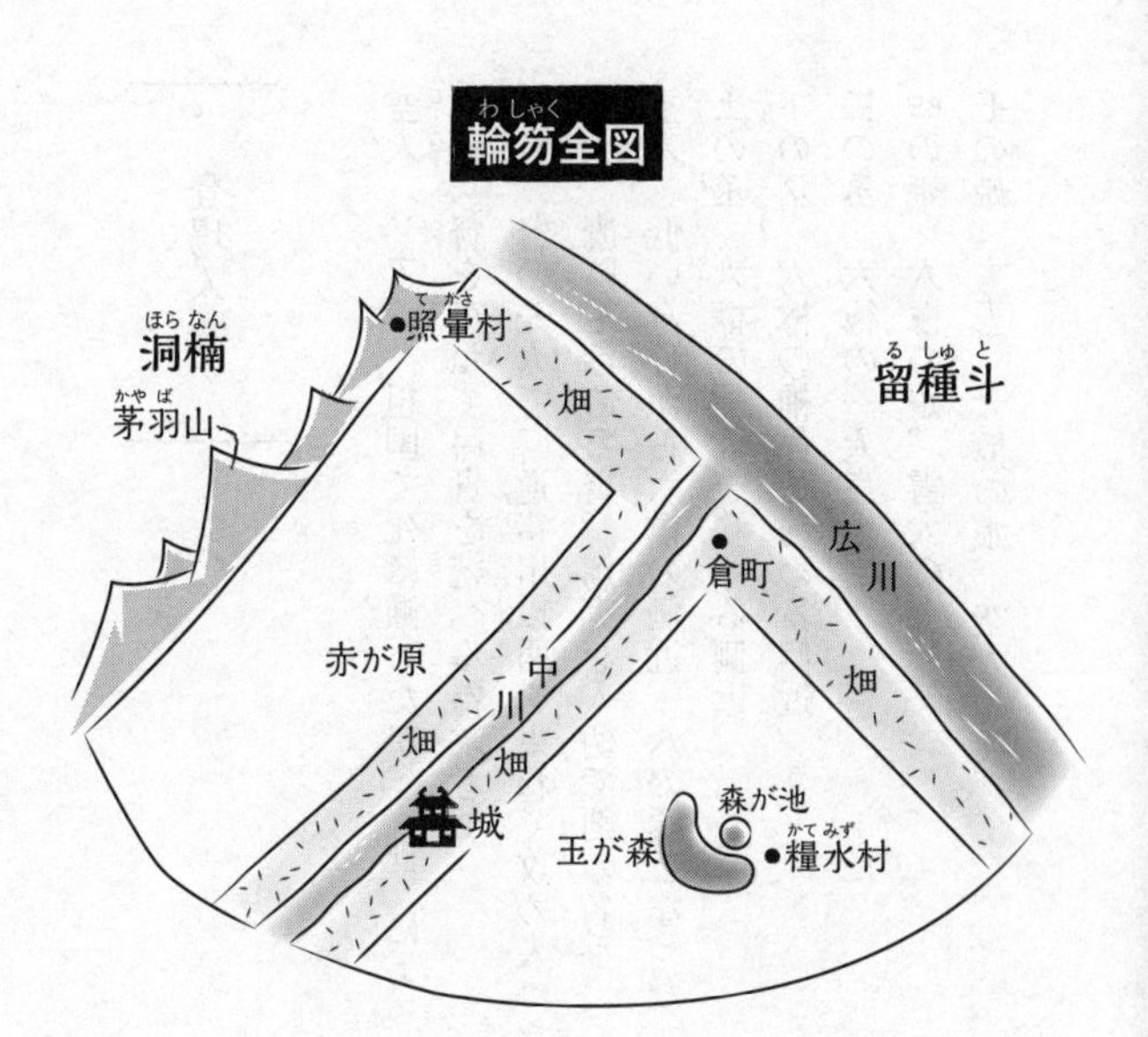

地図制作　アトリエ・プラン

登場人物

空人（ソナン）　祖国で死に瀕したが、〝神〟によって弓貴に下ろされる。
六樽　督を束ねて弓貴を統べる為政者。
香杏　督の一人で、逆猪川以西を束ねて攻め入った反逆者。
雪大　鷹陸を治める督。篤実な人柄で剣の名手。
星人　低い身分から六樽の側近・八の丞となった才人。
上の丞　六樽の補佐を務める側近。
下の丞　六樽の補佐を務める側近。
三の丞　六樽の一人息子。
四の姫　六樽の娘。雪大の妻。
七の姫（ナナ）　六樽の娘。空人の妻。

花人(はなんと)　空人の陪臣。色白の中年男。陽気で楽観的。

石人(いしんと)　空人の陪臣。三十前後、痩身(そうしん)。知識豊富な教えたがり。

山士(やまんし)　空人の陪臣。空人と同年代。物静かな性格。

月人(つきんと)　空人の身兵頭(しんぺいがしら)。

瑪瑙大(めのうた)　輪笏(わしゃく)の城頭。小柄な老人。

幹士(みきんし)　輪笏の手兵頭。

豆人(まめんと)　輪笏の勘定頭。財務を担(にな)う。

虫士(むしんし)　輪笏の詮議(せんぎ)頭。裁判を担う。

森人(もりんと)　輪笏の暦頭。城中の行事を取り仕切る。

波人(なみんと)　輪笏の手兵。空人の案内役を務める。

枝士(えだんし)　勘定方の若者。

仲人(なかんと)　輪笏の商家・江口屋の主人。

弓中(ゆみんちゅ)　照暈(てかさ)村の村長の弟。
指人(ゆびんと)　都の菓子職人。
紅大(べにんた)　輪笏と隣り合う洞楠(ほらなん)の督。
空鬼(そらんき)　空の上に棲(す)む〝神〟。朱(あか)く長い髪をもつ。

鬼絹の姫

ソナンと空人2

I

大地が赤く輝いていた。

右も左も前方も、見渡すかぎりが鈍くきらめく紅(くれない)に染まり、一部が時々、波のように揺れている。

空人(そらんと)は、かつて一度だけ見たことのある、夕焼けに染まる海を思い出した。父とともに港町まで旅したときのことだった。

もう意識して押し込める必要もなくなったほど遠い記憶。遠すぎて、実際にあったことではなく、夢でみた出来事のように感じはじめている雨の降る国の思い出も、印象的な風景などは、ふとしたはずみに、まだ鮮明に蘇(よみがえ)ってくるようだ。

あの光景にも息を呑(の)む思いがしたが、目の前に広がる景色はさらに、瞬(まばた)きすることを忘れさせた。

見つめていると、瞳(ひとみ)を通してひたひたと赤い波が押し寄せて、胸に満ちていくようだった。

涙がにじんだ。両手で顔をおおって泣き出したい衝動にかられた。

それほど心を打たれたのだ。この美しい土地が、彼のものだということに。

しかし、だからこそ、ここで涙など見せられない。

空人は、あごをぐいと上げて流れかけたものをせきとめると、息を深く吸いながら、視線をさらに遠くへ飛ばした。赤い大地が紺碧(こんぺき)の空と出会う地平線へと。

涙をうながした感動は、胸の高鳴りへと変わった。

ここで新しい生活が始まる。それを思うとわくわくした。

彼らの前に広がっているのは、この国の主食である結六花豆(ゆむか)の畑だった。畑は花の季節を迎え、赤い花弁が、葉や茎の緑をすっかり覆(おお)い隠すほど無数に天を仰いでいた。

赤といっても、毒々しいものではない。少し暗めの柔らかな色合いで、風が通り抜けると、揺らいで白っぽい輝きを放つ。それでますます、夕焼けに染まる波のように見えるのだった。

空人が結六花の赤い畑を見たのは、これが初めてではなかった。都を出てからここまでに数多くの豆畑があり、そのどれもが赤く染まっていたのだが、他の作物の畑と隣り合っていたりして、これほどの広がりをもって連なってはいなかった。

だから、岩山を越えて輪笏の地に入って間もなく現れた、夕焼けに染まる海のような光景に、空人はふいをつかれて馬をとめ、瞬きを忘れて見入ったのだ。

海が潮目を境に色合いを違えるように、赤の広がりは、遠くの一線で薄紅色へと変じていた。そこからは、畑ではなく、赤土の大地が続く。その様が、満開の豆畑とあいまって、赤い風景画を完成させていた。

いつまでも、こうして眺めていたかったのに、後ろから花人の声がした。

「そろそろ、お進みいただけませんでしょうか」

空人が景色に見とれて動こうとしないので、行列が先に進めなくなったのだ。

「もう少し、見ていてはいけないか」

空人は、この風景に未練を感じた。初めて六樽様のお城を目にしたとき、そうだったように。

あのときは、鷹陸の〈預かり〉の身だったから、勝手に馬をとめるわけにいかなかったが、この行列の主は空人なのだ。彼が見たいと思えば好きなだけ、眺めていてもいいのではないか。

都からの旅は三日に及んでいた。供の者たちが、少しでも早く督城に入りたいと思う気持ちはわかるのだが、もう少しだけ、待ってほしかった。ただの身勝手ではない。都入りのときの心残りを、繰り返してはいけない気がするのだ。

目に焼き付けておきたい光景を、しっかりと眺めることなく行き過ぎてしまったから、彼はこんなに早く、都を去ることになったのでは——。

験担ぎ（げんかつぎ）かもしれないが、そんなふうに思えていた。

都をはなれるのが不服だったわけではない。彼のしでかしたことを考えれば、督という身分を得て自分の領地に向かっている境遇は、信じられないほどありがたいものだ。けれども、都にいられなくなった経緯で、どれだけの人の気持ちを踏みにじってしまったか、空人は忘れていなかった。

あんなことを繰り返さないためにも、心に迫るこの風景を、見飽きるほどに眺めたかった。この土地で、この行列の人たちと、ずっとずっと暮らせるように。

「ここでもう、ずいぶんな時を過ごしていらっしゃいますよ」花人が言いつのった。「畑の者らにも、いろいろと用事がありましょうに」

「畑の者？」

言われて目をこらすと、夕日に燃える海のような景色の中に、ぽつりぽつりと人の姿があった。これまで目につかなかったのは、地味な色の畑衣（はたごろも）を着て、地べたにすわり、まるで縮こまるような格好で額（ぬか）ずいていたからだ。

ひとつの畑に一人、二人と、その姿はまばらだが、見渡すかぎり視線を遮るものがない中でのこと、全部合わせればずいぶんな数が、行列のために仕事の手をとめている。

「あんなことをしなくてもいいのに」

「そうはまいりません」

「私が、いいと言ってもか」

「督に礼を尽くすのは、明文化された規則ですから。あの者たちを立ち上がらせたければ、どうぞ、早々にお進みください。御令室様も、きっとお疲れでいらっしゃいますよ」

御令室様。

その言葉には、いまだにどぎまぎさせられる。

顔を見ただけでぼうっとなって何日もを過ごしたあの人が、今では空人の妻であり、御令室様なのだ。

それを思うと、信じられないような、むずがゆいような、笑いだしたいような気持ちになる。

振り返って、車輪のついた四角い箱を見た。

左右に三本ずつ飛び出た棒を、人夫が押して進める乗り物で、押し車と呼ばれるものだ。床と枠組みは竹、上部と周囲は丈夫な麻布で閉じられているが、左右に粗く編んだ簾(すだれ)の窓がある。風が通って涼しいし、外の景色もよく見えるのだと、七(なな)の姫は言っていた。

だからきっと彼女もいま、赤い結六花(ゆむか)畑を眺めていることだろう。

ただし、中から外がよく見えるとしても、外から中は窺(うかが)えない。

空人は、押し車に駆け寄りたくてたまらなくなった。

駆け寄って簾を上げ、七の姫の姿が見たい。そこにいるのを確かめたい。彼女をぎゅっと抱きしめたい。

からだの隅々までが、その柔らかさを思い出し、正衣(まさごろも)の下の素肌がうずうずした。

もちろん、そんな衝動に身を任せたりはしなかった。

押し車の後ろには、笠(かさ)をかぶった九人の侍女が、徒歩で続いていた。あの者たちも、ずいぶん疲れているだろう。

「わかった。進もう」

空人は、馬の腹に合図を送った。

それから、上体を後ろにひねって、花人に声をかけた。

「良き忠告に、礼を言う」

花人は、「そのために、私はここにおりますから」と、さわやかな笑顔を返した。

行列は、押し車の人夫を含めても、総勢で四十名に満たなかった。新しい督が任地に向かう供回りとして、珍しいほど小人数だと、石人（いしんと）は嘆いていた。

これでも、六樽様のはからいで倍増された人数なのだ。

督領に連れていける家来として、七の姫には九人の侍女、空人には三人の陪臣しかいなかった。

都から輪笏までは、歩いて三日ほどの道のりだ。逆猪川（さかい）とは反対側に向かうのだし、通過するのは六樽様ご自身の領地と近いご親戚（しんせき）の督領なので、道中の不安が大きいとはいえなかったが、戦が終わったばかりでもある。姫と督との道行きに、剣をもつ者が四人きりというのは、あまりに不用心だった。かといって、護衛のために適当な者を雇ったのでは、かえってその連中が、道中で追剝（おいはぎ）に変じかねない。

世の中はまだ、そのような剣呑（けんのん）さを抱えていた。

そもそも、空人に一人の身兵もいないことが問題だった。
身兵とは、文字どおり、身分のある者の身辺警護をする兵なので、腕と心根がよほど信頼できる者でなければならない。本来なら、一家の重臣の子弟とか乳兄弟を中心に、一人ずつじっくり選んでいくものだが、空人には、そんな縁者も、時間もなかった。どうしたものかと花人や石人が頭を痛めていたところ、六樽様が結婚祝いという形で、十五人の身兵を下さったのだ。

六樽様がお選びになった者たちなら、これほど確かな話はない。身に染みてありがたいご配慮だった。どんなに感謝しているかを、直接お伝えしたかったが、お目通りはかなわなかった。それどころか、一連の出来事を詫びることさえ、できていない。
なぜなら空人は、あの時のことをいっさい覚えていない。すべては風鬼による錯乱が引き起こしたこと。その建て前で事をおさめたために、直接にも間接にも、詫びるわけにはいかなかったのだ。

せめて一度でも拝顔できれば、無言のまなざしででも謝意を伝えられたかもしれなかったが、六樽様は、七の姫との婚姻の儀にも、都への出立にも立ち会われなかった。石人によると、かなり異例のことらしい。それぞれにもっともらしい理由はつけられていたが、そんなものは口実で、要するに、空人に対して、顔も見たくないほど腹を立てておられるのだ。

それを思うと、胸が痛んだ。あんなにもお仕えしたいと思った人を、そこまで怒らせてしまった自分が、情けないし腹立たしい。

けれども、そこまで怒っていらっしゃるのに、身兵を賜るという温情を示してくださった。彼はまだ、すっかり見限られたわけではないのだ。贖罪(しょくざい)のためにも、これまでの恩に報いるためにも、輪笏の地を立派に治めようと、空人は胸に誓っていた。

行列は、赤い結六花(ゆむか)畑を両側に従えた川沿いの街道をまっすぐに進んだ。道はずっと平坦(へいたん)だったが、やがて小さな丘にさしかかり、登りきると前方に町と城とが姿をみせた。

都とくらべればささやかな規模の町並みだが、木造のしっかりとした家が多いようだ。この国では、木がもっとも高価な建築材のはずだから、豊かな町といえるのだろう。

町も城も、石垣で囲まれていた。城は、六樽様のお城とちがって、高くそびえている。三階か四階までは石造りで、そこから上は木組みの櫓(やぐら)だ。

都の出口にも、似たような城があった。石人の説明によると、戦に備えた出城だという。都には、そのような城が四方に設けられているのだそうだ。

都以外でも、大きな督領には、出城と居城の両方があるようだが、輪笏には、あの城ひとつだけだという。

それでも、城は城であり、空人はその主なのだ。

入城が日没近くとなったため、城の者たちとの顔合わせは、翌日に持ち越されることになった。

これを聞いて、空人はほっとした。

城には、およそ三百人が勤めているという話だった。そのうちの、非番の者と持場をはなれられない者をのぞいた二百人と、一度に対面することになっていた。

さらにその後、城頭、手兵頭、勘定頭、詮議頭、暦頭と会わねばならない。この五人は、督不在の十年間、輪笏の地を守ってきた重職者だ。なかでも城頭は、不在の督の代理をしてきた人物だから、空人の出現をおもしろくなく思っているかもしれない。

それでも、彼らとうまくやっていかなければ、この地を治めることはできないのだ。

五人と初めて会うときのことを考えると気が重かったが、とりあえず今夜は忘れていられそうだ。食事も、都から持って来た携行食ですませたので、あとは七の姫とゆっくり過ごせる。

そう思っていたのに、七の姫にはゆっくりする気がなさそうで、督の居室だという奥の部屋に入るとすぐに、侍女たちにあれこれ指示を出しはじめた。都から運んできた荷物の中に、急いで使うものがあるから出すようにとか、盥に水を入れて持ってくるよう言っている。

そんなことは、明日でいいじゃないか。まだ旅の途中だと思えば、今夜は寝床さえあればいい。

そう声をかけようか、よけいなことかと思案していると、七の姫が目の前にきてすわり、彼に向かって頭を下げた。

「空人様。私たちの婚姻の儀の前夜から、今宵で九日となりました」

頭の中で日数をかぞえてみると、なるほど、そのとおりだった。

「そうだな」

たった九日前のことが、ずいぶん昔に感じられた。

あの夜、空人は不安でいっぱいだった。それまでは、ようやく七の姫を妻にできるという喜びで心が躍っていたのに、婚礼に備えて髪を染めなおすことになり、山士に頭をあずけて目を閉じると、急に怖くなったのだ。

宴で見つけたあの人は、確かに七の姫であり、もう人違いなどしていないことは、きちんと確認してあった。けれどもいまだに、遠目に何度か見たことがあるだけの人だ。近くで接したことも、声を聞いたこともない。

考えてみれば、まったく知らない人なのだ。

しかも城の人々は、七の姫より四の姫のほうがずっと魅力的だと言っている。信じられない話だが、もしかしたら七の姫には、空人が気づいていない大きな欠点があるのかもしれない。

そんなことを考えていると、山士が染料を練りはじめたのだろう。独特の、粘りつくような匂いが鼻を刺した。

たとえば、ひどい口臭がするとか、がらがらの聞き苦しい声だとか。もしかしたら、何か悪癖があるのかもしれない。

たとえそうでも、あの顔を毎日眺められるなら、それでもいいと思ったが、さらに心配なのは、七の姫がこの婚姻をどう感じているかだった。

「失礼いたします」と山士が、きっちりと結ってあった空人の髪をはらりとほどいた。

不安もはらりと広がった。

もしかしたら、四の姫と同じく七の姫にも、恋しい人がいるかもしれない。そうでなくても、どこから来たかもわからない〈空鬼の落とし子〉などと、いっしょになりたくないのではないか。今夜もさめざめと泣いているのでは。妻となってからも、空人のことを、常に恨みの目で見るかもしれない。

髪を盥の水にひたされた。水の冷たさが頭皮に伝わってきた。

もし、そうなったら、あの人に笑ってもらえないのも悲しいが、あの人に嫌な思いをさせているというそのことが、もっともっと悲しいだろう。つらいだろう。

山士に髪を揺すられるたび、空人の心も揺れた。

けれども、すべては杞憂だった。

七の姫は、婚礼衣装の大きな笠を取った瞬間から、常におだやかな笑みを浮かべていた。小川のせせらぎのように、耳に心地よい声をしていた。衣装にたき込めた香りと別に、肌からいい匂いを放っていた。空人は婚礼の夜から毎晩、その匂いを堪能した。

幸福な八日半だった。それはこれからも続くはずなのだが、七の姫は、何を言おうとしているのだろう。婚儀から九日なら節目かもしれないが、前夜から九日が、なんだというのか。

「ですから、おぐしのお世話をさせてください」

「おぐし？」

意味がぽっこり浮かんでこないか、頭の奥に注意を向けたが、だめだった。もうひと月以上前から、わからない言葉に出合って頭の奥に答えをさぐっても、見つけられなくなっていた。空鬼(そらんき)の魔法は消えたということか。

「はい。婚礼の前夜、父君が、私をお訪ねくださいました。そして、いろいろとありがたいお言葉をくださいました」

六樽様は式に立ち会わないことになっていたから、その前に、祝いとか励ましとか、もしかしたら慰めとかの言葉をかけに行かれたのだろう。

「その時に、言いつかったことがあります。『おまえの夫になる男は、銀色の髪をしている。美しい髪だが、戦や政(まつりごと)のうえで凶事を引き寄せるおそれがあるため、染めさせている。いまは陪臣が世話しているだろうが、大事な頭髪のことだ。これからは、九日ごとにおまえが染めるのだよ』と」

七の姫は、わざわざ六樽様の声音を真似(まね)て、言われたことを繰り返してみせた。

「楽しそうだね」

つぶやいたら、七の姫は目尻(めじり)を下げた。

「はい。この日を楽しみにしていましたから」

侍女が、水を張った盥を運んできた。七の姫のかたわらには、すでに染料を入れた皿が準備されていた。

侍女たちが下がってふたりきりになると、空人は七の姫に頭を預けた。

三つの髷(まげ)が解かれて、もうずいぶん長くなった髪が、愛(いと)しい人の手の中で踊るのを感じた。細い指先が頭皮をなでた。

「まあ、ほんとうにきれい」

根元の銀色の部分を見つけたらしい。

七の姫が髪を洗いはじめた。頭皮に伝わる冷たさが心地よかった。水のたてる涼やかな音は、心の中まで洗ってくれているようだった。

ほんとうは、九日前の夜の不安は、すっかり消えてはいなかった。

七の姫は、彼の妻となってからずっと、にこにこと元気にしているが、それが本心からか、確かめたことはない。

こんな結婚は、嫌ではなかったのか。無理に笑顔をつくってはいないか——そんなことは、怖くて聞けなかった。

けれども、聞く必要はないのだろう。

どう思っていたとしても七の姫は、これからのふたりの日々を、なごやかなものにしようとしている。彼も、そうすればいい。

染料の粘りつくような匂いも、七の姫のほんわりと甘い香りと混じり合うと、不快なものではなくなっていた。それどころか、これから九日ごとにこんな時間がもてるのだと思うと、どんな香料よりも好ましい。

「七の姫」

「はい」

これだけのやりとりが、胸を締め付けるほど嬉しかった。

「そなたのことを、ナナと呼んでいいか」

「ナナ、でございますか」

七の姫は、空人の髪の水気を布でぬぐうと、一筋とって、木櫛で染料をなでつけた。

「うん。『七の姫』というと、数字で人を呼んでいる気分になる。もっと、名前らしい名前で呼びたいのだ」

「『ナナ』も数字でしょうに」

笑いを含んだ声とともに、別の一筋が引っ張られた。といっても、つんと頭に気持ちのいい刺激を受けるだけで、山士のときのように痛くはない。

「そうだけど、そうじゃないようにも聞こえる」

「では、そのように呼んでくださいませ。特別な名前をいただいたようで、ナナも嬉しゅうございます」

　そのまま甘い夜を過ごせると思っていたのに、染めた髪がまだ乾ききらないうちに、花人と石人がやってきた。

「明朝までに、お耳に入れておきたいことがございます」

　ふたりは、顔合わせの段取りを確認するため、城頭と面会してきた。その印象を伝えたいというのだ。

　七の姫が立ち上がって、部屋を出た。花人と石人は、ざんばら髪をした空人のすぐ近くまできて、声をひそめた。

「ここだけの話ですが、城頭様は、なかなかの御仁です」

「それは、前からわかっていたことではないのか」

　明日の顔合わせで正式に、空人は、五人の重職者を含めた城勤め三百人の主人となる。

　ただし、その一人ひとりと主臣の契りを交わすわけではない。三百人のほとんどは、職務を果たすのと引き換えに俸給を受け取る、屋敷の使用人のような存在だ。顔合わせをすればそれだけで、主人と家臣の関係になれる。

城頭ら、背蓋布（はいがいふ）をつけている五人とは、いずれ契りを交したほうがいいのだが、すでに五人とも老齢だ。督が不在のあいだは城を守るとがんばってきたらしいから、早々に代替わりするだろう。そのときまで待つほうがいいという話だった。

それを聞いたとき空人は、では今の手兵頭が引退したら、次は花人にやってもらいたいと言ったのだった。すると花人は、冗談でも聞いたように笑いとばした。

「私ていどの剣の腕では、手兵頭どころか、ただの手兵も勤まりません」

手兵頭とは、督の側近中の側近だと、砦（とりで）で会った墨人（すみんと）らの印象から思っていた。だったら、自分の手兵頭は、初めての家来である三人のうち、年長者の花人をおいてほかにないと。

だが、そういうものではなかったらしい。

「お言葉は身に余る光栄でございますが、手兵頭は、督に代わって全軍を指揮できる者でなければなりません。力量の問題だけでなく、土地の者に信頼されている必要があります。よそから来た人間には、とても勤まりません」

「まったくです。そんなお考えを抱かれたことを輪笏（わしゃく）の者に知られたら、大変なことになります。どうぞ、二度と口に出さないでくださいませ。城頭と手兵頭は、絶対によそ者に奪われてはならない地位なのです」

石人は、土地の者に代わって憤慨でもしたかのように、鼻息を荒くしたものだった。

空人が輪笏の督になることが決まるとすぐに、彼らは輪笏についての噂を集めてまわった。すると、かなり保守的な土地柄であることがわかったそうだ。古くからのしきたりを大切にし、新しい物事が持ち込まれるのを歓迎しない。城頭の瑪瑙大という人物は、その典型らしい。

「ご主人様は、しきたりにはずれたことをするのが得意でいらっしゃいますから、心配です。城頭にへそを曲げられたら、やっかいなことになります。じゅうぶん気をつけてくださいませ」

都にいるときから石人は、そんなふうに気を揉んでいた。だから、督城に到着するとすぐ、打ち合わせを口実に、城頭と面会してきたのだろう。

その結果、心配はさらにふくらんだようだ。

「なかなかの御仁というのは、お血筋のことでございます。瑪瑙大様は、この城の十七代目の城頭なのですが、十六代目は、瑪瑙大様のお父上でございました。十五代目は、お父上のお父上。十四代目は、お父上のお祖父様。そのように、初代までさかのぼってもずっと、直系のご先祖様なのだそうです。督のほうはこの間に、二回、家系が変わっています。空人様のご着任で三回目となりますことから考えても、瑪瑙大様のご家系が、輪笏の地にどれだけ強固に根を張っているか、おわかりいただけるものと存じます。またそれを、初対面の私どもにわざわざお話しになるというのも、ぞっとするではありませんか。ご容貌も、人というより、あたかもこの城に住みつづけている城鬼ではないかと思えるような……」

「石人、それは失礼に過ぎるだろう」

花人が笑いをこらえた声でたしなめてから、話を引き継いだ。

「とはいえ、お会いしてみると、案じていたほど偏屈なお方ではありませんでした。野心家というふうでもなく、代々の城頭というお家柄ゆえ、督を立てるお気持ちも、かえって人より強くお持ちのようです。空人様が奇抜なことをなさらないかぎり、うまくやっていけるのではないかと存じます」

「奇抜なことなど、するつもりはない」

すると、石人がまた説教口調になった。

「つもりがなくても、なさるのがご主人様。ですから、あえてこのように、ご忠告申し上げているのです」

「だいじょうぶだ。奇抜なことも、しきたりを破ることもしない。城頭の顔を立てる」

きっぱりと約束しても、石人の心配はおさまらず、城頭との顔合わせでは、こう聞かれたらこう答えろという想定問答を練習させられた。

陪臣たちの熱心さはありがたかったが、空人は彼らほどには心配していなかった。

確かに空人は、都でとんでもないことをしでかした。だがそれは、恋のなせるわざだった。七の姫と結婚して落ち着いたいま、もうあんな騒動は起こさないはずだ。

それに、新しい場所に飛び込むことには自信があった。

空鬼によって砦の中におろされたとき空人は、弓貴（ゆんたか）について、何の知識も持っていなかった。言葉も自由にはあやつれなかった。何より、独り（ひと）きりだった。味方も知り人も皆無なうえ、自分が誰かの説明もできなかった。

それでもなんとかやってきたのだ。愛しい妻や頼もしい陪臣らが共にいるいま、砦や都と地続きの場所で、怖いものなどあるものか。

そして実際、翌朝おこなわれた顔合わせは、つつがなく進んだ。

家臣団相手のときは、ずらりと居並ぶ前に出て、形式的な挨拶（あいさつ）を述べるだけだったから、簡単だった。六樽様のお城で、儀式での立ち居振る舞いをみっちり練習してきたのだ。これくらいのことは、なんでもない。

城頭らとの顔合わせは、御覧所と呼ばれる小部屋にいる空人を、五人が訪ねてくるというかたちがとられた。

御覧所は、督が執務をおこなう部屋だそうなので、これから昼間の多くを過ごす場所となる。どんなところかとおそるおそる足を踏み入れたら、たきこめられた香の匂いに迎えられた。

甘いなかにも、すがすがしい。枯れ草の香りにどこか似ており、肩から力が抜けると同時に、背中がしゃんと伸びる――そんな、優しさと強さが混じりあう匂いだった。

東にあけられた大きな窓から、日の光がふんだんに差し込んでいた。御覧所は城の三階にあるので、見晴らしもいい。

部屋の奥には、初めて目にしたときに六樽様が向かわれていたのと同じような、半円形の座机があった。その後ろの石壁には、幅と高さが人の背丈ほどもある、大きな布が掛けられていた。

緑地に、左右に取っ手のついた楕円模様が金色で描かれている布だった。輪笏の督章のようだが、これまで目にしたどんな督章旗よりも美しかった。

光が当たっているわけでもないのに、布全体がうっすらと輝いている。

金箔が織り込まれているのかと思ったが、近くに寄って見てみても、糸自体が金色をしているとしか思えなかった。それに、金の模様だけでなく緑地の部分にも、宝石のような光沢がある。

手を伸ばして触れると、驚くほど柔らかかった。シュヌア家にあった最高級の絹でさえ、こんなに柔らかでもなめらかでもなかった。

「空人様。どうぞ、おすわりになってくださいませ」

石人のいらだった声がした。

「わかった」と答えて空人は、座机のところに腰を下ろした。彼が、謁見する督として正しい姿勢をとったのを見届けてから、石人は入り口に引き下がった。いよいよ城頭との対面だ。

空人は、肩を開いた正しい姿勢をとりつづけた。あの美しい布に背後を守られていると思うと、心強かった。香の匂いも空人を元気づけてくれた。

城頭は、猿が正衣と背蓋布をつけて現れたのかと思ったほど、小柄で背中の曲がった老人だった。もともと小男なのに加えて、加齢で縮んでしまったのだろう。顔も皺だらけで、小さな両目は皮膚の奥に埋もれている。

続いて現れた手兵頭の幹士、勘定頭の豆人、詮議頭の虫士、暦頭の森人も、話に聞いたとおり高齢だったが、都で会った人々にくらべて、ずっと素朴で、話のしやすそうな人物に思えた。

挨拶がすむと、城頭の瑪瑙大は、言葉を連ねて歓迎の意を表した。督不在の十年間は心細かったとか、立派な督が来てくださって頼もしく思っているとか、六樽様の姫君をお迎えすることができて光栄だとか、顔をくしゃくしゃにしてしゃべっているのを見ると、まんざらお世辞でもなさそうだ。

それに対して空人は、昨夜習った型通りの言葉を返しながら、督として信頼されるような堂々とした態度を忘れず、東向きの明るい小部屋にはなごやかな空気が流れた。入り口に目をやると、そこに控える石人も、憂(うれ)いを解いた穏やかな顔をしていた。

顔合わせはそのまま終わるかにみえたが、最後に瑪瑙大がこんなことを言った。

「では、旅のお疲れもありましょうから、ゆっくりお休みくださいませ。足りないものや、ご不自由をお感じのことはございませんでしょうか。どうぞ、何なりとお申しつけください」

都から輪筋に来るのに、二回宿に泊まったが、そこで主人に聞かされたのと、まったく同じせりふだった。太陽はまだ、天頂にのぼりきってもいない刻限だった。しかも、彼は宿の客ではない。これから治める地に、やっと到着した督なのだ。

「休むつもりはない。早くこの土地のことを知りたいから、領内を見てまわりたい。案内してくれ」

　石人が気遣わしげな顔になったが、瑪瑙大はくしゃくしゃの笑顔のままだった。

「これは頼もしいお言葉で。さすがは、六樽様が姫君を託されたほどのお方です。このようなご立派な督をお迎えすることができて、輪笏の民は幸せでございます」

「では、さっそく」

　空人は腰を浮かせたが、瑪瑙大は笑顔のままで言葉を継いだ。

「輪笏のことをお知りになりたいのであれば、まずは、城内からご案内すべきと存じますが、いかがでしょうか」

「そうだな。まずは、城内を知らなければならない」

「では、明日の朝から、ひと部屋ずつご案内いたします」

「どうして、明日まで待たないといけないのだ。これからすぐに始めれば、この城の中など、今日じゅうに見てまわれるのではないか」

「そんなにお急ぎにならなくても、城は逃げたりいたしません。それよりも、本日くらいはゆるりとお休みになり、旅の疲れをとっていただきとうございます」

「疲れてなどいない」

つい語気が荒くなったら、瑪瑙大は、小さなからだをますます縮めて、しょげたような顔をした。

「申し訳ございません。年寄りは、ついあれこれと心配してしまうものでして、馬齢に免じてご容赦いただきたく存じます。けれども、年の功ということもありますので、広いお心をもって耳を傾けていただきたいのでございますが、旅の疲れというものは、当人には気づきにくいものでございます。ことに、到着したばかりのときは、気が張っていて、元気でなくても元気なように感じてしまうものなのです。ところが、気づいていない疲れでも、大きな病を引き寄せて、頑強であられた方がころりとお亡くなりになることがございます。そのような例を、私は、馬齢を重ねるあいだに幾度も見てまいりました。不吉なことを申してしまい恐縮ですが、輪笏の地は、主家を替えるという不幸を、一度ならず二度、三度と味わってまいりました。あのようなことはもう繰り返したくないと、城内の者も畑の者も、みなが願っております。失礼ながら、空人様には、まだお世継ぎがございません。どうか、我らの心配をお汲み取りくださいませ」

そうまで言われると、強いて今すぐとは言えなかった。

居室に戻って考えてみると、結局、いいように言いくるめられただけの気がする。花人にそう話すと、「おっしゃるとおりでございますね」と微笑(ほほえ)んだ。「けれども、それでよかったのではないでしょうか。言いくるめられたことによって、城頭様の顔を立てることができました。今後に向けて、いい関係が築けたというものです」

そうだろうか。確かにあの場は丸くおさまったが、本当にそれでいいのだろうか。今後もあんなふうに言いくるめられていて、督としての務めが果たせるとは思えない。

それに、城頭は、何のためにこんな時間稼ぎをするのだろうか。何か、新任の督に見られて都合の悪いものがあるのではないか。

空人と七の姫の結婚や、彼の督としての赴任は、前例がないほどばたばたと、短期間で進められた。新しい督がやってくるにしても、準備の時間はじゅうぶんあると思っていた輪笏の者たちにとって、とんだ番狂わせだったのではないか。

だとしたら、今すぐにでも外に出て、自分の目で土地の様子を確かめなければならない。

空人は、立ち上がって、山士に命じた。

「月人(つきんと)を呼べ」

手順を踏んで出かけようとすれば、ふたたび瑪瑙大に、言葉の海に放り込まれて阻止されてしまうだろう。身兵頭を供にして、何も言わずにさっさと城門を出ることにしよう。まさか城の兵たちも、督である彼を、力ずくで止めたりしないだろう。月人とは、主臣の契りを交わしてから十日も経っていなかったが、旅の間も毎朝おこなってきた剣の稽古で、相手になってもらっていた。剣を交わすと、心も通う。知り合ってから日が浅くても、気心が知れたし、信頼がおけた。彼なら、意見などせず、黙ってついてきてくれるだろう。

空人の意図を察したらしい石人が、非難がましく顔をしかめた。花人は穏やかな笑顔のままだったが、ひょいと肩をすくめてつぶやいた。

「むやみに城の者と対立しても、良いことはありませんでしょうに」

月人が来るのを待つうちに、この言葉がじわじわと染みてきた。

思いつきのまま行動に走る前に、もう一度、よく考えてみることにした。

瑪瑙大に隠し事があるかもしれないのに、このまま明日の朝まで休んではいられない。けれども、隠し事などないかもしれないのだ。その場合、強引に外出すれば、彼らとの関係をいたずらに悪くするだけだ。

やはり、出かけると宣言して堂々と行くべきなのか。しかし、のらりくらりとかわす瑪瑙大との交渉を思うと、気が重い。どうしたものか。

「お呼びに従い、参上しました」

月人が現れたちょうどそのとき、無理に外出しなくても、土地の様子を知る方法があることに気がついた。

「石人。月人といっしょに、城頭に会いにいってくれないか。私はここで、ゆるりと休むことにしたのだが、横になっても眠気はこない。退屈なので、この土地の様子がわかるものでも眺めたい。そう言って、輪笏の地図を借りてきてほしい」

「月人様といっしょにですか」

石人が首をかしげた。

「おかしいか」

月人を呼んでしまった手前、こう命じるしかなかったのだが、督の陪臣と身兵頭がいっしょに城頭に会いにいくのは、この国の風習に反していただろうか。

「おかしいかと言われれば、そのとおりでございますが、まあ、いいでしょう。身兵頭も、早々に城頭様にご挨拶がしたかったとか、そこはいくらでも理屈がつきます」

そう言って、ふたりそろって出かけていった。

それからずいぶん待たされた。きっと瑪瑙大は、すんなりと地図を渡さなかったのだろう。しかし石人も、だめと言われて素直に引き下がる男ではない。ふたりの議論の応酬を想像すると、くらくらした。その場にいたら、言葉の海に溺れて、上下の別もわからないような状態になっていたのではないだろうか。

そんなことを考えながら帰りを待っていると、石人は、それから何日間も空人を溺れさせることになる、言葉の海とともに戻ってきた。石人も月人も、前が見えないほどうずたかく、紙の山を抱えていたのだ。彼らの後ろには、三人ほどの身兵が、同じような荷物を持って続いていた。

「申し訳ありません。地図をお持ちすることはできませんでした」

紙の山をおろして空人の正面に座すと、石人が報告した。

「断られたのか」

「はい。けれども、それには無理もない事情がございます。輪笏のような、貴重な特産品が生じるところでは、領内全体を描いた地図は、ごく少数の人間しか見られないことになっています」

「私は、その少数に入らないのか」

「無論、入ります。ところが輪笏では、資格のない者にうっかり見られることがないように、地図は専用の部屋にしまってあり、そこから持ち出してはいけない決まりになっているのだそうです。督といえども、地図をご覧になるときには、その部屋に行かねばならず、その部屋には、空人様はお入りになれますが、私はだめなのです」

「では、これからその部屋に行く」

「ゆるりとお休みになると約束なさいましたから、それは難しゅうございます。私も、すんなりと引き下がったわけではなく、なんとかお言いつけに従えないかと頑張ってみたのですが、あのお約束を持ち出されると、それ以上、攻め込むことはできませんでした」

やはり石人は瑪瑙大と、言葉の戦をしてきたようだ。

「そこで、攻め所を変えました。地図がだめでも、ご主人様がお部屋でご覧になれる文書はあるはずだ。お休みの退屈しのぎに、土地の様子を知ることのできる書類をお読みになれば、ご主人様は、おからだだけでなく、お心も休まるのだと言い張りまして、こちらがその戦利品でございます」

石人は、してやったりという顔で、五人がかりで運んできた紙の山を示した。

「ここ数年の農産物の出来高を記したものや、金銭の出入り、触れ事や決まり事の改編の記録など、重要そうな書類を根こそぎ運んでまいりました」

もしかしたら石人は、地図を持ってこられない腹いせに、瑪瑙大が嫌がる書類をごっそりさらって、むやみに城頭と対立してしまったのではないかと心配になった。だが、これだけの書類を読めば、地図を見る以上に、土地のことがわかるだろう。

「ご苦労。よくやった」とねぎらってから、手近な帳面を開いた。

まるで読めなかった。

すでにたくさんの字を覚えたつもりだったのに、半分は、見たことのない難しそうな文字だった。知っているはずの字も、癖のある筆跡のため、時間をかけないと何と書いてあるのか判別できない。

けれども、せっかく石人がもぎ取ってきた戦利品だ。読まなければ、彼の苦労と空人の一日が無駄になる。

覚悟を決めて、目をこらし、知っている文字を拾い上げ、知らない字はひとつひとつ、花人らに尋ねていった。それから、文字と文字とをつなぎあわせて、頭をひねりながら意味をくみとる。

茨(いばら)をかきわけながら道なき道を進んでいる気分だった。

最初の頁(ページ)を読みおえて、その帳面が昨年の結六花(ゆむか)の収穫記録であることが判明した。

次の頁はさらに難解だったが、石人が横から説明してくれたので、収穫された豆は、出来によって三等級に分けられることがわかった。昨年は、ほとんどが中位の出来だったようだ。

三頁目に取りかかったところで、石人がしびれを切らした。

「この調子では、一冊読むのに、ひと月以上かかってしまいます」

「読まなければ、ひと月たっても何もわからないままだ」

「それはそうでございますが……。では、このようにいたしてはいかがでしょうか。本来ならばこれらの文書は、我々のような者が目を通していいものではないのですが、こうしてお教えしていては、読んでいるのと変わりません。それならいっそ、城頭様には内密に、我々にこれらの書類を読むお許しをいただけないでしょうか。三人で手分けして目を通し、内容をかいつまんでご説明すれば、そう何日もかけずにすむと存じます」

空人は、帳面の次の頁をめくってみた。ぱっと見てわかる文字は、やはりごくわずかだった。

「そうしたほうがよさそうだな。しかし、私も自分で読みつづける。今後も、わからないことがあったら教えてくれ」

それから五日間、空人と三人の陪臣は、午後を書物の山の中で過ごした。顔合わせの翌日から始まった城の案内は、午前中しかおこなわれなかったのだ。

瑪瑙大は、どうしても自分が直々に案内すると言って譲らなかった。そして、ひと部屋ひと部屋の説明に、とてつもない時間をかけた。その部屋の用途はもちろんのこと、そこで起こった記憶すべき出来事、改築の歴史、室内装飾や意匠にこめられた意味までもを、事細かに語るのだ。

瑪瑙大はほんとうに、十七代目の城頭（しろがしら）なのだろうかと、空人は疑わしくなってきた。本当は、この城が出来たときからずっと一人で城頭をやっていて、彼が語る二百年前の櫓（やぐら）の小火（ぼや）も、百年前の大広間での喧嘩（けんか）騒ぎも、すべてその目で見たのではないかと。それほど彼は、当事者のように詳しく熱心にしゃべりつづけた。また、縮んで丸まった背中や皺だらけの顔は、容貌のうえではこれ以上年をとることができなくなったので、ずっとこの姿でいるのです、というものに思えてくる。まさに、石人の言っていた、城鬼（しろんき）だ。

瑪瑙大の話には、わからない言葉がたびたび出てきた。どういう意味かと尋ねると、たいがいは快く答えてもらえたが、時に驚きの表情が返ってきた。砦にいるときよく目にした、あの顔だ。きっと空人は、とんでもなく当たり前のことを聞いてしまったのだろう。

ありがたいことに瑪瑙大は、彼の無知に、一日もしないうちに慣れてくれた。それに、石人と同じく、人にものを教えるのが好きな質(たち)のようだ。基本の基本からの説明を、少しもいとわずしてくれた。

ただし、その結果、太陽が天頂に昇るころには疲れはててしまい、その日の案内は終了となる。もちろん理由は、「旅のお疲れが、まだ抜けていないといけませんから」。責任転嫁(てんか)のようなその口実を、空人は黙って受け入れた。耳に流れ込む言葉の海から、目で攻め込む書き文字の城壁へと、戦場(いくさば)を変えるのにいい頃合いだったからだ。

こうして空人は、弓貴の建築学と輪笏の歴史に詳しくなり――ただし、時の流れに沿った整然とした歴史ではない。大小の逸話の集まりだ――、この国の公式文書を読むのに、ほんの少しだけ慣れた。

四日目にようやく、地図の部屋に案内された。

輪笏は、北を頂点とした三角形に近い形をしていた。

北西の領境には山脈があり、北東の境には、広川という大きな川が流れている。広川は、真ん中あたりで分岐して南西に流れる支流を生んでいる。中川と呼ばれるこの支流が、城の前を流れる川だ。

水場としてはほかに、広川と中川にはさまれた扇形の地の中央あたりに、水の湧(わ)き出る池があり、その周囲には小さな森があった。

結六花の畑は、広川沿いと、中川の両岸に連なっており、集落もそのあたりに多くみられる。

五日目に、櫓に登り、地図で知った場所の三分の一くらいを目におさめた。輪笏には、北西の山脈以外、高い土地がほとんどないため、遠方までが見渡せたのだ。

物見台に立って南西を向くと、都に向かう街道と、中川と、このふたつを挟む赤い結六花畑が、領境の岩山に消えるまで、帯のように伸びているのが見えた。途中に低い丘がある以外は、まっ平らな風景だ。

視線を転じて北をながめると、ぼんやりと霞む遠方に、垣根のような山並みがおぼろに見えた。この方角の土地も起伏に乏しく、川沿いの畑につづく赤土の大地と、山の下からつづいている黄色っぽい平原との間に、わずかに盛り上がった筋のような丘があるだけだ。

櫓をぐるりと回って東側に立つと、北東に向かっても、結六花畑を左右に従えた中川と街道がまっすぐに伸び、地平線に消えている。中川が広川に出合うのは、それより先の地点なのだ。そこから南のほうに目をやると、森らしい影が見えるような気がしたが、遠くてよくわからない。

どの方向を見ても、すっきりとした美しい風景だった。それなのに、なぜか心がざわざわした。

　ざわざわの正体がわかったのは、その日の午後のことだった。昼食を終えて、書類を山積みにしてある部屋に行くと、三人の陪臣は、空人の正面に横一列に並んですわった。

　それまでは、部屋に入るなり帳面に手をのばして、むさぼるように読んでいたのに。花人の目は、赤く充血していた。石人は、隈のできたやつれた顔をしていた。山士は、疲れたように肩を落としており、いつもほど立派な体格に見えなかった。

「大変お待たせいたしました。我ら三人で、ようやくすべてを読みおえました」

　花人が、厳しい顔で空人を見つめた。

　書類を読みはじめたときには興味津々という様子だった三人だが、しだいに顔が曇っていった。それが気になったので、二日目の夜に、それまでにわかったことを教えてほしいと頼んだのだが、中途半端な報告はできないから、全部読んでからお話ししたいと、断られた。花人までが深刻そうな顔をしていたので、空人は彼らの判断を受け入れて、待つことにしたのだ。

三人は、顔が険しくなるとともに、夜遅くまでこの部屋に居残るようになった。昨夜などは徹夜をしたのかもしれない。そしてついに読み終えて、ついに何かを語ろうとしている。

花人の顔はどうみても、いい報告をしそうになかった。空人自身がこの五日間で読めたのは、去年の結六花の収穫が、広川流域にある二十七の村で平年並みだったというところまでだったが。

「では、教えてくれ。何か、良くないことがわかったのか」

櫓に登ったときのように、胸がざわざわした。この城は、何か暗い秘密を隠していたのか。それが、城頭ののらりくらりとした態度の理由なのか。空人は、その秘密に立ち向かうことができるのか。

固唾(かたず)を飲んで、花人の返答を待った。

「はい。良くないことがわかりました。どうやらこの督領は、大変に貧乏です」

2

「貧乏……。それは、貧しいという意味か」

わかりきったことなのに、空人（そらんと）は確認せずにいられなかった。庶民の愚痴で使われそうなこの言葉が、場にそぐわないものに思えたのだ。

「はい。すなわち、お金がないということです。輪笏（わしゃく）が豊かな土地といえないことは、都にいるときからわかっていましたが、まさか、これほどとは」

「戦が続いたあとだから、どこも、そんなものではないのか」

「いいえ」と花人（はなんと）はかぶりを振った。「戦を考慮に入れても、ここの財政は厳しすぎます」

さらに石人（いしんと）が付言する。

「そもそもこの地域は、香杏（かあん）との戦の影響を、さほど受けておりません。督が不在だったのが幸いして、手兵も半数ほどが、〈預かり〉の形で短期間出兵しただけですみましたし」

にわかには信じられなかった。

海のように連なる結六花（ゆむか）豆の畑。木造の家屋が目立つ町並み。御覧所（ごらんどころ）の壁を飾る高価そうな布。

これらはすべて、輪笏が豊かな地であることを示しているのではなかったのか。

もしかしたら花人らは、都の尺度でものを見ているのかもしれない。それで、田舎の小さな督領が、貧相に感じられるのかも。

そう疑う一方で、空人の胸に、櫓から周囲を見たときのざわざわが戻ってきた。

この土地の風景は、すっきりとしすぎている。それが良くないことを意味する気がして、落ち着かない。

できれば直視したくなかったあの不安が、正体を顕そうとしているのだろうか。

ごくんと唾を飲んで空人は、覚悟を決めた。不安から目をそらさずに、見つめよう。相手を知らなければ、立ち向かうことはできないのだから。

「輪笏には、結六花の畑がたくさんある。去年の収穫も悪くなかった。それなのに、貧しいのか」

花人へ、説明をうながす質問を投げた。

「はい。街道沿いだけをご覧になれば、畑がたくさんあるようにお感じかもしれませんが、輪笏には、川が二本しかありません。利用できる土地は、さほど広くないのです。そのため、通常の年に領内で採れる結六花豆の総量は、住人が年間に必要とする量に及びません。豊かな土地では、余った豆をよそに売って収入とすることができますが、輪笏の場合、反対に、毎年外から買わなければならないのです」

「ご主人様が、この地の結六花畑を広大だとお感じになったとしたら、それはおそらく、結六花以外の畑がないせいでございましょう」石人がまた、花人の話を補足する。

「輪笏では、畑にできるだけの水があるところでは、結六花を作らざるをえず、そのために、他の作物の畑を交えることなく、結六花畑ばかりが連なっているのでございます」

夕日に燃える海のような光景は、豊かさでなく、余裕のなさを表していたのか。

「とはいえ、そのこと自体は問題ではありません。輪笏には、農作物の不足を補う特産品がいくつかございますから、豊かとはいえなくても、上から下までの暮らしが、きちんと成り立っておりました」

暗い顔になっていく空人を元気づけるように、花人は微笑（ほほえ）んだが、話の続きは笑って聞けるものではなかった。

「特に、〈森が池〉と呼ばれる池のほとりに〈玉が森〉という名の森があり、そこで採れる木材が、輪笏の経済を支える柱となっておりました。ところが、残念ながら今現在、切り出すことができません。そのため、お金がなく、貧乏になったのです」

「どうして、切り出すことができないのだ」

「十年前にお亡（な）くなりになった前の督の時代に、過剰な伐採がおこなわれたためのようでございます。木というものは、切り出せば手っ取り早く収入になりますから、あと一本くらい平気だろうと、つい切りすぎてしまうものです。けれども、ご存じとは思いますが、若木が材木として利用できるようになるまでに、早くて百年、場合によっては二百年以上の年月が必要です。また、森林は、ある程度の数の木がまとまって生えていないと成り立ちません。目先の欲にかられて切りすぎた結果、森が砂漠に変わってしまった不幸な場所が、逆猪川の向こうに何か所かあると、聞いたことがございます。輪笏の森は、そこまでには至っていませんが、森を森として残しておくためには、あと十年か二十年、一本も切り出してはならない状態にあるようです」

若木が成木になるのに百年以上かかるというのは、長すぎる気がしたが、花人の口調からすると、当たり前の事実のようだ。

以前、暦について教わったときに計算したところ、弓貴の一年とソナンの国の一年に、長さの違いはなかったから、花人のいう百年が、実は空人の感覚の五十年というわけでもない。

きっと、木の種類や気候が異なるせいだろう。特に、雨が降らないことの影響が大きいのではないだろうか。

空人は、ソナンの国の暗い森を思い浮かべた。木々がうっそうと茂る下の地面は、昼間でもじめじめしていた。路傍には苔や羊歯が生え、人の足で踏み固められていない場所は、腐った葉に覆われたふかふかの土。
そうした環境が、樹木をぐんぐん育てるのだ。
けれども、雨が降らないこの地の森は、日の当たらない根元まで、常に乾いている
にちがいない。梢から落ちた葉は、かさかさになって風に吹き飛ばされるばかり。川
につながらない池があるのだから、地下に水脈でもあって、木が生きていけるだけの
水が得られているのだろうが、土地はやせているはずだ。そのため、縦にも横にも、
大きくなるのにひどく時間がかかるのだろう。
そう考えて、年数の件は納得したが、花人の話には、ほかにも首をかしげたくなる
ことがあった。
「土地の者は、どれくらい木を切っていいか、経験から心得ているものだろうに、い
ったいどうして、切りすぎてしまったのだろう」
「記録を見ますと、土地の者は、これ以上切るのは危険だと、数度にわたって言上し
ております。城頭様や勘定頭様も、限度を越えた伐採をしないようにとの諫言をなさ
っています。文書でこれだけ残っているのですから、口頭では、もっとたびたび、木
を切りすぎるのを止めようとする動きがあったものと思われます」
「ということは、木の切りすぎは、前の督の意向によってなされたのだな」

花人は明言を避けたが、城頭が「諫言」する相手は一人しかいない。

「はい。前の督と、その先代様とのご意志によって」

「そうか」と空人は腕組みをした。

この話からは、大事なことがふたつ、読み取れる。

まず、督は城頭より偉いのだから、どんなに反対されても、やりたいことを押し通すことができるのだということ。

空人は、瑪瑙大（めのうた）に阻（はば）まれて、いまだに外出することもできずにいるが、覚悟を決めれば、できないことはないのだ。

ただし、もうひとつの読み取れたことと考えあわせれば、無茶は控えたほうがよさそうだ。

それは、城頭らにとって以前の督は、この地の経済を目茶苦茶にした、悪夢のような存在だったということ。

彼らはきっと、新しく現れた督に対しても、良からぬことをやらかすのではと、危惧（きぐ）を抱いているだろう。瑪瑙大がのらりくらりと時間稼ぎをするのも、後ろ暗いことがあるからでなく、若くて正体不明の新しい督を、見定めようとしているからかもしれない。

この推測を披露すると、石人は首をひねった。

「まあ、そういう面もあるかもしれませんが、時間稼ぎの主たる理由は、新しい督を迎える宴の先のばしではないでしょうか」

「宴？　そんな予定があることも知らなかったが」

「督のご着任ですから、当然宴は開かれます。それなのに、いまだに日取りすら決まっておりません。私が考えますに、おそらく、空人様にお城をご案内している間は、正式な着任とはいえないから、まだ開催する必要はないという理屈なのでございましょう」

「どうして、そうまでして先のばしするのだ」

「宴の費用が調達できていないからではないでしょうか。先ほど花人様が、財政の厳しさについて言及なさいましたが、実は、城での日々の費用（かかり）さえ、商家からの借金でなんとかまかなっているのです。宴を開くには、さらに借りねばならないでしょうが、元の借金を返さないまま次をというのは、難しいものでございます。その交渉に時間がかかっているのでしょう」

「借金までして、宴を開かなくてもいいのに」

「そうはいきません。輪笏が督領であるかぎり、守るべき体面というものがございます。七の姫もおられますのに、宴のひとつも開かれなかったとなれば、都の人々がどんなことを言い出すか。事と次第によっては、督領の存続にもかかわります」

「では、みんなを広間に集めて、ふだんの食事を豪華な食器に盛って出せばいい。酒の代わりに水でも飲んで」

「そうですよね。金をかけずに宴を催すことは、工夫しだいでできますよね」

それまでずっと黙っていた山士が、感心したように言った。若い陪臣の賛同に気をよくして、空人は言葉を継いだ。

「瑪瑙大も、金がないから宴が開けないと、素直に打ち明けてくれればよかったのだ。そうしたら、いっしょに知恵が絞れたのに」

「まだ、そこまで信用されていないということではありませんか」

花人が、笑顔であっさり言ってのける。

「ご主人様がまず、なさらなくてはならないことは、城頭様や勘定頭様を安心させることかと存じます。先ほどご自身でおっしゃったように、お城の方々は、大きな不安を抱えておられるものと思われます。今度の督も、浪費家なのではないか。輪笏の宝を台無しにする無茶を、強行するのではないかと。ですから、そのような人間ではないことを、わかってもらうことが肝要です」

「そのためには、どうしたらいいんだろう」

石人に助けを求めると、物識りのはずのこの陪臣は、「さあ」と頭をかたむけた。

「そもそも我々も、ご主人様が浪費家か否か、存じておりません。まだ、それがわかるほど長くは、お仕えしていませんからね」

主人に対してそれだけ遠慮なくものが言えるほどには、長く仕えているではないかと、言ってやりたくなったが、確かに、彼らに対して金銭感覚を示す機会はついぞなかった。そもそも、金の出入りを伴う当たり前の生活を、まだいっしょに送っていない。

「そういえば、おまえたちの給料はどうなっているのだ」

尋ねると、花人と石人は、さっと視線を交わしてから、そろって苦笑いを浮かべた。

「いずれ落ち着いてから、きちんと頂くつもりでおります」

花人が言うと、石人が小さな声でつぶやいた。

「しかし、このままでは、どうなることか」

山士は、「えっ」と目をむいたが、すぐに表情を引き締めた。

「城にいれば、寝る場所と飲み食いには困りませんから、かまいません。我々の給金などといった些事に、どうぞお心を煩わせないでくださいませ」

とはいえ石人は眉間に皺を寄せているし、花人の苦笑いは、笑みより苦みがまさっている。

「心配するな。主臣の契りを交わしたのだから、おまえたちにも月人らにも、ふさわしい報酬がきちんと渡るようにする」

主人らしく堂々と宣言したが、どうやったらこの約束が守れるかは、見当もついていなかった。それに、「私は浪費家ではない」とも宣言したかったのだが、それは本当のことだろうか。金銭感覚が堅実である気はしないうえ、この問題を考えていると、嫌な記憶が呼び起こされそうになったので、あわてて頭を切り替えた。

「輪笏には、特産品がいくつかあると言ったが、木材以外に何があるのだ」

「はい」と返事をしながら花人は、腰を浮かして、少し離れた場所にあった冊子を引き寄せた。「まずは、瑪瑙でございます。量は多くはございませんが、質の良いものが、西の山地から掘り出せます」

冊子の表紙をめくって、空人に向けて差し出した。月々の瑪瑙の取れ高が書かれたもののようだ。

「瑪瑙というと、城頭の名前がそうだが、何か関係があるのか」

「はい。ご賢察のとおり、採掘にあたっているのは、昔から、城頭様のご一族のようです。あのお方の血筋のなさることですから、瑪瑙の出る山は、抜かりなく管理されているもようです」

「他の特産品は？」

山士が、自分の前にある冊子を取って、花人に渡した。花人は、図がいくつも描かれた頁(ページ)を開いて、差し出した。ざるとか籠(かご)のように見える。

「広川のほとりに、丈夫な水草の生えるところがございます。その草を乾かし加工して、さまざまな道具が作られています。また、森が池の近くの結六花に適さない土地で、綿花が栽培されており、領内で必要な木綿(もめん)をまかなったうえ、わずかばかり、外に売ることもできています」

「他には？」

尋ねると、花人は新たな冊子に手をのばすことなく言った。

「こちらに運んだ書類から把握できる特産品は、以上ですべてでございます」

「そうか」と空人は肩を落とした。どれもぱっとしないもののようだし、急に量を増やせそうにない。宴ひとつ開くのにも苦労するほど金がないのに、経済の柱だったという木材が切り出せない状態で、いったいこれから、どうすればいいのか。

「けれども、私は都にて、六樽(むたる)様のおそば近くでお仕えする栄に浴しておりましたことから、たまたま存じているのですが、輪笏には、もうひとつ、重要な特産品がございます」

「ほんとうか。それは、何だ。どうしてここにある書類に、そのことが書かれていないのだ」

矢継ぎ早に質問した空人だったが、実はほかにも尋ねたいことがあった。花人が、六樽様のそば近くで仕えていたというくだりについてだ。

どういう立場だったのか。なぜ、六樽様のおそばをはなれて、空人の陪臣になったのか。そのことに、不満はないか。

知りたくはあったが、いま尋ねるべきことではないし、もしかしたら、永遠に尋ねずにいたほうがいいことなのかもしれない。

「輪笏は、オニギヌの産地なのです」

花人が、重大な秘密を明かすかのように、思わせぶりに声をひそめた。

「オニギヌ？」

聞いたことのない言葉だった。

「はい」

花人は、懐から布帳と筆記具を取り出すと、「絹」という字を書いて、空人に見せた。

「この文字を、ご存じでしょうか」

「知っている。キヌだ。虫の繭(まゆ)から採った糸で作られる、美しくてなめらかな布のことだ」

どこか遠くの地から運ばれてくる高級品で、貴族階級しか身に付けることができないもの――という知識は、ここで披露すべきではないだろう。

「おっしゃるとおりでございます。では、こういうものは、ご存じでしょうか」

花人は、反対を向いた布帳の「絹」の字の上に、器用に「強」と書き足した。

「ツヨギヌ?」

「いえ、これは、コワギヌと読むのでございます」

「強絹(こわぎぬ)か。で、それは強い布なのか? それとも怖い布なのか」

「強いというか、丈夫という意味でございます」

「強絹は、絹の虫と、似ているけれど少々違う虫を育てて作ります」

こうした解説は自分の役目だとばかりに、石人が鼻の穴を広げて話しだした。

「強絹の繭からとれる糸は、固くて太いものですから、織るのに技術を要しますが、出来上がった布は長く使っても擦り切れず、強力な砂嵐(すなあらし)も、この布を突き破ることはありません。そのため、高貴な方々のお屋敷の天井や壁、戦に用いる天幕に、好んで使われております」

「並の絹とは違う強絹は、大変貴重なものですが、それよりもさらに特別な布ということで、この字を冠した絹がございます」

花人は話を引き取ると、帳面に「鬼」と書き記した。

「鬼絹？　身に付けると悪いことが起こる布か？」

「まさか」と花人は、笑いを含んだ顔になった。「そんな厄介な布を、誰がわざわざ作りましょう。そのうえ鬼は、悪いことばかりを引き起こすものではございません。それは誰より、ご主人様がご存じでございましょうに」

そういえば、そうだった。

雲の上で会った、髪の長い男の姿を思い浮かべて、空人はうなずいた。

「絹や強絹は、いくつもの督領で作られていますが、鬼絹と呼ばれる糸は、輪笏でしか産しません。どんな虫の繭から採れるのか、そもそも絹や強絹と同じ作り方なのかさえ、秘密にされていますから、よそでは作りようがないのです。鬼絹の糸は、毎年、輪笏から都に献納されておりますが、輪笏の中のどの地域で産するのかは、六樽様でもご存じありません。作り方の秘密を探られることがないように、場所まで秘匿されれているのです。瑪瑙大様が持ち出しを許してくださった書類に、鬼絹に関する記述がなかったのも、そうした事情によるものと存じます」

それほどの特別扱いがされそうな布に、空人は心当たりがあった。

「もしかしたら、御覧所に掛けられている督章旗は、鬼絹か」

「ご賢察のとおりでございます。ご覧になっておわかりのように、鬼絹は、この世のどの織物にもまして美しゅうございます。そのうえ絹よりもなめらかで、強絹ほども丈夫です。大変貴重なものですから、都でも、あれほど大きな鬼絹の織物は、六樽様のお部屋の飾り物と、奥方様のお召し物でしか見たことがございません。あの督章旗には、産地の矜持が示されているのでしょう。よけいな差し出口とは存じますが、間違っても、城頭様に、あの布を売って宴の費用にしようなどと言い出さないでくださいませ」

「わかっている」

考えていたことをずばりと指摘されたので、あわてて答えたら、ぶっきらぼうな物言いになってしまった。花人は、気を悪くしたふうもなく含み笑いをしている。すべてお見通しということか。

格好悪いが、これほどまでに理解されているからこそ、痒いところに手が届くような手助けをしてもらえているのだろう。彼らがいれば、どんな困難も乗り越えられそうだ。

それに、輪笏には頼もしい特産品があるとわかった。秘密があったり、矜持を守らねばならなかったりと、扱いはやっかいなようだが、鬼絹は、借金問題を解決する鍵(かぎ)となりうる。

「三人とも、よくやってくれた。おかげで輪笏の事情がわかった。状況は厳しそうだが、私は必ず督として、この地が安らかになるように治める。おまえたちの給与も何とかする」

こう宣言したときには、そうできる望みがある気がしてきた。

その夜、寝床で、空人は今後のことを考えた。

七の姫はかたわらで、すうすうと寝息をたてている。夫婦の営みが終わるとすぐに、ことんと眠りに落ちたのだ。

きっと、疲れているのだろう。督の正夫人は、城において、布仕事(ぬのしごと)のまとめ役に就くことになっている。正衣(まさごろも)とか背蓋布(はいがいふ)といった権威に直結する着衣は、城の中でのみ作られる。その仕事を指揮し、時には自ら針を持たなければならないのだ。

空人が城を案内されたり書類を読んだりしているあいだに、彼女のほうは、代理を務めていた女官から仕事を引き継ぎ、すでに城での責務に励んでいる。

「ナナ、私もがんばるよ」

愛しい人の寝顔に向かってつぶやいてから、空人は意を固めた。

まずは、宴の問題を解決しよう。借金を重ねずに宴を開くやり方を提案すれば、瑪瑙大も、空人が浪費家だとは考えないうえ、頼みになる督だと思ってくれるだろう。

けれども、費用をかけずに体面の保てる宴を催すには、どうすればいいのだろう。豪華な食器にいつもの食事を盛って出すという案は、石人に鼻で笑われた。宴の食べ物は、神への供物のご相伴。いいかげんなことはできないのだそうだ。

では、どうしたらいいのかは、いくら頭をひねってもわからなかった。考えてみたら、この国のしきたりや物の値段を知らない空人に、城頭らを感心させる名案が編み出せるわけがない。

そう気づいて、投げやりな気持ちになりかけたとき、いいことを思いついた。

翌朝空人は御覧所で、石人とともに、城頭が挨拶に来るのを待った。

瑪瑙大は、陪臣の石人が、入り口でなく部屋の中にいることをいぶかしむような顔をしたが、それには触れずに、いつものように朝の挨拶をすると、こう言った。

「では、本日も、お望みでしたら城内をご案内いたしますが、いかがいたしましょうか」

「その前に、そなたに紹介したい人物がいる。私の陪臣の石人だ」

すわったまま一礼する石人を、瑪瑙大はあっけにとられた顔で見つめた。それから空人に視線を戻し、もの言いたげに、長くて白い眉をひそめた。

当然の反応だろう。瑪瑙大は石人と、すでに何度も顔をあわせて、地図の件では論争までしている。そのうえただの陪臣を、督がわざわざ紹介するのはおかしな話だ。

だが瑪瑙大は、さまざまな思いを皺の奥にすいと引っ込めると、「ご紹介いただき、ありがたき幸せでございます」と深礼した。

予想どおりの反応だった。やはり城頭は、新しい督が、どんなおかしなこともやりかねない人間だと思っている。だから奇態を目にしても、そ知らぬ顔でやりすごすのだ。

突然どこからか現れて、六樽様の直臣となり、戦で大手柄をあげた空人のことは、弓貴じゅうで噂になっていた。無論、空鬼に関するくだりや、光の矢のこと、彼の髪の色や、四の姫にまつわる出来事などは、口外禁止となっており、関係者しか知らないはずだ。

けれども、そのためかえって、空人をめぐる謎は深まり、とにかくおかしな人物だと、変人ぶりばかりが喧伝されているようだ。噂は輪笏にも伝わって、瑪瑙大らは戦々恐々としているのだろう。おそらく彼らの頭にあるのは、いかにして新しい督に、城の運営を乱されないようにするかということばかり。

このままでは、空人が何をやろうとしても、妨害を受けることになるだろう。まずは、噂が生んだ警戒心を取り除かねばならない。

奇行をあやしむ城頭の気持ちを納得に変えるべく、空人は口を開いた。

「そなたに、あらためて石人を紹介したのには、理由がある。この男には、驚くような特技があるのだ。もしかしたらその特技は、そなたの困り事を解決するかもしれない」

「お心づかい、ありがとうございます」

瑪瑙大は頭を下げたが、その特技が何かと尋ねなかった。空人の言葉を、本気にしてはいないのだ。

「石人は、六樽様の姫君と私との婚姻の儀を、たった三日で準備したのだ」

「えっ」とさすがに瑪瑙大も驚いた。「それは、まことでございますか」

「まことだ。もちろん、すべてを一人でおこなったわけではないが、人手がいくらあろうとも、六樽様の姫君の婚礼が、ひと月より短い期間で準備できるものではないことを、そなたも承知していると思う。それが、ある事情から、わずか三日で執りおこなわねばならなくなった。普通に考えれば不可能なことだ。けれども石人が、時勢からみて省略できることと、決して省略してはならないことを峻別した。その結果、姫君の婚礼として必要な要素を押さえた儀式の準備が、期限までに整ったのだ」

その婚礼が途中で中止になったことを、明かすわけにはいかないが、瑪瑙大は当然に、七の姫との婚儀のことだと思っているだろう。ここは勝手に誤解させておいて、空人は話を続けた。

「峻別とひとことで言っても、簡単なことではない。しきたりに関する確かな知識と、山ほどある決まり事を把握する力と、確かな判断力が必要だ。石人が成し遂げたことは、特技と言っていいほどのものだと私は考えるが、どうだろう」

「おっしゃるとおりでございます」

「では、これから石人に、どうやってそんなことができたのか、詳しく話を聞くがいい」

「お言葉ですが」

瑪瑙大の口調はようやく、すべてをさらりと受け流す態度から、議論をすべき相手に対するものに変わった。

「私にとって何より大切な務めは、督のご要望にお応(こた)えすることでございます。本日も、城の案内をお望みと存じますが」

「今日は、馬屋や手兵小屋を見る予定だから、案内は手兵頭に頼もうと思う。石人にも、私の世話をする仕事を昼まで免除している。ふたりで話す時間は、たっぷりあるぞ」

「はあ、しかし……」

「詳しく聞けば、儀式において省けるものと省けないものを間違いなく選り分けるにはどうするかが、わかるだろう。それによって成し遂げられるのは、準備の期間を驚くほど短くすることだけではない。ほかにも、たとえば、費用を驚くほど少なくすませることにもつながるはずだ」

瑪瑙大が、はっと息を飲んだ。

空人は、「では、ふたりとも下がってよいぞ」と声をかけ、入り口に控える山士に命じた。「手兵頭の幹士(みきんし)を呼んでくれ」

空人は、借金せずに宴を開く名案が自分には編み出せないと悟ったとき、石人ならできるはずだとひらめいた。とはいえ、話のもっていきかたが難しい。

金がないから宴が開けないのだなと直截に言えば、城頭に恥をかかせることになる。彼らにできなかった算段が、石人には可能だなどと言うのは、それ以上に、瑪瑙大の顔をつぶすことになるだろう。

そこで、このような手順を踏んだのだ。このあと石人は、城頭と半日話し込み、鼻の穴をふくらませて帰ってきた。首尾は上々だったようだ。

四日後に、宴が開かれた。簡素ながらも、川ノ神や土ノ神への平穏祈願といった要所を押さえたものだった。歌舞や山盛りのご馳走はなかったが、そのぶん厳粛な場となった。

翌日から空人は、ようやく督としての日常が送れるようになった。といっても、御覧所にすわって、城頭のもってくる事案を決裁するだけだが。

いまのところ、修正も反対も唱えようのない、下級家臣に定められた給与を払うといった事案ばかりなので、「そのように進めよ」と言うほかない。仕事をしている気分にはなれないが、客ではなく、主になれたようではある。

城を出て領内を見てまわりたいという願いは、いまだに叶(かな)えられずにいる。ただし瑪瑙大は、のらりくらりとかわすのをやめて、はっきりと拒絶するようになった。そこは前進といえるのかもしれない。反対されていることが明確になれば、理由を尋ねることができる。理由がわかれば、対策が立てられる。

瑪瑙大にこの変化をもたらしたのは、石人だった。どうやら彼は、宴についての相談の折、空人への接し方についても助言したらしい。あのお方には、遠回しな言い方は通じないから、ずばりと言ったほうがいい。そのほうが喜ばれるし、度が過ぎても、とがめられることはないのだと。

はじめは半信半疑だったのだろう。前置きや婉曲(えんきょく)な言い回しを少しずつ省略していった瑪瑙大だが、師匠である石人が空人にずけずけ言うのを目(ま)の当たりにするうちに、ついにその物言いは、花人を凌駕(りょうが)するまでになった。時々むっとさせられるが、話が早いのはありがたいから、顔に出さないようにしている。

「無茶をおっしゃらないでくださいませ。花の季節から取り入れまでは、畑仕事の最も忙しい時期でございます。督に領内を出歩かれては、畑の者たちがたびたび手を止めることになり、大迷惑です。結六花豆の収穫が減ることにもつながりかねません」

一日も早く領内を見てまわりたいと、空人が何度目かに言い張ったときも、城頭は遠慮のない口調で断じた。そう言われては、あきらめるしかなかったが、考えてみればおかしな話だ。

督が出歩くと農作業の邪魔になる。だから出歩くなというのは、理屈として正しいようでいて、ねじれている。督の外出が農作業の邪魔になるのは、督の姿が見えるあいだ、地面に額ずく尊礼をしなければならないという規則があるからだ。尊礼の目的は、督に敬意を表すこと。それなのに、この規則によって督の行動が制限されるとは、本末転倒ではないか。

どうにかして、尊礼をやめさせることはできないだろうかとこぼしたら、石人が「任せてください」と胸を張った。

「方法をさぐってみます。簡単なことではありませんから、少々お時間をいただきますが」

そこまではただ頼もしかったのだが、石人は、彼らしい忠告を付け加えるのを忘れなかった。

「私が解決策をお持ちするまで、くれぐれも、短気をおこして勝手に外に飛び出すようなことをなさいませんように」

それから、いそいそと書庫に向かった。

あとで山士に聞いたのだが、石人は、御覧所で城頭に「驚くような特技の持ち主」と紹介されたことが、ひどく誇らしかったらしい。山士に対して、小鼻をふくらませて顚末を語り、「おまえも早く、空人様に頼りにされるように、自分の得意なことに磨きをかけるといい」と諭したそうだ。

「けれども私には、何ひとつ得意なことがありません。お役に立てず、心苦しいばかりです」

山士は、悲しそうに目を伏せた。

「そんなことはない。おまえがそばにいてくれて、どれだけ心強いことか」

本心から言ったのだが、山士の顔は晴れなかった。

それもそうだろう。そばにいることは、特技ではない。彼の能力を認めたことにはならないのだ。

では、どう言えばいいかと考えてみたが、わからなかった。しかたがないので、心に浮かんだことを、そのまま口にした。

「私だって、得意なことは何もない。苦手なことなら、いくつも思いつくのに」

「そんなことはありません」

唾が飛ぶほどの勢いで否定した山士だが、そう言ったきり、黙り込んだ。たぶん、空人の得意なことを挙げようとして、何も思いつかなかったのだろう。お互い様ということか。

いや、山士は、飛び抜けた能力こそもたないが、どんなことでもそつなくこなす。陪臣として、かなり優秀な人物だ。空人と同列にしては申し訳ない。

けれども――。

「山士。我々はまだ若いのだ。目の前のひとつひとつのことを頑張っていれば、きっとそのうち、何かに秀(ひい)でることができるだろう。すべては、これからなのだ」

「はい」と山士はうなずいた。

空人自身も、思いがけず、己のせりふに励まされた。

自分はまだ若い。それが希望だと感じたのは、生まれて初めてかもしれない。父親の皺の刻まれた顔を見て、この歳(とし)になるまであとどれくらい生きなければならないのかとうんざりしたころ、若さはひたすら重荷だった。

けれども、若いとは、すべてがこれから始められる、変えられるということなのだと、いまは思えた。

弓貴(ゆんたか)に来てから何回か、「すべては、これから」と自分自身を励ましたが、あれは、依(よ)って立つものが何もないことへの不安の裏返しでもあった。けれども、いまこの時に感じる「すべては、これから」は、輪笏という地に根を張りかけている手応えのもとでの展望だった。

「あの」山士が、おずおずと口を開いた。「私などがこんなことを申し上げるのは、はなはだ僭越とは存じますが、空人様は、ご身分からして当然のことではあるのですが、人を引っ張っていく力がおありです。花人様や石人様が、いまのように骨身を惜しまず働かれるのも、空人様のご人徳によるものだと存じます」

それから山士は、しゃべりすぎたことを恥じるように頬を赤らめた。

そうだろうか。

そうだといいが。

心の中でつぶやいてから空人は、山士に向かって微笑んだ。

「では、間違った方向に引っ張っていかないよう、気をつけよう」

石人は、課題を八日でやり遂げた。簡単なことではなかったようだ。

尊礼は、明文化された規則であるうえ、弓貴全土に深く根付いた風習だった。督がやめろと命令して、やめさせられるものではないのだ。

石人は、どこかに抜け道はないか、城の書庫にこもって細かな規則を調べたり、過去の事例をひもといたりして、ずいぶん頭をひねったようだ。

やがて見出したのが、〈お忍び〉という方法だった。

〈お忍び〉とは、高貴な者が、身分を隠して外出することだ。本来なら出向けないような場所に、こっそり遊びに行くときなどに使われる。すなわち、どちらかというと素行の悪い者がやることだ。

これを制度化しようというのが、石人の目論見だった。〈お忍び〉であれば、相手が督だと気づいても、気づかないふりをするのが、むしろ礼儀だ。尊礼などは、もってのほかということになる。

ただし、本来の〈お忍び〉とちがって空人は、畑や野山もめぐるつもりだから、かなり目立つことだろう。彼の姿を遠目にした者にまで〈お忍び〉だと理解させなければ意味がない。

そこで石人は、城頭や詮議頭を長時間の談判で説得して、〈触れ書き〉を作成した。

輪笏においては今後、督が正衣と背蓋布を着けずに〈お忍び〉で領内を見回ることがある。〈お忍び〉の督の一行には、尊礼をおこなわず、一般の旅人に対するように接すべし――という趣旨のものだ。

弓貴の法や慣習上、許されない表現はないかを徹底的に調べ上げ、他の督領や都のうるさ方からいちゃもんをつけられる隙がないように、ひと文字ひと文字吟味して書き上げた、石人の自信作だ。

城頭から上奏されたこの〈触れ書き〉を、空人は喜んで裁可したが、それでもまだ、外には出られなかった。

下々の者は、ほとんど読み書きができないので、〈触れ書き〉は、口頭で説明しながら村役人に配られて、村役人が村の者一人ひとりに解説するという手順で広められる。費用はかからないが、時間はかかることを了解してほしいと瑪瑙大に言い含められたのだ。おそらく、ひと月は待っていただくことになると。

もどかしいが、しかたなかった。

ひと月は長いが、輪笏に来て初めて、自分のやりたいことに着手できた。それも、強引に押し通すのでなく、手順を踏んで。

すべてはこれからという展望がますますひらけたようで、希望に胸がふくらんだ。

3

弓貴では、一年は十三カ月と十数日からなり、ひと月は二十七日間である。

三日をまとめて参（さん）と呼ぶ。参を三回繰り返すと集（しゅう）になる。前集（ぜんしゅう）、中集（ちゅうしゅう）、後集（こうしゅう）の三つの集が過ぎると月が替わり、月が十三回繰り返すと、〈月はずれ〉の十数日が来て、一年が終わる。

〈月はずれ〉の日数は、年によって異なる。それを、計測と計算により正しく導き出すことが、暦の宰（つかさ）のもとにいる学者たちの、最も大切な仕事だった。

川の水量は、春先にわずかに増し、夏が過ぎると減少する。その変化を先取りして、播種（はしゅ）や取り入れをおこなわなければならないが、天気はずっと晴れつづき。たまに曇りの日があっても、空を見上げないと気づかないほどの薄曇り。ソナンの生まれた国のように、長雨が続いたから夏が来るとか、雷が増えてきたので秋が近いといった、誰の目にもはっきりとわかる兆（きざ）しがないため、今が一年のどこにあたるかは、暦に頼らなければ判断しづらい。その暦が、季節とずれることなど、あってはならないのだ。

弓貴においても、日が長くなるにつれ、気温が上がって夏になり、ある日を境に太陽の出ている時間が短くなって、肌寒さを感じる冬に向かう。暑さも寒さも厳しくはないが、四季の巡りは同じのようだ。とはいえそれは日々わずかずつ推移するばかりで、結六花（ゆむか）がいっせいに咲き誇るときなどをのぞいて、劇的な変化が起こらない。

空人（そらんと）には、それを少しさびしいと思う気持ちがないでもなかった。季節の移り変わりは、暦の上の数字ではなく、目や肌でとらえるものという感覚が、まだ彼の中に残っていたようだ。

それに、雨の日の鬱陶しさがあるから、雨上がりの景色が目を喜ばせる。代わり映えのしない毎日も、雲と太陽の競演が、少しは気分を変えてくれる。

もしかしたら、弓貴の布の美しさは、天気の変化がもたらす風景美がないことを、埋め合わせるためのものかもしれないと、空人は思った。

外出する準備が整うのを待つあいだも、空人は書類を読みつづけた。その結果、輪笏の様子を知ったり文字を覚えられたりしただけでなく、暦や数字が感覚的につかめるようになり、これまでやりとりした経験のない金銭についても、単位や価値がわかってきた。輪笏がいかに貧乏であるかも。

この地に紙幣は存在せず、物を売り買いするときには、木の実が通貨として用いられていた。

どこにでもある実ではない。鉅という名の、六樽様のご領地の某所にだけ生えている木からとれる実を、特殊な技術をもった者たちが加工したうえ、刻印をつけているそうで、簡単には偽造できないもののようだ。

一方で、大きな金額をいう場合、結六花豆の大包みが単位となる。馬一頭が運べる量を「一荷（か）」といい、普通の農民が一年間の暮らしに必要な結六花豆は、二荷だといわれている。半分を食べ、残りの半分で衣や住に必要な物品を購入するのだ。税として納める分を考えると、家族一人につき三荷ほどの収穫があればやっていけることになる。

一荷が何鉅（おお）にあたるかは、時によって変動する。今は、七千八百くらいだという。家臣への俸給は、荷（か）を単位として与えられ、市場（いちば）の売り買いでは、鉅を使う。たとえば、新しい道衣（みちごろも）は二百鉅ていどで買えるらしい。ところが、逢真根草（あまね）は、ひと束で五百鉅。夕光石は、小さなものでもひとつ二十荷もするというから、ここの物価は、わかるようで、まだよくわからない。

とりあえず単位を把握したところで、瑪瑙大（めのうた）らにあらためて、城の財政について話を聞いた。収入を増やすあてがどこかにないか、知るためだ。

森の伐採は、最低あと十年、おこなってはならない。

最初にそう釘（くぎ）を刺された。

次いで、木材の収入がなくなった十年前からのやりくりが語られた。

まずは、さまざまな出費を切り詰めたが、そんなことではどうにもならなかった。

そこで、瑪瑙の取り引きで財をなしてきた商家から、足りない分を借りることにした。支払いは、翌年採れる瑪瑙のすべて。そういう条件でなら貸してもいいと、話がついたのだ。

瑪瑙は毎年、ほぼ同じ量が採掘されるため、翌年の収入を保証として一年を過ごしていることになる。また、このような取り決めなので、人手を増やすなどして、例年より多く瑪瑙を採取しても、商家を儲けさせるだけで、城の収入は増やせない。

「それなら、少ししか採れなかったことにして、残りをこっそり、よそに売ったらどうなのだ」

思いつきを口にすると、瑪瑙大は、皺の奥から冷たい眼差しを送ってよこした。

「その場合、翌年からは、借りることができなくなるでしょうね。商家は、がめつく儲けようとしているわけでなく、城が倒れては困るので、無理をしてでも貸してくれているのです。信義にもとることはできません」

たしかに空人の発言は、信義にもとるものだった。

「すまない。よく考えもせずに言ってしまったが、許されないやり方だった」

その場にいた四人の頭は、督があっさりと非を認めて謝ったことに、たじろいだような顔をしたが、腹を割って話すことに慣れてきていた瑪瑙大は、平然と続けた。

「だからといって、借金の条件を変えてみても、収入を増やすことはできかねます。瑪瑙の採掘は、簡単に量を増やせるものではありません。無茶なやり方をすれば、山が潰れてしまいます。また、森がもとに戻る前に掘り尽くしてしまったら、借金のあてがなくなって、城の運営、ひいては輪笏全土の運営が、立ち行かなくなってしまいます」

「瑪瑙が無理なら、鬼絹はどうだ。これまでよりもたくさん、鬼絹を作ることはできないのか」

すると瑪瑙大は、皺を押し広げるようにして目を見開き、驚愕の表情をあらわにした。

「そんなことを試みたら、瑪瑙の山を潰す以上にとんでもないことが起こります。詳しいことは、後ほど、お人払いをしていただいたうえでご説明いたしますが、鬼絹の取れ高を増やすことは、決してできないこととお知りおきください」

なんだかわからないが、あまりの剣幕に、ひとまずうなずいておいた。

「鬼絹はすべて、都への献上品にあてられています」勘定頭が説明役をとってかわった。「逆を申せば、鬼絹があるからこそ、結六花のほうは、一粒たりとも献上することなく、すんでいるのでございます」

それなら、結六花の収穫量を増やすか、税率を上げるかできないかと勘定頭に尋ねてみたが、どちらも無理とのことだった。

「つまり、収入を増やす方法はない。それでも、翌年の瑪瑙の代金を前借りすることで、何とかぎりぎりやっている。そういうことだな」

「おっしゃるとおりでございますが……」

勘定頭の豆人(まめんと)は、そこでぴたりと口をつぐんだ。言いにくい話を前に進めたのは、今度もやはり、瑪瑙大だった。

「あまりにぎりぎりだったため、督のご着任で増えた経費をどうやって賄(まかな)えばいいのか、豆人は途方に暮れているのです」

「私の着任で、そんなに経費が増えるのか」

「いいえ。ありがたいことに、驚くほど少ない人数でいらっしゃってくださったので、一同、安堵(あんど)したしだいです。少数精鋭の良き家臣をお抱えの、督のご器量に感服いたしておりますが、ぎりぎりの状態においては、たとえわずかな増加でも、行き詰まってしまうのです」

「私は贅沢(ぜいたく)をするつもりはない。我らの飲み食いで増えるぶんくらいは、何とかなるのではないか」

勘定頭は、こくりとうなずいた。

「はい、それくらいは。けれども、ご家来への俸給は……」

「それについては、そのうち私が算段する」

また、あてのない宣言をしてしまった。

勘定頭は、浮かない顔のままで続けた。

「それは、ありがたくも心強いお言葉です。しかしながら、実を申しますと、出費について最も懸念していますことは、ほかにございまして、それを何とかするのが私の役目というものの、何もないところから鉅の実を取り出す芸当など、鬼ならぬ人の身にはいたしかねるのでございます。ですから、新たな借入を考えているのですが、これがなかなか難しく」

勘定頭はまだ、瑪瑙大のように直截にものを言うことができないようだ。

「出費について最も懸念していることとは、何だ」

じれったくなって、城頭に向かって尋ねた。期待どおりに、瑪瑙大は直言した。

「督のご交際にまつわる費用でございます。高貴な方々との社交上のやりとりは、省略するわけにまいりません。督領の体面を守るため、節約することもかないませんから、ひとつ事があれば、大きな出費を覚悟しなければならないのです。ことにいま、勘定頭が心配しているのは、三月後の婚礼のことでございます」

「婚礼？　誰か結婚するのか」

「はい。正式なお知らせはまだ到着していませんが、鷹陸の督と四の姫様のご婚儀が、本決まりになったようでございます」

「そうか」と答えた空人の胸に、あたたかいものが満ちてきた。よかった。ぶじに結婚できることになって、よかった。

意図したわけではなかったが、彼が引き裂いてしまうところだった幼い頃からの恋人たち、似合いのふたりが、晴れて結ばれるのだと思うと目が潤み、今すぐにでも祝杯をあげたくなる。

空人の感慨をよそに瑪瑙大は、金勘定の話を続けた。

「大変おめでたいことではありますが、我が督は、鷹陸様と縁がおありと聞き及んでおります。また、四の姫様は、ご令室様のお姉様でいらっしゃいます。当然に、お二人は招待されるでしょうし、行かないわけにいかないでしょう。しかしながら鷹陸は、都の数倍遠いところにございます。体裁のよい行列を整えて行き来するだけでも、かなりの費用がかかるうえ、花嫁様と花婿様のご身分にふさわしいお祝いも贈らなければなりません。三月でどうやって工面すればいいのか、困り果てているしだいです」

「そうか。祝い事には金がかかるのだな」

給与なら、多少は待たせることができそうだが、こちらははっきりとした期限のある問題だ。どうしたものかと、入り口にいる石人（いしんと）に視線を向けた。すると石人は、

「恐れながら」と一礼し、すわったままわずかに室内ににじり入った。

「差し出口をお許しいただけますなら、申し上げたいことがございます」

「なんだ」と空人が言うのを待ちかねたように、石人は得意気に小鼻をふくらませてしゃべりだした。

「行き来の費用については、ご心配の必要はございません。ここだけの話ですが、督とご令室様は、決して口外することのできないさる事情により、鷹陸様のご婚儀に臨席されないことが望まれています。形式的に招待の使者は訪れるでしょうが、もっともらしい口実で、出向けない旨（むね）を伝えればいいのです」

「それが本当なら、大いに助かるが」

懐疑的に首をかしげた勘定頭に、「石人が言うなら、本当のことだ。この者は、都の事情によく通じている」と城頭が請け合った。

そうだ。四の姫相手にあんな騒ぎを起こした空人が、婚儀に顔を出せるわけがない。彼が行かないのに、ナナがひとりで行くこともできないだろう。もっともらしい口実

で欠席するのは、誰からも期待されている行動だ。

一同が安堵の表情を浮かべたとき、「それでも、お祝いの問題は残ります」と、詮議頭(せんぎがしら)が指摘した。「値段にして百荷ていどのものは、必要かと存じます」

重苦しい沈黙があたりを支配した。それを打ち破るべく、空人は明るく言った。

「それについては、七の姫に相談してみよう。体面を守りながらできるだけ費用を抑えるには、何を贈ったらいいか、七の姫ならよい知恵があるかもしれない」

今度は、暦頭や詮議頭まで懐疑的な顔をしたが、口に出しての異議はなく、御覧所(ごらんどころ)での話はそれで終わった。あとは瑪瑙大と地図の部屋に移り、ふたりきりになってから、鬼絹の秘密について教えてもらうことになったのだ。

移動の途中、付き添っていた石人に尋ねた。

「そういえば、私は鷹陸様から、結婚祝いをいただいたのだろうか」

大急ぎで形ばかりの儀式をおこない、すぐに出発したから、貰(もら)っていないかもしれない。それならば、こちらからの贈り物も省略できはしないだろうか。

ほんとうは、あれだけ世話になり、迷惑もかけた相手だ。豪華な祝いを贈りたいが、いまは出費を抑えることが優先される。

「はい、いただいています。御令室様がお乗りになった押し車が、鷹陸様からの祝いの品です。何もかもがあまりにあわただしく進みましたので、いちいちご報告していませんでしたが、霧九様、涸湖様、庫帆様、そのほか多くの方々から、督に必要な着衣や用具を頂戴しています。なにしろご主人様は、何もお持ちではありませんでしたから、そういう形で調えていくしかなかったのです」

「そうだったのか」

　それでは、こちらからも相応の物を贈らないわけにはいかない。

「おかげで、何もかも新品ですから、督や七の姫様が値の張る買い物をなさる必要は、当分のあいだ、ございません」

　城頭に聞こえるようにか石人は、そこだけ声を大きくした。

　地図の部屋に入ると瑪瑙大は、石人が言いつけどおりに遠ざかったのを確かめてから、扉をしっかりと閉め、部屋の中央にある座机を覆う分厚い布を、うやうやしくめくった。下から、すでに空人が何度か見ている地図が現れた。

「この図には、何の印もつけられておりませんが、この場所に、照暈という名の村がございます」

　城頭の指先は、三角形をした輪笏の、北の頂点に近い山地に置かれていた。北西に走る山脈の端にあたる地点だ。

「そこで、鬼絹が作られているのか」

「はい。空人様は、輪笏の督であらせられますから、鬼絹が産する場所を知りたいという仰せに従い、お教え申し上げました。けれども、このことを知る者は、少なければ少ないほどよいのです。私の立場で督に向かって、他言無用などと申し上げるわけにはまいりませんが、できうるかぎり内密にしていただくことが、この地の民のすべてを救うことにつながるのだと、ご承知おきくださいますよう、お願い申し上げます」

最初の頃に戻ったような、もってまわった言い方をするのは、それだけ事が重大ということか。

「私は輪笏の督になったばかりだが、これから死ぬまで、輪笏のためにならないことは、決してしないと誓う。教えてくれ。鬼絹はその村で、どのようにして作られているのだ」

瑪瑙大の返事は短かった。

「存じません」

「知らない？　気が遠くなるほど長いあいだ輪笏の城頭をしているそなたが、知らないというのか」

「二十九年が、気が遠くなるほど長いあいだかどうかはさておき、先代の督も、先代の城頭も、やはり知ってはいませんでした。照暈村にて鬼絹が産するようになったのは、六十年ほど前のことですが、そのときからずっと、村人でない者に明かされたことはないのです」

「それでも、六十年も様子を見ていたら、見当くらいつくのではないか」

「ところが、様子を見た者がおりません。六十年間、あの村には、村人以外が足を踏み入れたことがないのです。岩山の窪地(くぼち)に位置する照暈(てかさ)村に入る道は一本だけで、その入り口は木戸で閉ざされています。そこより先へは、城の役人といえども、入れてはもらえないのです」

「しかし、私は督であり、彼らは領民のはずだ。私が村に入ろうとしても、やはり拒まれるのだろうか」

「督は、輪笏の地のどこであろうと、いらっしゃることがおできになります。ただし、村人の意に反して中にお入りになった場合、目にされるのは、炎に包まれた家屋でしょう。照暈村は、火種ひとつでいつでも村全体が燃やせるようになっており、鬼絹の秘密が外に漏れそうになった場合、すぐさま火を放てという掟(おきて)のもとに暮らしているのでございます。そのため、これまでの督のどなたも、力ずくで押し入ったり、作り方を強引に聞き出したりに踏み切れなかったのです」

「村が燃えてしまえば、鬼絹の作り方もわからなくなるということか」

「はい。何しろ、燃えるのは家屋だけではありません。村人全員が、ともに焼け死ぬ覚悟でいるそうで、村は周囲から中に向かって燃えていくようになっており、ひとたび火を放てば、人も秘密もすべてが燃え尽きてしまうまで、外からは手を出しようがないのだと、村長は申しています。とても嘘とは思えませんし、本当かどうか試してみることもできません。本当だったら、取り返しのつかないことになりますから」

「すごい話だな」

秘密とは、大きな価値を生むものほど漏れやすいものだ。それを長く秘匿できたのは、この厳重な態勢があってのことか。

「さらに、村の娘は外に嫁ぐことはせず、照暈に嫁に行った者は、決して里帰りができません。我々は、月に一度、村に必要な食料や物品を運び、鬼絹の糸を受け取っておりますが、その折にも、村長か村役の二、三の者と、木戸の手前で話をするのみで、中をのぞくことはできません。ですから、あの村に、どんな顔をした人間が、何人住んでいるかも知らないのです。〈ホネオクリ〉に引き渡されるものから、そう大勢でないと見当はつくのですが」

城頭の話には知らない言葉が交じっていたが、そんなことを気にしたり尋ねたりしている場合ではなかった。

「ずいぶん極端なことをする人たちだな。それで、作る量を増やそうとすると大変なことになるというのも、村の掟のせいなのか」

「はい。村長は、いまの量より増やすことはできないと申しております。こちらは作り方を知りませんから、こうやれば増やせるはずだと理屈を示すことができませんし、無理強いすれば、やはり村に火を放つでしょう。いまのままでいくしかないのです」

「それにしても、極端だ」

その村のありかたは、ゆがんでいるように感じたが、ここで瑪瑙大を追及してもしかたない。

「まあ、いい。だいたいの事情はわかった。いずれ、どうにかする方法を考えよう」

すると城頭は、白い眉（まゆ）を不安げにひそめた。

「どうぞ、危険な刺激をすることだけは、なさらないでくださいませ。あの村がなくなってしまったら、瑪瑙の山が潰（つい）える以上の痛手です」

「しかし、このままというわけにもいかないだろう。我々が何もしなくても、よそから来た人間が秘密を知ろうとして押し入ったら、やはり村は燃やされてしまうのだろう。ほうっておけば、いつかはそういうことが起こるのではないか。それに、小さな村から一度も出ることなく生きている村人たちが、幸せだとは思えない」

「幸せ……」

意外な言葉を聞いたかのように、城頭はつぶやいた。

「とにかく、急に事を起こすつもりはないから、安心してくれ。村に何か働きかけをするときには、事前に必ず、そなたに相談する」

こうして、考えなければならないことをいくつも抱えて、空人は居室に戻った。頭の痛い問題ばかりだが、督らしくなれた気がして、嬉しくもある。

鷹陸への結婚祝いについては、ナナが四の姫に手紙を書いて、相談してみることになった。

もちろん、お金がないのでお祝いが贈れません、などと打ち明けるわけではない。知恵の乏しい私には、大好きなお姉様に喜んでいただける祝いの品を思いつくことができませんので、鄙びた輪笏の地からもお贈りできる希望のものを教えてもらえたら、大変にありがたい――という意味のことを、たくさんの着飾った言葉にはさんで書き送るのだ。すると、四の姫ならば、こちらの窮状を察して良い知恵を授けてくれるはず、ということだった。

空人が手出しできることではなさそうなので、ナナにすべてを任せることにした。

次は、彼が連れてきた家臣たち——三人の陪臣と十五人の身兵、七の姫の九人の侍女たちへの俸給の問題だ。

こうした給与は、三カ月に一度、結六花と引き換えにできる証書か、鉅(おお)で支払われるものだという。

督の印を押せば、証書はいくらでも作れるから、ひとまず全員に渡したが、その証書により買い物された代金は、いずれ城に請求される。問題の先送りにしかなっていない。早々に何とかしなければならなかった。

そもそも、輪笏は貧乏すぎる。

ふつうなら、規模の小さな督領でも、督の自由になる金が、年に数百荷はあるものらしい。そこから督は、陪臣などの給与を払い、社交上必要な経費を出し、趣味や美食にもそれなりの額を費やす。

そうした〝贅沢費〟があるからこそ、いざというときの対処ができる。ところが輪笏は、十年前からその余裕を欠いているのだ。

収支はぎりぎり帳尻が合っていると勘定頭は言っていたが、それはつまり、いつも崖っぷちにいるということだ。余裕がまったくない状態では、小さな変化も破綻の原因になりかねない。現に空人が、わずかな供を連れて着任しただけで、勘定頭はあたふたした。

このままではいけない。陪臣らの俸給のためだけでなく、ぎりぎりの状態を脱するために、なんとしてでも収入を増やすか支出を抑えるかしなければ。

収入のほうは、自分で領内を見てまわるまで有効な方策を見出せそうにないが、支出について、空人にはひとつ当てがあった。城内を案内されたとき、城で飼っている馬が多すぎるように感じたのだ。

手兵頭の話によると、戦が続いていたために、馬の数を増やすことがどこの督領でも奨励され、熱心に種付けされてきたという。戦がさらに長引いたら、輪笏の馬もそっくり差し出すことになっていたが、よそと違って数をほとんど減らさないまま香杏が滅びた。そのため、小さな城に過剰な数の馬がいるのだ。

余分な馬を売れば、当座の金ができるし、餌代が減らせる。世話の手間も減るので、馬係の給与も半減させられる。

そう考えて、翌日、城頭と勘定頭を呼んで提案した。

確かにいまいる馬は、この城に必要な頭数の倍以上なので、減らせるならばありがたいが、馬の売買には、六樽様の許可がいる。城頭の身分では、六樽様にそのような願いを申し出ることはできないため、この数を飼いつづけるしかないとあきらめていたという話だった。

花人らに確認すると、督である空人が六樽様に許可を求めることは、問題ないらしい。すなわち馬の売却は、督の着任により可能性のひらけた物事ということになる。ぶじに許可が得られて、馬を減らすことができたら、空人が来てよかったと、みんなに思ってもらえる初の機会になりそうだ。

直接出向くよりも書状のほうがいいというので、石人に文面を考えさせて、六樽様への手紙を書いた。毎日練習しているだけあって、きれいな字だと、花人が誉めてくれた。

手兵頭を使者に立て、すみやかに稟議に回してもらえるよう、六樽様のお城に知り人の多い花人を供につけ、経費がかからないよう少人数で旅立たせた。

「うまくいくといいですね。馬が売れたら、一時的ではありますが、大きな収入となりますから」

一行を見送りながら、勘定頭が太い息をもらした。

「馬が売れたら、人手も減らせる。今後の支出を削ることにもつながるぞ」

空人が指摘すると、「いいえ」と瑪瑙大が否定した。

戦のために増やした馬の世話は、木材の伐採がなくなって仕事にあぶれた者らにやらせている。馬がいなくなったからといって放り出せば、彼らは生きていけなくなる。もともと給与は低いので、これ以上安くすることもできない。馬を減らしても、世話係への支出は削れないというのだ。

そのうえ、仕事のなくなった者たちを遊ばせていては、城の風紀が乱れるので、彼らの扱いについて、頭を悩ませなくてはならないという。

「では、馬が売れるまでに、その者たちに与える新しい仕事を考えよう」と空人はまた、あてのない約束をした。

とはいえ、がっかりするには及ばなかった。人手が削れないにもかかわらず、勘定頭が作成した、馬を半減させられた場合の勘定書を見ると、空人が思っていた以上に支出を抑えられそうなのだ。

餌や敷き藁の代金だけで、三月で百荷ほどが必要なくなり、空人が連れてきた家来たちの給与を払ってもまだ余る。城のやりくりは、崖っぷちから半歩くらいは離れることができそうだった。

「三月以内に馬が売れれば、鷹陸様への結婚祝いの問題も解決できますね」

勘定頭が笑顔をみせた。

金の心配をしてばかりの豆人が晴れやかな顔になったのはいいことだが、空人は素直に喜ぶことができなかった。この晴れやかさは、七の姫が苦労して書き上げた手紙が功を奏すると思っていないことを意味するからだ。

だが、そんなことで文句を言うのはみっともないのでやめておいた。いずれ、彼や七の姫の行動が良い結果を生んでいけば、城の重臣たちの態度も変わるだろう。

とはいえ、良い結果は生まれるのだろうか。やっと督として動きはじめることのできた空人だが、まだ何ひとつ、彼の働きかけの答えは出ていない。

四の姫からの返信と、都に行った手兵頭らの帰りを待つあいだに、空人が城の外に出られる時がやってきた。〈触れ書き〉の周知が、ようやく終わったのだ。

さっそく出かけることにした。背蓋布をはずし、正衣を着替えての〈お忍び〉なのに、陪臣の山士だけでなく、身兵頭の月人と三人の身兵、土地の事情に詳しい手兵九人が付き従う、ものものしい外出となった。空人としては、もっと身軽に行きたかったが、それより少ない供回りでは心配だと、城頭が言い張ったのだ。

瑪瑙大の顔を立ててその人数で出かけたが、結果的には、それでよかった。

いくら着衣を簡素にしても、身兵や手兵は刀をさげているし、馬や髪型の立派さから、督だということはすぐわかる。尊礼をするなと言われているが、尻を向けて畑仕事をしていいものかと、領民たちはとまどった。なかには、立ち礼をしつづける者もいる。

そうした姿を見つけるたびに、供の誰かを、そんなことはしなくていいと説得に向かわせなければならなかった。時には一度に何方向にも。人手はいくらも必要だったのだ。

まずは、城の近くの農村から見てまわった。

空人は、黙ってながめるだけでなく、村人から話を聞きたかったが、それは手兵にとめられた。領民と口をきくの何がいけないのかと、強引に事を進めようとも思ったが、手兵頭を使いに出した留守に手兵と揉めるのはよくないのではと山士に言われて、とりあえず我慢することにした。

そうやって、連日出かけているうちに、四の姫から返事が届いた。空人、石人、山士と侍女頭の四人が見守るなか、手紙の内容に目を通した七の姫は、途中で一度、大きく目を見開いたが、最後まで読むと、空人の胸をいまだにどきどきさせる特上の笑みを浮かべた。

「結婚祝いなら、またとない贈り物をすでに受け取っていると、四の姫様は仰せです」

「贈り物？　まさか、また、命の恩人とか、そういうことを言っているのか」

だとしたら、その言葉に甘えるわけにはいかないと、空人は思った。彼が——自分の手柄とはいえないのだが、結果的に——砦の人たちを救った功績は、身元のわからない人間なのに仲間として受け入れてもらったこと、その後の不始末をうやむやにしてもらったこと、恩賞として七の姫との結婚が許されたばかりか、督の身分を頂戴したことで、じゅうぶんに報われている。いつまでも、〈空鬼の筒〉の手柄に寄りかかってはいられない。

「いいえ、ちがいます。四の姫様が贈り物とおっしゃっているのは、ツリフネ草の斑入りの葉っぱのことでございます」

「葉っぱ？」

「はい。めったに見つからない珍しいもので、身に付けていると、幸福な結婚ができるとの言い伝えがございます」

「つまり、護符のようなものか」

「はい」と七の姫は目を細めた。「あの日、庭で偶然見つけたので、お姉様に差し上げました。すると、その直後にお姉様は、鷹陸様にお会いになることができ、戦の後始末が終わったら必ずいっしょになろうという約束を、あらためて確かめあうことができたのだそうです」

〈あの日〉がいつをさすのかは、尋ねるまでもなかった。

雪大の言葉に反して、そして四の姫が言っていたとおり、雪大と四の姫が格子戸越しに交わしたのは、世間話などではなかったわけだ。

「ツリフネ草の斑入りの葉と、その時の鷹陸様のお言葉があったから、不幸な誤解が生じていると感じたとき、落ち着いて事の次第を尋ねることができたのだと、四の姫様は述懐しておられます。あの葉っぱは、これからも大事に持っていたいから、あれが輪笏からの結婚の祝いということにしてほしいとのお言葉です」

「きっと、鷹陸様ともご相談のうえでのご返信ですね。こちらの事情を察して、気をつかってくださったのです」

石人が、感じ入ったように何度もうなずいた。

「しかし、その言葉に甘えていいのだろうか。本来なら百荷以上のものを贈るべきなのに、庭の葉っぱですませて、だいじょうぶなのか」

あとで八の丞(じょう)あたりが文句を言ってこないか心配だった。空人ひとりのことならば、非難されても気にしなければいいのだが、輪笏全体の問題になっては大変だ。

「そうですなあ」

石人は、口もとを左右に歪(ゆが)めて考え込んだが、やがてにっと笑顔になった。

「だいじょうぶではないでしょうか。護符とか縁起ものとかは、驚くような高値で取り引きされることもございます。四の姫様が、すでに効力があったと感じておられる護符であれば、仮に売りに出したとしたら、百荷どころか数百荷の値がつくことも考えられます。おふたりの切れそうになった縁をつないだ護符ならば、またとない贈り物とおっしゃるのも、まんざらゆえなきことではございません」

「しかし、その縁が切れそうになったのは、私の早とちりの……」

「空人様」

石人が、強い口調でさえぎった。

「あのことはすべて、風鬼(かぜんき)のいたずらとして、なかったこととされています。人の耳がないところでも、二度とお口に出さないでくださいませ」

事情は伏して、結婚祝いはもうすんだことになっていると伝えると、勘定頭は喜んだ。

「さすがは、我が督。ご人徳で、大きな節約をしてくださった」と、こぶしで鎖骨の下を叩(たた)いたが、すぐに、そんな浮わついたしぐさをしてしまったことを恥じるように、小さくうつむいた。

「督がいらっしゃってから、城の粛々とした雰囲気が、大きく変わりましたなあ」

最近では、石人に負けないくらいずけずけとものを言うようになった瑪瑙大が嘆息するのを聞きながら、その日も空人は外出した。

そうやって、連日村々をまわり、中川の流域を見終わるころ、結六花(ゆむか)の収穫が始まった。

その作業は、一見するとのんびりとしたものだった。実をつけたまま立ち枯れさせたものを、一本ずつていねいに引き抜いていくのだ。

聞いてみると、そのていねいさには理由があった。豆を採ったのち、葉も茎も根も、それぞれ集めて保存する。それらはいずれ、細工ものの材料や、燃料として使われるのだ。

雑草の生い茂る野原がほとんどない土地では、そうやって、畑のものを何でも利用しないと暮らしが成り立たない。土から生えるものはみな宝なのだと、手兵のひとりが言っていた。

　馬の餌や敷き藁が予想外に高値だったのも、それが理由なのだと合点がいった。馬には、道端の草でも食べさせておけばいいというかつての感覚は、ここでは通用しないのだ。

　中川につづいて、広川の周辺に行ってみた。

　広川は、中川よりもずっと大きな川だった。そのためか、あたりの様子がずいぶん違う。

　野原こそないものの、川土手には草が生え、川辺には水草が繁（しげ）り、結六花畑の合い間には、野菜畑も見受けられる。ソナンの国の田舎の景色に少し似ていると、空人は思った。

　対岸は、留種斗（るしゅと）という、歴史的にあまり輪笏と関係の良くない督領だ。そのためか、川には橋が一本もかかっていなかった。荷物を積んだ舟がいくつも上り下りしているが、渡しの舟は見当たらない。領境を越えるには、特別に許可された舟を使うか、街道を南に下って、別の督領を経由するという、数日がかりの遠回りをするしかないのだそうだ。

　空人たち一行は、広川から中川が分岐する場所にある町に立ち寄った。

町の中心は船着き場で、そのそばに石造りの倉が並び、多くの人足が荷物を担いで、倉と舟とを行き来していた。倉の周囲には商家が密集し、その外縁に人家が連なっている。

建物こそ木造が少なく粗末にみえるが、こちらのほうが、城の周囲の町よりも規模が大きいようだ。

瑪瑙の取り引きで財を成し、城が毎年大金を借りている商家も、この町にあるという。江口屋という店で、主人の名は仲人。

それを聞くと、空人は会ってみたくなった。その商人はほんとうに、がめつく儲けようとしていない、城のためを思ってくれている人物なのか、確かめられるものなら確かめたい。

どうせまた反対されると思っていたのに、案内役の手兵は、「では、行ってみましょう」と、すぐに馬の向きを変えた。予想に反してあっさり受け入れられたことで、空人はかえって不安になった。

「督である私のほうから挨拶に行っては、威厳を損なうことにならないだろうか」

「威厳を気にされるのでしたら、毎日のように、そのようなお姿を衆目にさらしておられることで、すでにじゅうぶん損なっていらっしゃるかと存じます」

この手兵も、〈お忍び〉の案内役を続けるうちに、かなりずけずけものを言うようになっていた。

「私が言っているのは、江口屋の主(あるじ)が、私を軽くみるようになって、今後の交渉を難しくしないかということだ」

「それでしたら、ご心配には及びません。いくら金持ちでも、商人には、城にあがって督に拝謁(はいえつ)する資格がございませんので、お会いになるには、督からお訪ねになるしかありません。正式に訪問されましたら、あちらもこちらも大変な手間と費用がかかりますから、〈お忍び〉でお訪ねになるのは、よいお考えかと存じます」

江口屋の仲人(なかんど)は、五十がらみで色白の、ふっくらとした男だった。空人を客間にあげると、自分は一段下がったところで平伏し、光栄だとか、ありがたいという意味の言葉をつらねて長々と、中身の空虚な挨拶をした。空人からの問いかけにも、「仰せのとおりでございます」と返すばかりなので、人柄も、何を考えているかも、わからなかった。

まあ、一度会っただけでは、わからなくて当然だろう。

そう考えて、この男のことを見極めるのも、今後の課題とした。

その日、城に帰ってから、瑪瑙大を呼んで質問した。

「なぜ、あのにぎやかな町がある場所に、城が築かれなかったのだ」

城のある場所には当然に、領内でいちばん栄えている町があるはずと思っていたから、そうでなかったことが不思議だったのだ。また、輪笏を流れるふたつの川の分岐点は、政治の中枢（ちゅうすう）を置くのに最も適した地に思えた。どうして城は、あの場所でなく、中川の途中にあるのだろう。

「にぎやかな町とは、倉町のことでございますか。あそこは、人や荷物を乗せた舟が行き来することから、商家が多く、倉もたくさん並んでいます。それで、倉町と呼ばれているのです。また、広川の水を引いた畑が町の外に連なって、多くの作物を育てています」

「それは、見てきたから知っている。ああいう所に城があったほうが、便利なのではないか」

「おっしゃるとおり、便利ではございますが、城は場所をとります。城そのものもずいぶん土地を使いますし、周囲には役人の住居が並びますから、川の恵みをしっかりと受け取るべき場所に建てるものではありません。このあたりは、中川の流域でも土地が耕作に適していないため、城が築かれることになったのです。また、この地には、都に近いという利点もございます」

城の位置にも、弓貴ならではの事情があったようだ。

ソナンの生きていた世界では当たり前に手に入ったものも、この地では、少しも無駄にできない貴重品。それゆえ川のそばには、何にも優先して、川の水利や水そのものを必要とする施設をつくることが求められる。城といえども、倉や畑に場所を譲らなければならないのだ。

考えてみれば、ずいぶん厳しい環境だ。

けれども、この地しか知らない人々は、それを苦にして、悲観している様子はない。むしろ、生き生きと暮らしていると、空人には感じられた。

水や、野の草や、水が使える土地といった、大切なものが本当に大切であることを知っているから、よく考えて大事に使う。それが彼らの辛抱強くて前向きな性質と、議論好きにつながっているのかもしれない。

「なるほど、わかった。良き説明に、礼を言う」

瑪瑙大は、うっすらと微笑んで深礼した。

都へ使いにやった手兵頭と花人が戻ってきた。六樽様からの、馬を売る許しを携えて。

都では、いまだに戦の後処理におおわらわで、六樽様の決裁を待つ者の列は長く、一度は年を越す長逗留も覚悟したそうだ。けれども花人が、顔の広さと人当たりの良さで順番を繰り上げてもらうことに成功し、回答も速やかに出してもらえた。それも、希望どおりの頭数を減ずることを認めるという回答を。

「花人がいなかったら、こうはいかなかったことでしょう。すべては、良き陪臣をお持ちの、督のご人徳のたまものです」

手兵頭の幹士は、そんな言葉で報告を締めくくった。

陪臣が、城の重臣に信頼されるのはよいことだが、自分も早く、〈空鬼の筒〉とか、六樽様からたまわった家来でなく、自身の力を認められるようになりたいものだと空人は思った。

さっそく、都の馬市場に馬を連れていくことになった。一度に多数を売ると値崩れしやすいものだが、いまはまだ、戦の影響で、馬には高値がついている。売るなら一日も早いほうがいいという。

今度は、勘定頭が出向くことになった。空人は、花人に代わって、石人を付き添わせることにした。石人なら、都の抜け目ない商人を相手にしても、言い負かされたりしないだろう。

たくさんの馬と、馬を世話する者たちと、護衛する者らの大行列を見送ってから、空人はまた、〈お忍び〉に出た。広川流域につづいて、広川と中川にはさまれた、督領南部の扇形の地帯を駆け巡り、十年間は一本も切り出してはならない森や、地下水の湧き出る池を見た。

最後に、北西の領境をはしる山脈に赴き、瑪瑙を採掘している場所も見学した。長く連なる山塊は、どこもかしこも岩だらけの不毛の土地であることや、山脈と中川沿いの畑との間にある赤土の地帯――初めて輪笏に入ったとき、夕焼けに染まる海の一部に見えたところ――が、草一本生えていない荒れ地であることを、その目で確かめた。

こうして、鬼絹を産する照暈村以外をひととおり見てまわった数日後に、都で馬を売ってきた一行が帰還した。取り引きは首尾よく終わり、予定どおりの収入になったという。

売った馬の世話をしていた者たちの新しい仕事はまだ思いついていなかったが、新年の祝いの準備をする時期になっていたので、とりあえず、それを手伝わせることにした。

空人は、今度の宴を、少しは華やかなものにしたいと考えていた。

馬が売れ、まとまった金が入ったからといって、贅沢をするつもりはなかったが、新年の祝いまで倹約に徹したのでは、味気ない。督のいない十年間、ぎりぎりでやりくりしてきた城の者たちを、ねぎらう機会は必要だ。長く続いた戦は終わった。不在だった督も着任した。新しい年は、これまでとちがった明るい年になるのだと思えるような場にしたい。

形ばかりでも、酒とご馳走（ちそう）を全員に供することはできないか、勘定頭、暦頭と相談した。酒は、なんとか安く手に入れる。料理は、金はかけずに人手をかけて、見た目に工夫を凝らすことで、ご馳走の雰囲気を出すことになった。

また、七の姫の侍女たちに踊りの心得があるとわかったので、彼女らに舞いを披露してもらうことにした。音楽は、手兵や役人のなかから、楽器を奏（かな）でられる者をさがして、即席の楽団をつくらせた。

しろうとの踊りや演奏は、金を出して呼んでくる芸人のものに劣るだろうが、仕事仲間が舞台にあがるということが、気分を高揚させるのだろう。城の者たちは、酒やご馳走以上に歌舞を楽しみに、宴の準備に励んでいた。

こうして空人は、輪笏という地で督として、新しい年を迎えた。

4

こんなにも予測のつかない人物に、波人（なみんと）は会ったことがなかった。

さっき口にした行き先が、もう変更される。思いつきで、新しい命令がどんどん出される。

その日、自分がどこに行って、何をするのか、朝には見当もつかない日々を送ることになるとは、昨秋までは夢にも思っていなかった。

手兵になって九年半、波人にとって時の流れは、中川のようにまっすぐで、ずっと先まで見通せた。

一年の行事は、年初に暦頭（こよみがしら）様から発表されるとおりに執りおこなわれ、ひと月は、月初に決められた予定のままに進み、一日は、朝に出される指令の仕事をこなして終わる。

背蓋布（はいがいふ）をおつけになった五人の頭（かしら）が、万事そつなく差配していらっしゃるので、輪（わ）笏（しゃく）の城に予想外のことなど起こらなかった。噂（うわさ）によると戦乱が、都のすぐそばまで迫ったこともあるようだが、波人は、戦地に行く〈預かり〉の部隊に入れなかったので、戦でさえも彼の日常を揺るがしはしなかった。

妻を娶って父親になると、家の中が少しにぎわった。子供は時に、思いもよらない騒ぎを起こす。それでも、しっかり者の妻のおかげで、生活が乱されることはなかった。

そうした日々を波人は、実は内心、物足りなく思っていた。

平穏なのは、ありがたい。世の中には、食うに事欠く人々もいる。長く続いた戦のために、燃えた城、荒廃した督領もあると聞く。やっと戦が終わったといっても、物事を正常に戻すには、まだ長い時間がかかるだろうとも。

けれども、輪笏のあり方も、ここ十年、正常とはいえなかったのだ。

なにしろ督が不在だった。そのせいで、手兵になって十年に満たない波人らは、年配者らによくからかわれた。

「手兵とは、督の手足となって戦う武人のこと。督を知らないおまえたちは、まだ手兵とはいえないな。せいぜい手兵見習いといったところだ」

冗談だとはわかっていたが、言われるたびに、忸怩たる気持ちになった。

確かに、督のいない手兵など、城を持たない城守りも同じ。心の中のこの物足りなさは、きっと、輪笏に督がいないせいだ。

そう思っていた波人だから、六樽(むたる)様のおはからいで、新しい督がおいでになると知ったときには喜んだ。知らせがあってから着任までがわずか二集(しゅう)という異例の短期間であることや、今度の督は素性が不明のあやしい人物だという噂が、たいして気にならないほどに。

新しい督は若かった。それもまた、嬉(うれ)しかった。城頭を筆頭に、城の重職者らは高齢で、それが城の空気を重厚に——はっきり言えば、どんよりと、染めている気がしていたから。

小柄で、輪笏の土地では見慣れない、めずらしい感じのお顔立ちだが、姿勢がよくて、督としての威厳が感じられた。そのうえほどなく、剣の腕もそうとうなのだと判明した。

督は毎朝、剣豪として名高い鷹陸(たかりく)様直伝の素振りをなさっていると、城の奥に勤める者らが伝えてきた。そのあとで、身兵頭や身兵と手合わせをなさるのだが、いつも同じ相手ではつまらないから、手兵とも剣の稽古(けいこ)がしたいとお声がかかった。新しい督が武人としてどうなのかに興味津々(しんしん)だった腕自慢らが、次々に出かけていって、一様に感心した顔で戻ってきた。手加減の必要はなかった。督はたいした腕前だ。剣を持ったことのない低い身分からの成り上がりだという噂は、まったくの偽りだったと。

督のお稽古相手に名乗り出る勇気がもてなくて、この時には仲間の話を聞くばかりだった波人だが、督が領内を見てまわられるので案内役が必要だと知ったときには、進んでその役を買って出た。これまでに、伝令としてあちこちに走ることが多かったので、道案内には自信があったのだ。

ところが、見事その役に選ばれて、督と間近で接する栄誉に身を震わせたのは、最初だけだった。

まず、督のお出かけだというのに、〈お忍び〉なので、正式な作法で敬意を表してはいけないとわかった。城の外では、商家の若旦那(わかだんな)の物見遊山(ものみゆさん)に付き添う使用人のようにふるまわなければならないのだ。また、頭を下げている者を見つけたら、走っていってやめさせるという、本来やりたいことと反対のことまでしなければならなかった。

督に礼を尽くしたい気持ちを押し殺してじっとしていたり、膝(ひざ)を折る畑の者らを立ち上がらせたりするたびに、督の偉大さが目減りするようで、波人はやるせなかった。

それなのに、督ご自身は嬉々(きき)として、背蓋布といっしょに、波人を喜ばせた威厳まで脱ぎ捨てて、物見遊山をする若旦那そのものになってしまわれた。

「あれは、何だ」「そばに行って見てみたい」と、すぐに寄り道されたがる。それも、美しいものよりも平凡な、たとえば村人が使っている農具などに興味を示される。ご質問にこたえて使い方などをご説明すると、「なるほど、便利なものだなあ」と、無邪気な顔で感心なさる。

　仕事をしている畑の者に、直接話しかけようとされたときには、驚いて、すぐにおとめしたが、残念そうにしておられた。かと思うと、荒野の真ん中で、急に馬を飛び降りて、足下の土を手ですくってみたりなさる。

　だんだんと波人は、督のお供をしているというより、幼い息子を連れて市に出かけたときのような気分になった。何を始めるかわからないので、片時も目をはなせない。何を見ても眼を輝かせて、次々に質問が発せられる。

　督と息子を重ねるなど、不敬なことだと、波人は自分の連想を叱ったが、そのうちに、そんなことはどうでもよくなってきた。なにしろ督といると、ご要望におこたえしたり、おこたえできない理由を説明したり、ご質問に回答したりするだけで、へとへとになってしまうのだ。

　広川の上流に向かうのに、街道をはずれて荒れ地を横切る遠回りをしたときには、畑が見えはじめる場所まで来ると、こんなことをお尋ねになった。

「どうして、このあたりには、畑がないのだ。あそこまで水を引けるなら、ここまで水路をのばすことも、できるのではないか」

輪笏に生まれ育った者には、浮かびようのない質問だった。

「ここには、土がありません。薄い砂の層の下には、岩があるばかりです」

「そうなのか」

驚いた顔をなさった督は、その場で馬に足踏みさせて、蹄の音で波人の言葉をお確かめになった。

「なるほど。水を引いても、土がなければ畑はつくれないな」

当たり前のことに感心なさる。波人のほうは、どうやったら馬を前進させずに足踏みだけさせられるのかと、その手綱捌きに感心した。

一方、何もない山地にわざわざ足を向けられたときには、途中に広がる赤が原で馬を止めて、お尋ねになった。

「どうして、ここには畑がないのだ。土はじゅうぶんあるように思えるが」

これもまた、輪笏の民にとって、そんな疑問を抱けることが驚きといえることだった。

「ここには、水がありません。広川から引くには遠すぎ、中川は、水量が乏しいので、いま以上に水路を作ることが禁じられています」

「そうなのか」

督は馬を飛び下りると、しゃがんで片手に土をすくわれた。陪臣が驚いて、自分も馬を下りてそばに寄ったが、それより早く、督はてのひらの土を口に近づけておられた。

すぐに、「悪い土ではなさそうなのに。もったいない」と、手をはたかれたが、お口元が汚れていた。陪臣が、素早くお顔を布でぬぐった。

実際に口に含まれたのか、においを嗅ごうとして近づけすぎただけなのかはわからないが、まるで幼児のようだと波人は思った。

「つまり、畑にできない場所には、二通りがあるということだな」

督はすぐに、督らしい威厳のある顔つきになっておっしゃった。

「土のない場所と、水のない場所との」

大いなる道理を見つけたかのように、瞳を輝かせていらっしゃる。どう応じればいいか困っていると、身兵頭が声をあげた。

「空人様。二通りではございません。三通りです。もうひとつ、土も水もない場所がございます」

たとえば、これから向かう山地がそうだなと、波人は心の中でつぶやいた。

督は、差し出口に気を悪くした様子もなく、明るい笑顔でおっしゃった。

「なるほど、そのとおりだ」

そうしたことで、敬意が薄れたというわけではない。波人は、このような人物を見たことがなかったから、衆目の中で平然と幼児のようにふるまえることこそ、督が督たるゆえんなのだと考えた。

ただ、敬意の持ち方や、おそばに侍(はべ)るときの緊張が、督と他のお偉方とで異なるようになった。

たとえば、瑪瑙大(めのうた)様の御前では、身と心が縮む思いがするけれど、空人様といるときの緊張は、剣の試合の寸前に似ている。手や足は、いつでも飛び出せる力を貯(たくわ)え、頭も心も、あらゆる事態に対応できるよう、軽やかに構えている。確かに緊張しているのに、気持ちはのびやかなのだ。

そんな自分に気づいたとき、これが輪笏に督がおられるということかと、この九年半には経験したことのない感慨にひたった。

けれども、そんなのんびりしたことを考えたのも、年が新しくなるまでだった。新年の訪れを祝い、水の豊かさと暮らしの安寧を願う行事が一段落すると、督はまたも、日々お出かけされるようになった。輪笏の全土を見てまわられたばかりだというのに、一度では満足なさらなかったようで、さまざまな場所の再訪を望まれたのだ。

今度こそ、予測のつかない道行きとなった。寄り道どころか、行き先そのものがころころ変わる。去年のうちは、あれでもまだ、そのご性分を抑えておられたのだと知って、波人らは驚いた。

街道を通って倉町に行くはずが、急に馬の頭を南に向けて、森が池へと走られる。ところが池に着く前に、急停止して畑に入り込み、野良仕事をしている男を長いことながめておられる。さらには、男に声をおかけになる。

新年最初の〈お忍び〉に先立って、手兵頭様から、そうしたことがあっても邪魔立てしてはならないと言い含められていたので、黙って見ているしかなかったが、督が下々の者と直に言葉を交わされるなど、波人には、あってはならないことに思えた。

黙って見ているといっても、やるせなさを我慢してさえいればいいわけではなかった。身分の卑しい者どもが、督に近づきすぎないか、督のお召し物を汚したりしないか、最初のうちは、はらはらしどおしだった。やがて、相手が身を引いても、督のほうからぐいぐい近づいていかれるのだから、そんな心配をしてもしかたないと割り切れるようになったころには、別のことではらはらさせられるようになっていた。

督が、ありえないような質問をなさるのだ。

たとえば、足を引きずって歩いている若い畑の者に、いつ、どうして怪我をしたのか、もう治らないのかとお尋ねになる。

波人は思わず、口をあんぐりと開けてしまった。同じ椀から粥を食べるくらい親しくなっても、聞くのがはばかられることだったからだ。

ありえないような質問でも、督のお尋ねでは答えないわけにいかないから、相手は言葉を濁しながら返答するが、督はそうした曖昧さをお許しにならない。

「ずいぶん以前とは、一年以上前のことか」「では、何年前だ」と問いを重ねられる。

また、水路をはなれた地域であばら屋に入り、「喉が渇いた。水を一杯もらえないか」と所望されることもあった。住人が、水屋から買ったであろう、貴重な飲み水を差し出すので、波人は、多すぎも少なすぎもしない適切な額の鉅を、こっそり手渡さなければならなかった。

年が明けての外出から、供が少しずつ減っていき、ついには陪臣と身兵頭と波人の三人になっていた。領民たちが督の〈お忍び〉に慣れてきたので、礼をやめさせる手間はいらなくなっていたが、陪臣は都の出だし、もともと督のことしか考えていない。身兵頭は、一人いれば護衛としてじゅうぶんな腕の持ち主だが、督に負けない変わり者で、護衛以外の役には立たない。督と領民とのやりとりにはらはらしたり、後始末に気を配ったりは、波人ひとりの仕事となった。

督は、疲れを知らないお方だった。御覧所(ごらんどころ)でのご政務もこなしておられるのに、時間ができると休む間もなくお出かけになる。つねに元気いっぱいで、ついていくのが大変なほど先を急がれるのに、興味がほかに移ると、たちまちそちらに夢中になられる。

まるで、揺らめきつづける炎のようだと、波人は思った。その炎に照らされて、気ぜわしいのに血がたぎる。決まった仕事をこなしながら予定どおりの日々を送り、物足りなさをおぼえていたのが、遠い昔に感じられた。

督のなさることは、ご政務においても人々を驚かせた。

ご着任になって最初になさったのは、馬の半数を売り払うことだった。

馬とは戦力であり、多ければ多いほど督領として立派なのだと考えていた波人ら手兵にとって、驚愕(きょうがく)の出来事だった。反対の気持ちを表明しようとした者もいたようだが、正衣(まさごろも)を着た方々がみな、たいそう喜んでおられたので、不満の声は消えていった。

なにしろ手兵頭の幹士(みきんし)様までが、督のご処置に歓喜の声をあげられたのだ。どうやら城の財政は、波人らが考えていたよりずっと苦しかったようで、馬が売れてから、勘定頭様や事務方の顔は、目に見えて明るくなった。

新年の宴も、かつてないほど明るいものになった。六樽様のお城で働いていた侍女たちが、舞いを披露してくれたのだ。見目麗(みめうるわ)しい女人らが、ひらりひらりと踊らせる布から漂う芳気は、都から直接吹いてくる風のようで、波人らはうっとりした。

このように、都が近くに感じられるようになったことが、城の多くの者にとって、督の着任でのいちばんの変化だったかもしれない。

歩いて三日、馬を走らせれば朝出て夕刻には到着する場所にあっても、都は遠い夢の土地だった。督不在の十年間は、年に一度の献納品の搬送以外に、城の者が都に行く機会はなかったうえに、輪笏からの献納品は嵩(かさ)の張らないものなので、手兵でさえも、腕自慢の十数人しか訪れたことがなかったのだ。

ところが督がいらっしゃったことで、都との縁が復活した。すでに二回も使いの行列が出され、都の土を踏んだことのある手兵仲間はぐっと増えた。一度目の使いは、少人数ながら滞在が長く、二度目は大勢が参加したので、土産話の花が咲き、行ったことのない者にとっても、都はずいぶん身近になった。

また、めったに拝顔できないが、この城の中に六樽様の姫君がおられることを考えるだけで、都の気配を感じることができた。都育ちの侍女たちとは、たまにすれ違うこともあり、雅（みやび）な姿に胸をときめかす若い手兵がたくさんいた。

波人は、最年長の陪臣の声音にまじる、都風の響きを聞くのが好きだった。〈お忍び〉のお供がいつもの無口な若者でなく、優しい顔をした花人殿になった日など、苦労が軽くなる気がした。

年が明けてまもなく、城に噂が流れはじめた。督が新しい決定をなさるらしい。馬を売った金と、馬の世話の仕事がなくなった人手を使って、びっくりするようなことが始まるのだと。

督の新たな〈お忍び〉にきりきり舞いをしていた波人は、仲間の手兵にいくぶん遅れて噂を耳に入れることになったが、新しい決定とは何だろうと、楽しみなような、怖いような気持ちがした。督のとんでもなさを誰よりもよく知っていたから、怖い気持ちがまさっていたかもしれない。

噂のにぎやかさに反して、新しい決め事の内容は、少しも漏れてこなかった。何かわからないかと、〈お忍び〉中の督のご様子をうかがっても、そんな決定を控えてい

ると は思えないほどのんきなお顔で、目の前の事物に次々に興味を示す幼子の熱狂を続けておられた。

二の月に入り、瑪瑙(めのう)の山に六回、倉町の江口屋には四回、その他の地域にも新たに一度はお出ましになってから、〈お忍び〉の足が止まった。督をはじめとする背蓋布をつけた方々が、御覧所に集まって、朝から晩まで出ていらっしゃらなくなったのだ。

噂はさらにかまびすしくなった。督が次になさるのはどんなことか、さまざまな思いつきが披露され、笑われたり感心されたりしていたが、二の月の終わりについに発表された新しい決め事は、そのいずれともかけ離れたものだった。

城の雑夫から二十四人を選んで、都に勉強に行かせ、医術の基本と、読み書きの教え方を学ばせる。帰ってきたらその者たちは、三つから五つの村をまわって、病人や怪我人の手当てをし、子供を集めて読み書きを教える。

これを聞いて、波人ら手兵は呆気(あっけ)にとられた。

なんだって、城に勤める者が、畑の者らの面倒をみなければならないのだ。そんなことをしなくても、彼らは彼らでちゃんとやっている。病気や怪我は、村役が村に伝わる方法で手当てしているし、子供に教えるべきことは、きちんと親が教えている。

馬を売った金が、まったくの無駄としか思えないことに使われると知って、手兵たちは騒然となった。彼らよりも身分の劣る雑夫たちに、都で勉強する機会が与えられるというのも、面白くない話だった。

不満を抱えた者たちは、波人のもとにやってきた。どうして馬を半分にしてしまったのか、どうして馬を売った金が、これまでなくてもすんでいたことに使われるのか、次にお供をするときに、督に尋ねてほしいというのだ。

彼らも、手兵頭様から説明を受けてはいた。戦が終わったいま、あれほどの数の馬は必要ない。また、世の中が大きく変わろうとしているから、畑で生きる者たちも、読み書きくらいできないといけない。医術についても、村ごとにおこなわれている伝統的なやり方を変えれば、元気に働ける者が増えて、輪笏は豊かになるのだと。

けれども、幹士様ご自身も、じゅうぶん納得されているとは思えない口ぶりだったから、聞いた者が納得できるわけがなかった。

戦が終わったといっても、香杏(かあん)が滅びたというだけだ。あのような無法者が、また現れたらどうするのか。

そんな疑義も呈されたが、幹士様に「だから、半数は残してある」と返されると、それ以上、何を尋ねたらいいか、わかる者はいなかった。反対するための道理も思いつかず、その場は口を閉ざしたが、気持ちのおさまりのつかない者は多かった。

そうした者たちが、波人のもとにやってきたのだ。

彼らは、あらためて理由を説明してもらいたいわけではなかった。督に直接疑問をぶつければ、もしかしたら考え直していただけるのではと、淡い期待を抱いていたのだ。

ほどなく赤が原への〈お忍び〉に同行することになった波人は、仲間の期待にこたえるべく、督とお話しする機会をうかがったが、けっきょく何も言えないまま、城に帰りついた。

機会がなかったわけではない。ただ、当初の予定の赤が原を行き過ぎて、丘と荒れ地を越えて山の中にまでお入りになり、あちこちに馬を向けられる督が、生きた炎(ほむら)のようで、下々の疑問という水滴を向ける度胸がもてなかったのだ。

この方は、我々には理解できないことを考えておられる。

そう感じた。

我々には予想もつかない場所に、輪笏全体を引っ張って行こうとされている。それでこその督なのだと思うと、疑問も不満もかき消えて、このお方が目指しておられる場所を見たいと思った。

あとで仲間に責められたが、「手兵とは、督の手足。考えることは、督にお任せすればいいのだ」の一点張りで、抗議の声をしりぞけた。

やがて、六樽様のお召しにより、督が都にお出かけになった。重要な御前会議が開かれるので、出席せよとのお呼び出しを受けたのだ。

波人はそのお供に加われなかったが、おかげで、城の空気が一変したのを肌で感じることができた。督への不満や疑念が、きれいさっぱり消え去ったのだ。

輪笏の督が、都での大事な決め事に関与する。

それは、最古参の手兵でさえも聞いたことのない出来事だった。輪笏のような小さな督領の主が六樽様の御前に出るのは、五十数名いる督が勢揃いする行事のときくらい。今回のように、十人少々で相談する場に呼ばれるなどは、城頭様の記憶にもないことだという。城頭様の記憶になければ、かつて一度もなかったことと考えてよい。すなわち輪笏は、歴史的栄誉に輝いたのだ。

今度の督は、大したお方だ。さすが、六樽様の姫君を娶られた方だと、督の評価は急上昇した。波人は、予測のつかないあのお方が、彼らをどこに連れていってくださるのか、ますます楽しみになった。

けれども、その行き先が輪笏にとって危険だとわかったら、その時は、からだを張ってでも止めるだろう。

目の前で揺らめく炎がどんなに魅惑的でも、波人は、代々暮らしてきた土地が滅びに向かうのを黙って見ているほど、骨のない男ではない。手兵が督の手足というのは、ものの譬(たと)えであって、実際の頭と手の関係とはちがうのだ。

波人には、十年前にいたと噂されている英雄に、負けない働きをする覚悟があった。

一日が、あっというまに過ぎていく。輪笏では、時の流れがよそより早いのではと思えるほどに。

なにしろ、考えること、調べることが、山ほどあった。

結六花(ゆむか)の収穫量をいかにして増やすか。馬を売ったことで余った人手をどう使うか。江口屋からの借金の条件は、ほんとうに公正なものなのか。

ことに、仕事のなくなった者たちの処遇については、年が明けると城頭がせっつきはじめた。

昨年のうちに、暦頭らからいくつか案が出されたが、空人には、どれもしっくりこなかった。末端の使用人といえども、ただ遊ばせないためだけの仕事につける余裕は、いまの輪笏にないはずだ。もっと、物事を明るいほうへと進ませる役目があるような気がして、「私が有用な仕事を考えるから、待っていろ」と宣言してしまっていたのだ。

江口屋の件は、倉町と瑪瑙の山に何度も足を運び、そこで働く人々の話を聞いて、城頭の言ったとおりとわかってきた。仲人(なかんど)が借金にあんな条件を出したのは、金に困った城が瑪瑙の採掘で無茶をやるのを防ぐためだったようだ。

そうなると、金繰りを良くする道は、やはり結六花の増産しかない。

空人は、時間の許すかぎり〈お忍び〉に出て、真冬の野山を駆け回った。新たに畑にできる場所はないか、物事を少しでもいい方向に動かす施策が打てるところはないか、きょろきょろと首を巡らし、さがしながら。輪笏についての知識を少しでも増やし、彼にできることを見つけるために、走って、見て、尋ねて、聞いて、考えた。

輪笏の冬は、凍えるような寒さと無縁だった。布天井の家に暮らす人々がいること、衣服の種類は豊富なのに、防寒着がほとんどないことから、そうであろうと予測していたとおりだった。

夏の暑さも厳しくないことは、すでに経験している。突然の雨に濡(ぬ)れるおそれもないことを考えれば、弓貴(ゆんたか)は、暮らしやすい土地といえなくもない。

また、あちこちで領民に話を聞いて、流行り病(はやりやまい)で人がばたばた死ぬようなことが、弓貴では起こらないとわかってきた。ソナンの国やその近隣諸国では、少しも珍しいことではなかったのだが。

そういえば、シュヌア家の執事のヨナルアは、雨が上がると、「湿気は病を呼び寄せる」と言って、きまって屋敷じゅうの窓を開けさせていた。あれはまったく正しい措置で、湿気と悪い病気には関係があり、だから、いつも空気が乾いている弓貴は、流行り病の襲来を受けないのかもしれない。

そう考える空人にとって、すでに感情を波立たせることがなくなったほど遠のいた、ここではない国の記憶は、知識として利用するためだけのものになっていた。

乾いた空気のおかげか、ほかに原因があるのか、病気が少なそうな弓貴だが、そのせいで、医術が軽んじられているようだ。

砦(とりで)には医師がいたが、医療を施す者というより、ヨナルアが雨上がりに窓を開けさせていたような、健康にいい生活の指導が主な役目のようだった。

戦で負傷者が出ても、治療にあたるのは近くにいる者。すぐに手当てができるという意味ではいいのだが、裏を返せば、誰でもできる処置しか受けられないことになる。

都のお城の医療がどうなのか、知る機会はなかったが、輪笏の城には、砦にいたのと似たような医師が一人いるだけだった。あとは、城町と倉町に三、四軒、医術を商売にする店があるばかり。領民のほとんどは、病気も怪我も、呪術(じゅじゅつ)や我流の療法で対処している。

土地の者は、それを当然のことと思っているが、空人はどうにかしたくてたまらなかった。

たとえば、片足を引きずって歩いていた、そう年寄りでもない男。畑衣(はたごろも)から出ている足の太さが違っていたから、もう長いことそんな歩行をしているようだ。話を聞くと、七年前に高いところから落ちて骨を折ったせいだという。弓貴(ゆんたか)でも、骨折した手足は、添え木をあててよく養生すれば元どおりになると知られているが、この男の住む村の人間は、手当ての仕方が上手でなかったようだ。

ソナンの国の医者のようにとまではいかなくても、弓貴で知られている医術の知識があまねく輪笏に広まるだけで、病気で死ぬ人間や、曲がった手足で不自由な生活をつづける者が減るのではないか。それが民の幸せと、輪笏の豊かさにつながるのでは。

そこでひらめいたのが、馬を半減させて余った人手の使い道だ。彼らを都にやって、医術を学ばせ、各村に派遣して村医にすればいいのではないか。

いや、馬の世話をしていた者がみな、医者になれるとはかぎらない。城の使用人から、学ぶのが得意そうな者を選んで都に送ろう。そして、その者の抜けた穴を、余っていた人手で補うのだ。

いい考えに思えたので、その夜さっそく、花人(はなんと)らに話してみた。三人とも、腑(ふ)に落ちないという顔をした。

「どうして、こんなに貧しい土地で、よそもやっていない新しいことに金を使わないといけないのでしょうか」

石人(いしんと)が、眉根(まゆね)を寄せて質問した。

「元気に働ける人間が増えれば、輪笏を豊かにすることにつながるはずだ」

空人は、足をひきずっていた男の例を出して、懸命に説明した。三人は困ったように顔を見合わせた。

「村に医者を置いても、納められる税がどれほども増えるとは思えません。長い目で見れば有益なのかもしれませんが、輪笏の収入不足の問題は、目の前にある危機。そんな悠長なことをなさっている場合ではないかと存じます」

石人の言うことは正しい。それは空人にもわかるのだが、どうしても、この思いつきをあきらめる気になれなかった。それどころか、三人に説明しているうちに、是が非でもやるべきことに思えてきた。

その気持ちを、声にして吐き出した。

「都で学べる知識があれば死なずにすむ人間が、輪笏では死んでいるのだ。助けたいと思って、何が悪い」

花人が、ちょっと目を見開いたあと、真顔になって一礼した。どういう意味の礼なのか、空人にはわからなかった。

「民を思う督のお気持ち、感じ入ってございます。けれども、おっしゃるやり方には、いろいろと問題がございます。今のままでは、城頭様を納得させることはできないでしょう」

「誰一人納得しなくても、自分は督として断行する」と叫びそうになったとき、花人の真顔のわけに思い至った。「今のままでは」の意味にも。

依然として大いに賛成というわけではなさそうだが、それでも、空人のやりたいことを城頭らに受け入れられるかたちにするべく、知恵を貸そうとしてくれている。協力したいと言っているのだ。

花人が、いつもの笑顔から真顔になったのと反対に、石人は、まじめくさった表情を捨てて、唇の端をにやりとひねった。山士は、先輩二人に負けないぞとばかりに、口をきゅっと結んだ顔。

つまり、彼らも同じ気持ちなのだ。

空人は、ひとつ大きな息をしてから、尋ねた。

「どんな問題があるのだ」

それから幾晩か、督と三人の陪臣は、深夜まで話し込んだ。

城頭らを説得するのに、八日がかかった。言葉を尽くして説明し、時に熱く、時に冷静に効用を語り、重苦しい沈黙に耐え、最後には空人が督であり、絶対権者であることを思い出させて、承認を得た。無論、表向きは、城頭らが決めた施策を空人が是認するというかたちをとった。

八日かかったが、最初に思いついたままを話していたら、そんなに長く話を聞いてさえもらえなかっただろう。花人らの指摘であれこれ修正した計画だったから、ともかくにも耳を傾けさせ、最後には受け入れられたのだ。

空人が、陪臣の忠告を受けて大きく妥協したのは、人数だった。各村に一人ずつではあまりに多いと指摘され、使える金から逆算して、二十四人に絞った。

すると、一人が三から五の村を巡回することになるが、それでも暇すぎるのではないかと石人は心配した。大きな怪我や重病は、そうしょっちゅう起こるものではない。おそらく医師は、手持ち無沙汰となるだろう。城から派遣された人間が、畑で働く人々のあいだでぶらぶらと遊んでいては、民が城に寄せる信頼を損なってしまう。かといって、これ以上人数を減らして、受け持ち範囲を広げては、いざというとき駆けつけられない。ぶらぶらさせないために、何かほかの仕事も与えられないか——と考えていて思い出したのが、輪笏に学校や家庭教師が存在しないことだった。学弓貴では、医療と同じく教育も、専門家に委ねるという発想がないようだった。学ぶべきことは、親が子に教えるものだと考えられているのだ。きちんとした家庭はそれでいいかもしれないが、そうでなければ、子供が後に苦労する。

また、〈お忍び〉を始めるときに長く待たされた経験から空人は、畑の者も簡単な読み書きくらいできたほうがいいと思っていた。これから、急いで浸透させたい決め事が出てくるかもしれない。畑の作業や生活のうえでの新しい知識も、文書で広められるなら、そのほうが簡単だ。

気にかかってはいたが、すぐに手を打つのは無理だろうと思っていた問題が、一石二鳥で解決できるのではと思いついた。子供に読み書きを教えることは、医療の技術を学んだ者には簡単なはず。医師を教師にもすればいい。

三人の陪臣は、この案に感心したが、城頭らを説得するのは難しいだろうと忠告した。都では、子供を集めて一人の教師から学ばせる教育が、少し前から始まっていて、花人らもその効用を知っていた。

「何より良いのは、優れた能力をもつ子を見つけられることです。出自や身分に関係なく、学問の力に秀でた子供はいるものです。親からみればただの変わり者ですが、大勢を集めて教える人間なら、必ずその才に気づきます。そうした子供に、畑仕事や行商をさせるのでなく、学問を積ませて城の仕事をさせたなら、すばらしい働きをするでしょう」

花人の言葉に、空人の胸はふくらんだが、石人が渋い声で指摘した。

「しかし、その効用が現れるのは、ずっと先。目の前の窮状を解決する策でないのは、医術と同じでございます。輪笏の貧しさを解決するめどの立たないまま、そうしたことに金を費やすのを、瑪瑙大様や豆人様は嫌がられるでしょうね」

確かに嫌がったが、空人は根気よく説得した。教育は、明日食べる豆と同じくらい大切なのだ。輪笏を豊かにするのに、もっと早く効果の出る施策も考えているから、これはこれでやらせてほしいと。

そうして八日目の終わりに、空人のやりたいことを城の総意にできたのは、彼の熱意もさることながら、陪臣らの陰の働きが効いたようだ。花人が勘定頭を、石人が城頭を、ひそかに説得してくれたのだ。ことに花人が、都滞在のおりに仕入れてきた話を、大げさに伝えたのがよかったようだ。

都の政に、大きな変化が起きそうだ。戦ではないが、戦以上に世の中を変える出来事が、どこかでひそかに始まっている。そういう噂が、都の高位の者たちの間でささやかれているというのだ。噂がほんとうなら、新しい動きに対処できるよう、学問の才のある人材を今からさがして教育したほうがいい。畑の者たちも、読み書きくらいできるほうがいい。そう告げたのだそうだ。

その噂が花人のでっちあげだとしても、輪笏の民の教育に着手できてよかったと空人は思った。

医師に教師をやらせるというのは、ほんの思いつきから出たことだったが、考えれば考えるほど、すぐにも必要なことに思えた。

輪笏の全土をまわっていて、時に貧しさに慄然とさせられることがあった。城の収支がぎりぎりで回っているということは、暮らしを破壊しないぎりぎりまで、税を取りつづけているわけだ。けれども人々は、その貧しさに黙って耐えていた。

彼らの忍耐力は尊敬に価するが、何かを変えていこうという気概が見当たらない。

農村で話を聞いた人々も、城の使用人たちも、背蓋布をつけた重職者でさえ、これまでどおりを続けることが最善だと考えている。

人がばたばたと死ぬ流行り病とか、天候不順による大凶作といった、大きな悲劇が起こらないから、捨て鉢で立ち上がる者が出にくいのか。苦しくても前例どおりを続けていれば、破滅することはないと思っているのか。砦で空人を感動させた忌憚のない議論が、ここではほとんど見られなかった。

この状況を変えるには、親からではない教育が必要だと、空人には思えたのだ。

事が決すると、細かいことや実行については城頭らに任せて、空人はふたたび輪笏の大地を駆け巡った。今度こそ、新しく結六花の畑がつくれる場所を見つけなければならない。

そんな探索は、土地の者がとっくにやり尽くしているだろう。けれども、弓貴や輪笏の〝当たり前〟を知らない空人だからこそ、発見できる何かがあるかもしれない。その何かが、広大な砂地に埋もれた一粒の豆より見つけにくいものだとしても、必ず探し出してやると、空人は心に誓っていた。

領民が彼の〈お忍び〉に慣れたこともあって、供は三人に減り、以前よりも動きやすくなっていた。

口数が少なく、まじめな山士。空人の行動にはいっさい干渉せず、安心感だけを与えてくれる身兵頭の月人。いくぶん神経質ではあるが、土地のことを尋ねれば、きっちりと答えを返す、波人という名の手兵。

いつものこの三人は、探索に集中するのに理想的な取り合わせだった。

ところがある日、山士に代わって花人がついてきた。そして、人気のない場所までくると、月人と波人に用事を頼んで遠ざけた。

二人の馬が小さくなると、花人がすうっと真顔になったので、そうまで人の耳を警戒する大事な話があるのだとわかった。

「ご主人様。あなた様の民をお思いになるお気持ちは、督として、大変ご立派なものでございます。民のためになることはすべて、一日も早く推し進めたいと思し召しでございましょう。けれども、土地の者に理解しがたい施策をひとつ、お通しになったばかりでございます。何か思いつかれても、しばらくお胸の中であたためて、何年か後に持ち出すくらいになさったほうが、いいのではないかと存じます」

「どうして、そんなことを言うのだ」

石人がしょっちゅうこぼしている小言を、なぜあらためて聞かされるのか、わからなかった。

「僭越ながら私は、ご主人様の性急さが、命取りになることを案じているのでございます」

「確かに、過去にはそれで、大きな過ちもおかした。しかし今は、きちんと段階を踏んで物事を進めている」

「おっしゃるとおりでございます。私の心配のしすぎかもしれません。けれどもこの機会に、お許しをいただけますなら、私の心配の底にある、疑惑についてお耳に入れたく存じます」

それが話の核心のようだ。

「許す。よけいな前置きはいらない。どんな疑惑があるのか言ってくれ」

「はっきりとした根拠があるわけではございませんが、督のお許しを得て政の書類を拝読しましたとき、こんな偶然があるものかと、気になったことがございました。今日まで私なりに、それについてさぐってみましたが、ご報告できるような確かなことは、何ひとつ見つけることがかないませんでした。けれども、私の危惧が当たっているなら、事は重大でございます。根拠はまったくありません。おそらく私の考え過ぎです。けれども、どうかお心の片隅にとどめていただき、今よりほんの少しだけ、ご用心なさっていただきとうございます」

「わかった。そうする。どんな偶然が気になっているのだ」

花人は、空人との間隔を一歩詰めて、声をひそめた。

「十年前、輪笏の森は、それ以上切り出したら森として存続できなくなるという危機にありました。そんなとき、督がお亡くなりになったのは、偶然でしょうか」

「偶然でなければ、なんなのだ」

「さあ。もしかしたら、森ノ神の思し召しだったのかもしれません。督がお亡くなりにならなければ、輪笏は森を失っていましたから」

「暗殺されたのかもしれないと、おまえは思っているのか」

「空人様。そのようなことは、ほかに耳のない場所でも、お口に出してはなりません。それに、気づかれないように調べた範囲では、前の督のお亡くなりになったいきさつに、怪しい点はございません。また、前の督とちがって空人様は、真に輪笏のことを考えておられます。それでも、用心なさってくださいませ。多くの民の中には、ご主人様の崇高なお気持ちを理解できない者もおりましょう。土地の者に、慣れない物事をどんどん押しつけていては、何が起こるかわかりません」

遠方に、用事をすませて戻ってくる波人と月人の姿が現れた。空人の目の動きに気づいた花人が後ろを見やり、ふたりはしばらく、二頭の馬が近づいてくるのを黙ってながめた。

蹄の音が聞こえるほどになったとき、空人は、視線を馬上の二人に向けたまま言った。

「良き忠告に、礼を言う。用心しよう。だが、輪笏にとって良いと思ったことは、これからも、全力で、できるだけ早く進める。そのせいで命を狙われるとしても、私は少しもかまわない」

六樽様からの使いが来たのは、その数日後のことだった。

5

都のにぎわいが、空人の目にまぶしかった。

初めてながめたときにはただただ賞嘆した繁栄のさまが、いまは胸が焼けるほど羨ましい。

これほどまでとは言わないが、輪笏をもう少しだけ豊かにしたい。人々の暮らしに余裕をもたせたい。そう強く思った。

督としての体裁を整えた隊列で都にやってきたことは、それだけを見ると、この思いに逆行している。かなりの金がかかるからだ。しかし、六樽様からお呼び出しを受けたのだ。応じないわけにはいかない。

余計な出費となる事態だというのに、呼び出しのことがわかると、暦頭は胸を叩いて喜んだ。ほかの面々も、頬を染めたり、息をはずませたり、まるで「森が一夜にして蘇った」と聞きでもしたような興奮ぶりだった。

空人自身は、時間と金が惜しいというのが正直な気持ちだった。

ようやく六樽様に拝謁できるのは嬉しいし、雪大に直接結婚の祝いを言う機会となるのもありがたい。けれどもいまは、それどころではないのだと、渋りながら準備を進めていたのだが、そのうちこれは悪くない話だと気がついた。

村に派遣する医師兼教師のことは、「村親」と呼ぶことが決まっていた。親のように、村々の子を教え、病や怪我を手当てするからだ。村親候補の人選も始まっており、彼らが都で勉強するための宿や指導役の手配をするので、都に人を派遣したいと城頭から相談があった。城に勤める者が輪笏の外に出るには、督の許しが必要なのだ。

空人は、返事を翌日までの保留とし、その夜、花人に、この役目を引き受けてもらえないかと打診した。二十四人が都で学ぶ期間は長くない。限られた日数で必要な知識を身につけられるよう、都をよく知る花人に、良い宿、良い指導役を見つけてもらいたかったのだ。

ところが花人は、にっこり笑って拒絶した。

「ご主人様。馬の売却は、督におなりになって初めての大きなお仕事でしたから、私も石人（いしんと）も仰（おお）せに従いました。しかしながら、私どもは陪臣です。空人様の身のまわりのお世話をすることが仕事であり、ほんとうは、ご政務に関わってはならないのです。これ以上、表だって私どもをお使いになることは、ご政道のあるべき姿に反しますし、ご主人様が城の者たちの能力を信頼していないことにもなってしまいます。どうぞ、本来その役目を果たすべき人間に、お任せになってくださいませ」

言われてみればもっともだが、輪笏の人間に、よく知りもしない都で、いい指導役を見つけることができるだろうか。

村親たちがきちんとした知識を身につけられなかったら、この計画は失敗する。かかった費用は無駄になり、空人の言い出すことへの反対が、さらに強くなるだろう。

がっくりと肩を落とした空人を、花人は優しい声でなぐさめた。

「ご心配にはおよびません。私や石人が馬の件で都にまいりましたとき、そのどちらもに同行した勘定方に、枝士（えだんし）という利発な若者がおりました。その者に私は、都の地理や慣習をよくよく教えてきましたから、頼りになさってもよろしいかと存じます」

横で聞いていた石人も、うなずきながら請け合った。

「枝士なら、生き馬の目を抜くような都でも、うまく立ち回るのではないでしょうか。私や花人様のようにはいかないでしょうが、悪人に騙されて、とんでもない値で宿の契約をしてしまうとか、何の知識ももたない人間を指導役に雇ってしまうといった失敗は、まずおかさないと思いますよ」

これを聞いて空人は、ますます不安になった。

そこに、都からの使者が到着したのだ。

おかげでまず、枝士を派遣する費用が浮いた。空人の供の一員にしてしまえばいいからだ。督の行列にかかる金は別立てなので、「村親」計画の支出が少し減り、この試みへの風当たりが少し弱まる。

そのうえ、空人が遠出するのに、陪臣が同行するのは当然のこと。節約のため山士には残ってもらうことにしたが、花人と石人が都に行くのを、誰も不思議に思わない。都で彼らは、表だってではなく陰ながら、枝士の仕事を手伝うことができるだろう。

まさに、願ったり叶ったりだ。

さらに、前向きにとらえなおせばこの旅は、最初に感じたような時間の無駄とはかぎらない。輪笏を豊かにする手立てを見つけられないかと、領内をさんざん走り回ってきたが、探し物は、輪笏の外にあるかもしれない。ことに都は、情報の集まる場所だ。人々の声に耳を傾けていれば、役に立つ話も聞けるだろう。六樽様のお城では、他の督たちに会えるだろうから、督領の運営についていろいろ教えてもらえるだろう。出費に見合うどころか、その何倍もの利益がありそうに思えてきて、意気揚々と輪笏を後にした。途中で宿泊せずにすむように、馬を少々急がせたが、早く都で雪大らと話がしたい、輪笏で見つけられなかった何かを見出(みいだ)したいと、彼の心はさらに前を行っていた。

これで、ナナを同伴できていたら、一点の心残りもなかったのだが。

七の姫を一行に加えては、どう計算しても旅の費用が三倍になる。置いてくるしかなかったが、彼女と二晩以上はなれるのは、夫婦になって初めてだった。ナナの顔を見ないさびしさに、いつまで耐えなくてはならないのだろうと考えると、前へと逸(はや)るのと同じくらい、気持ちが後ろに引っ張られた。

都に着いてからは、さすがにそんなことはなくなった。空人が所作を誤れば、それは輪笏の恥となる。六樽様のお城に入ってからも、人目のあるところでは緊張のしどおしだった。

彼が呼ばれたのは、御前会議のためだった。よほど重要なことが話し合われるのだろうと、引き締まった気持ちで出かけたが、議題を聞いて拍子抜けした。

海を隔てた隣国と交易をするための体制づくりをどうするか。それも、ごく初歩的な話だった。学校と同じく交易も、これまで弓貴（ゆんたか）に存在しなかったものらしい。

意見を求められた空人は、ごく当たり前のことを述べた。

乾囲（かんい）の言葉がしゃべれる人間を――いまは庫帆（くらほ）に二、三人いるだけのようなので――急いで増やすこと。相手の国との間で通貨となりうるような、価値の基準となる物を決めること。夕光石や強絹（こわぎぬ）といった、弓貴でしか産しないものは、決して安売りしないこと。そのために、商人が勝手に売り買いをする〈抜け荷〉を許さない体制をつくること。

すると、庫帆の督や上下の丞（じょう）ばかりか、六樽様まで感心してくださった。それまではいくぶん冷ややかだった空人に向ける眼差し（まなざし）が、柔らかくなった気がするほどに。顔も見たくないほどのかつてのお腹立ちを忘れてくださったのなら、大いに安堵（あんど）するところだが、空人が感心されるようなことが言えたのは、ソナンのころの知識のおかげだ。これでは、〈空鬼（そらんき）の筒〉の力で手柄を立てたのと変わらない。

少し気持ちが沈んだが、その知識が六樽様のお役に立つなら、今後も喜んで提供しようと思った。

会議は日をおいて三回おこなわれた。合い間に空人は、雪大と霧九(きりく)の督を訪れた。輪笏と鷹陸(たかりく)や霧九とでは、格がずいぶん違うらしいが、それでも空人は彼らと同じ督だから、いまや訪問に差し障(さわ)りはなかったのだ。

雪大は、懐(なつ)かしい笑顔で空人を迎えてくれた。

あらためて、かつての騒動の詫(わ)びを述べ、七の姫の手紙に対して四の姫が示してくれた気遣いへの礼を伝え、結婚の祝いを言ってから、三十三回の素振りと字の練習を続けていることを報告した。

「そんなふうに毎日努力されているからなのだな。空人殿は、砦(とりで)でお会いしたときのご様子が嘘(うそ)のように、すっかり弓貴の人間らしくなられた。少しさびしい気がするほどに」

雪大は、ほんとうにさびしそうな顔で、目を細めた。

都に来てよかった、雪大に会えてよかったと、空人は思った。

当たり前のように続けてきた努力だが、こうして誉(ほ)められると、すごいことをした気分になれる。変化を指摘してもらえたことで、我慢もつらさも報われた気がする。

こんな嬉しい言葉をくれた雪大に、「ありがとう」と抱きつきたくなったが、実行にうつしはしなかった。感謝の気持ちは眼差しで表すだけにして、督らしく落ち着いて、遠回しの謙遜を述べる。

「城の者は、そうは思っていないようです。変わり者だと、事あるごとに言われています」

雪大も、笑みだけで彼の気持ちを受けとめた。

それから世間話を少しして、本題に入った。

ここからの内容を婉曲に語れる話術はまだないので、率直に、輪笏の金繰りが苦しいので、結六花の畑を増やしたいと思っていることを述べ、何かよい知恵はないかと教えを請うた。

「そういえば、輪笏は川が少ない土地だったね。とはいえ、できることなら結六花の畑を増やしたいのは、どこも同じだ」

雪大は鷹揚に笑って、話を続けた。

「しかしそれは、領内を流れる川が、あと一本多かったらと嘆くようなもの。誰でも最初はそのようなことを思いがちだが、我々は、与えられた川や畑でやっていくしかないのだよ」

そうなのだろうか。結六花の収穫を増やすのは、あきらめなければならないのか。

誰よりも頼りにしていた雪大に諭されて、空人の決意が揺らいだ。

だが雪大は、諭すだけで終わりにはしなかった。

「そのうえで、どのような工夫ができるかというと、たとえば、城の経費(かかり)を減らすために、思い切って、出城をひとつ減らされてはどうだろう。ああ、そうか。輪笏には出城がなかったのだな。では、工芸のできる者を育てて、特産品を新たに作り出しては」

空人は、すでにその方法を検討していた。けれども、どんな工芸にも材料がいる。その材料を仕入れる金がない。

「ほかには……。ああ、そうだ」雪大が目を輝かせた。「空人殿は、着任してまだ日が浅いから、お聞きになっていないかもしれないが、輪笏には、素晴らしい特産品がある。本来口外してはならない、八の丞までのお方と私を含めた数人の督しか知らないことなのだが、空人殿は輪笏の督なのだから、お教えしてかまわないだろう。実は、鬼絹がとれるのは、輪笏の地のどこかなのだ。帰って城頭にその場所を尋ね、取れ高を増やす算段をされたら、金の苦労など、あっというまになくなるだろう」

あとで石人に、相談する相手が悪いと笑われた。鷹陸は、五つの川が流れる豊かな土地。香杏との戦によって金蔵の半分が空になったと言われているが、逆を言えば、半分にはまだ金が詰まっている。豊かな地には豊かな地なりの苦労があるなかで、立派に統治している雪大だが、貧しい土地の苦労や工夫を知るはずがない。

石人のすすめによって空人は、次に霧九の督の森主を訪れた。

霧九も、広い森があるため金の苦労を知らない土地だが、結六花の畑に関しては、輪笏と似たり寄ったりらしい。また、輪笏とは、留種斗をはさんだ反対側という近い場所にある。何か参考になることが聞けるのではないかというのだ。

そして実際、空人は、口数の少ない森主から、有力な情報を仕入れることができた。

都から戻った翌日、空人は、輪笏の北西を縁取る山地の峰にいた。

正確には、稜線に出る少し手前で、膝をついてしゃがんでいる。砦の岩壁にのぼって、のぞき穴から外を見たときと同じような格好だ。

稜線の向こうは、洞楠という督領だった。領境に塀や柵があるわけではないが、一歩でも越えれば、よその土地に入ったことになる。〈お忍び〉中の督の場合、入らなくても、勝手にながめているだけで問題になりかねないというので、こっそりのぞいているのだ。

塀や柵がないかわりに、境界を見張る〈境守り〉の番小屋が、輪笏側には三カ所にあった。山脈の南部の瑪瑙のとれるあたりと、北の端の照暈村に近い場所、そしてその中間点だ。

空人がいるのは、中間点の番小屋からいくらか北に寄ったところだった。

番小屋といっても、人数はささやかなものだ。また、たった三つの小屋を拠点に、長い稜線をすべて見ることはできないし、ずっと歩哨に立っているわけでもない。不毛な山地のことだから、この程度でだいじょうぶなのだそうだ。

洞楠も事情は同じだろうという話だったが、用心しながら頭を出すと、風がひゅーと吹き過ぎて、頭の笠が飛ばされそうになった。片手で押さえながら、向こうの様子をうかがった。

稜線の先にも、山肌に緑は見られなかった。人影もないし、道もない。

けれども、輪笏側とちがってあちらには、木組みの小屋が立っていた。

番小屋にしては数が多いし、住居にしては隙間だらけの粗末な造りだ。いったい何の小屋なのかと、案内役の手兵に聞いたが、知らないということだった。

また、緑はないが、背の高い茶色い草のようなものが生い茂り、風になびいている場所がある。それが畑なのか、荒れ地なのか、空人には判断できなかったが、こうしてのぞいているのは、そんなものを見るためではなかった。

「本当に、ありましたね」

右隣りで月人がささやいた。

稜線の向こうの景色で、輪笏側ともっとも大きく異なるのは、巨大な水色が横たわっていることだった。

あちらには、山の中腹に池がある。霧九の督が教えてくれたそのことを、空人は自分の目で確かめた。

「領境の、わずか向こうに、水がある」

その事実を心に刻むように口にすると、左隣りから声がした。

「わずかといえども、向こう側なら、ないのと同じでございます」

幹士だ。いつもの〈お忍び〉とちがって危険を伴いかねない試みなので、手兵頭までが、背蓋布をはずしてついてきたのだ。

「そうかもしれないが、そうでないかもしれない。帰ってみんなで考えよう」

幹士は、空人が無茶をすることなく、すみやかに領境を離れる気だと知って、ほっとした顔になった。

結六花の取れ高を増やすには、一年に二回収穫できるようにするか、畑を広げるかすればいい。

雨の降る国に生まれた空人は、そう考えた。この理屈は、雨の降らない国でも同じのはずだ。

一年に二回のほうは、できない相談だと判明した。弓貴では、木と同じく、畑の作物の成長も遅い。どう工夫しても、年に一度の収穫しか望めないようだ。

それなら畑を広げるしかない。

最初空人は、広川沿いの耕作地域を内陸に伸ばそうと考えた。ところが、土のあるところはすでに利用しつくされているとわかった。広川をある程度はなれた場所からは、岩場がつづき、植物は根を張ることができないのだ。

作物の成育によさそうな土は、中川と山脈との間に広がる、赤が原と呼ばれるところにふんだんにある。その土を、広川近くの岩場に運べば、そこを畑にできるのではと、次に空人は考えた。

だが、それもまた無理難題だと、城頭や勘定頭に断言された。

岩場を畑に変えるほどの土を運ぶには、壮大な工事が必要だ。とてもそんな費用は準備できないうえ、どれだけ土を運んでも、早晩、風が吹き飛ばしてしまうだろう。たとえ大金を貸してくれる先が見つかって、工事が敢行できたところで、新しい畑は一年か二年でだめになり、残るのは借金だけという悲惨な結果になるというのだ。

また、広川から岩場を越えて、赤が原まで水路を伸ばすというのも、まず不可能なことらしい。

川から新たに水を引くには、馬の売却と同じく、六樽様の許可がいる。しかも、こちらは滅多に許されない。下流の民から文句が出ること、必定だからだ。広川の下流には、奥方様のご実家となる督領がある。許可を求めるだけでも、輪笏の今後に禍を招くことになりかねないということだった。

中川のほうは、さらに望みがない。中川は〈消え川〉、すなわち、海に到達する前に水が尽きてしまう川なのだ。水路を作るどころか、今より多く水を汲み上げようとするだけで、下流から猛抗議を受ける。

ほかに水源として考えられるのは、森が池だけだが、あのあたりも畑にできる土地は乏しかった。それに、池の水をへたに使っては、森の成育に影響を与えるおそれがある。

八方塞がりとなった空人は、赤が原に水を引く方法を夢想した。

どうして弓貴に雨が降らないのか、その理由を調べたら、赤が原の上に雨雲を呼ぶ工夫が見つからないか。輪笏の神職者を総動員して、あそこで川ノ神に祈りを捧げたら、突如水が湧き出したりしないだろうか。彼が断食をして、赤が原に倒れ伏し、水が欲しいと涙を流せば、その雫が大きな池に変じはしないか。

夢想が現実ばなれした妄想ばかりになったころ、都に行くことになり、霧九の督が教えてくれたのだ。領境のすぐ向こうに、大きな池があるはずだと。

その事実を自分の目で確かめた空人は、御覧所に五人の頭を集めた。

「長旅からお帰りになって早々に、どうしても洞楠をのぞいてくるとおっしゃって、身兵や手兵をごっそり引き連れてお出かけになったのは、そのような理由からでございましたか」

城頭の瑪瑙大が、特大のため息をついた。

手兵は、空人が引き連れて行ったわけではない。そんな小人数では危険だと、勝手についてきたのだ。そこははっきりさせておきたかったが、空人が口を開くより早く、瑪瑙大は意外なことを言ってのけた。

「でしたらお出かけ前に、一言お尋ねくだされればよかったのです。私は、とうに存じ

ておりました。山並みのまんなかにある茅羽山（かやば）の向こう側に、大きな池があること
を」

　十七代続く城頭の家柄だけあって瑪瑙大は、輪笏のことだけでなく、近隣の様子も
よく知っていたようだ。

「だったら、早く教えてくれればよかったのだ。その茅羽山のすぐ脇（わき）には、谷がある。

あの池からこちらに水を引くのは、無理なことではなさそうだ」

「無理でございます。どんなに輪笏の近くにあっても、よそにある池はよそのもの。

あの池のことは、お忘れください」

「しかし、あんなに近くにあるのだ。池の付近には、人影がなかった。どうだろう、
こっそり穴を開けて水をこちらに流しても、気づかれないのではないだろうか」

「気づかれます。そして、戦になります」

「洞楠が、いきなり攻めてくるというのか」

　この問いかけに答えたのは、手兵頭の幹士だった。

「はい、間違いなく。勝手に水を引くというのは、それほどのことでございます」

「攻めてくるとわかっているなら、上手に迎え撃つこともできるのではないか」

　戦で事が決まるなら、やりようはあると空人は思った。うまくすれば、領境をほん

の少し向こうに押し込み、池を輪笏の内に取り込むことだって、できるかもしれない。

シュヌア将軍が何度か軍を率いることになった隣国との戦争を、空人は頭に浮かべた。いくら押し返しても隣国は、ほとぼりが冷めるとまた、国境を破って攻めてきた。その気持ちが、いまなら少しわかる気がする。

「洞楠は、こちらの三倍の兵力をもっています」

「戦は、数で決まるものではない」

「おっしゃるとおりでございます。また、我が督の武勲は、弓貴全土に鳴り響いています。戦になった場合、勝機がまるでないわけではないのかもしれません」

「だったら」と、空人は身を乗り出したが、五人は全員、渋い顔のままだった。

「しかしながら」幹士が話を続けた。「我が軍が優勢になったあかつきには、必ずや、六樽様が洞楠に援軍を出されます。他の督軍も、それに加勢するでしょう。なぜなら、戦の理は明らかに、あちらにあるからです」

やはり、水泥棒は許されないということか。一度は肩を落とした空人だが、すぐに考えを切り換えた。

「だったら、勝手に水を引くのでなく、交渉して、貰(もら)ってきてはどうだろう。あの池から、水路が出ている様子はなかった。あまり利用されていないのではないだろうか」

「水を引かせてもらう代償に、輪笏が何を支払えるというのですか」

勘定頭が冷たく問う。

「新しく開墾した土地でとれる結六花の三分の一とか」

「それでは、税がとれません。その畑で暮らす人間の食い扶持しか残らないのでは、水路の工事にかかった費用の分だけ損になります。そのうえ、案に反して赤が原で結六花がうまく育たなかったり、何かの異変で畑がだめになったりしたら、ほかの畑でとれた豆を差し出すはめになってしまいます。大変に危険な取り決めとなりましょう」

それは、取り決めの内容しだいではないか。それに、その畑で暮らす人間の食い扶持のためだけでも、結六花を作る甲斐はある。輪笏には、じゅうぶんに食べることのできないやせ細った民がたくさんいることを、空人は走り回って見てきたのだ。すなわち、領民の数に対して畑が足りない。税収が増えなくても、畑を広げることさえできたら、輪笏の貧しさは、少しは解消されるのだ。

けれども、そうした反論はやめておいた。この件は、いまここで論じ尽くすには、不明なことが多すぎる。洞楠とあの池についてしっかり調べてから、あらためて考えることにした。

調査のための手を打ってまもなく、空人が待ち望んでいた日が訪れた。鬼絹をつくる照暈村への、月に一度の物資の輸送に、同行できることになったのだ。前々から頼んでいながら、なんだかんだと先伸ばしにされていたことが、ようやく実現する。空人は、逸る気持ちを抑えながら、ゆるゆるとした行列とともに北に向かった。

そこは、こんなところに人が住んでいるのかと驚くほど、荒涼とした場所だった。瑪瑙のとれる山や、洞楠をのぞきにいった茅羽山と同じ山脈にあるのだから、当然といえば当然だが、岩がごろごろするばかりの不毛の土地だ。緑があるとすれば、岩陰にはりついている苔くらい。

この苔は、どこから水分を得ているのだろうと、空人は不思議に思った。山脈の他の地域には、苔さえ生えていなかった。

鼻をきかせて、東から吹いてくる風に注意を向けた。

においは特に感じなかったが、かすかに湿っているようだ。ここは広川から近いので、川の水気が運ばれてくるのかもしれない。

　山を登っていくと、巨人が暴れて岩をあちこちに投げ飛ばしたのではないかと思えるようなところに出た。さまざまな形をした巨石が、積み重なったり散らばったりして、あちらでは三角形の洞窟を作り、こちらでは絶壁となり、その向こうでは広場と舞台のような景観をもたらし、さらにその先では、細い道のような空間を残して向かい合って聳えている。

　その道が、照暈村への入り口だった。

　入り口には木戸があり、手前の少し開けた場所に、石の壁に木の屋根を葺いた番小屋があった。村の守りのために、ここには数人の手兵が常駐しているのだ。

　その小屋の中で、空人は村長と面会した。

　頑固そうな人間を想像していたのに、照暈村の村長は、人の良さそうな人物だった。総白髪を畑の者らしく結っており、目は細く、目尻も眉尻も申し訳なさそうに垂れ下がっている。

　村長の後ろに控える三人の村の男は、この村独特の風習なのか、頭を布できっちりと包んでいた。その布も、村長を含めた四人の服装も、地味で安価そうなものだ。

　村に運ぶ物資の中にも、贅沢品は入っていなかった。ほとんどは結六花などの食べ物と、煮炊きするのに必要なほどの薪と油。麻布や木綿。そして、水。

　鬼絹という貴重品を独占的に作りながら、この村の人たちは、質素に暮らしているようだ。

「私が今日ここに来たのは、この村のことで、聞きたいことがあるからだ」

　挨拶がすむと、空人は村長に向かって言った。

「どのようなことでも、存分にお尋ねくださいませ」

　頭を深く下げたまま返答をする村長の表情はうかがえなかったが、後ろの三人は警戒心をあらわにした。

「心配しなくても、質問はひとつだけだ。それに、その答えによって、どうこうしようというのではない。ただ純粋に、不思議に思うことがあり、わけを知りたいだけなのだ」

「はあ」と顔を上げた村長は、やっぱり少し申し訳なさそうな顔をしていた。

「では、聞くが、村人全員の命よりも、鬼絹の作り方の秘密を守るほうが大切だと考えるのは、どうしてなのか」

　言いおえてから城頭のほうに目をやった。

　瑪瑙大は、空人が村長と面会する場にどうしても立ち会いたいと、こんなところまでついてきたのだ。おかげで、今夜は近くに泊まるしかなくなった。年寄りの供がいなければ、馬を飛ばして七の姫のもとに帰れたのにと思うと、城頭の心配性を恨みたい気持ちになる。

この面会で、空人は、質問をひとつと提案をひとつ、していいことになっていた。ただし、瑪瑙大が三回続けて咳払い（せきばら）をしたら、話をすぐに打ち切らなくてはいけない。そういう条件付きの面会だった。瑪瑙大の承諾なしで照暈村に働きかけることはしないと、以前約束したので、しかたがない。

城頭は、咳払いをしようかやめようか、迷っているようだった。空人は急いで言葉を足した。

「言っておくが、秘密をもつのがけしからんとか、教えろとかいう意味ではない。ただ、絹や強絹（こわぎぬ）は、誰もがどうやって作るかを知っているが、作っている人たちは、それできちんと生計を立てている。たとえ鬼絹がよそで作られるようになっても、この村が滅びることはないはずだ。それなのに、秘密を守るために、全員が死ぬ覚悟までしなければならない理由が、私にはわからない」

村長は、ふたたび深く頭を下げて口を開いた。

「おそれながら、ご質問にお答え申し上げます。村人の命と、鬼絹の秘密と、どちらが大切といったことではないのです。我が村のあり方は、村の掟に従っております。ただそれだけのことなのです」

　しかしその掟は、何のためにあるのだ。掟を変えることはできないのかと、重ねて尋ねたかったが、質問はひとつだけの約束なので、ここまでとした。

「わかった。つまらないことを聞いて悪かったな。ところで、ひとつ考えてもらいたいことがあるのだ。この番小屋の隣りに、機織り場を作りたいと思っている。村の外とはいえ、こんな近くのことだから、そなたらが承諾してくれたらの話だが、どうだろうか」

「機織り場でございますか」

　村長は、空人の意図をはかりかねたのか、申し訳なさそうな顔から、困ったような顔へと表情を変えた。

「そうだ。照暈村では、鬼絹の糸を作っている。その糸は、都に献上されたのち、織り上げられて布となる。その流れを変えてみたいと思っている。糸をこの場で織り上げて、布にしてから献上するのだ」

　布は糸より価値が高い。布にしてから献上するなら、すべての糸を使わずにすむだろう。残りの糸を織り物にして売れば、けっこうな収入になるはずだ。

工芸の技術者を増やせばいいという雪大の助言を、輪笏に帰ってからあらためて考えてみて、思いついたことだった。

「大変にけっこうなお考えかと存じますが、鬼絹を織るのには、特別な技術がいるのだと聞きおよんでおります」

「うん、そのようだ。だから、都から、鬼絹を織ることのできる者を呼んで、ここに住まわせ、技術を教えさせようと思っている」

「誰に、でございますか。機織り場ができたとして、そこで働くのは、どのような人物になるのでございますか」

村長は、顔が急に細ったように見えるほど心配そうな面差しになった。

「照暈村に機織りを学びたい者がいたら、まずはその人物を優先する。そのような者がいなかったら、輪笏の領民の中から、口のかたい、しっかりとした人物を連れてくる。もともとここには手兵がいるのだ。少し人が増えたくらいで、秘密が危うくなることはないだろう」

村長は、うつむいて考え込んでいるようだったが、やがて顔を上げた。

「督が我が村を案じてくださるお気持ちの深さに、卑しき我が身は震える思いでございます。今すぐに、仰せのままにと申し上げたいところでございますが、村を率いる者として、それで責務が果たせるのかと考えますと、そうもいたしかねるのでございます。なにしろ、私のような愚か者には、督の高邁なお考えを理解するのに、どうしても時間がかかります」

要は、いますぐ返事をしたくないと言いたいらしい。

「だったら、次に来るときまでに、ゆっくり考えておいてくれたらいい」

あせってはいけない。やっかいそうなこの村への働きかけには、時間がかかる。

そう覚悟していた空人は、この日はこれでよしとして、城頭がひやひやしすぎて卒倒しないうちに、山をはなれた。

ところが瑪瑙大は、まだまだ気力も体力も有り余っていたようで、宿泊する予定の地まで、がみがみ言いっぱなしだった。

「あのようなお申し出、私には初耳でした。なぜ、先にお話しいただけなかったのですか。だいたい、鬼絹を織れる者を都から呼んできて住まわせるなど、いったいいくらかかるとお思いですか。村親の件や、先の名誉な件などで、余分な金はもう一鉅も残っていないというのに。そもそもどうして、機織り場があの地なのですか。照暈村をいたずらに刺激するようなことは、おやめいただきたく存じます」

「照暈村に、刺激は必要だよ。それに、村長は即座に断わりはしなかった。脈があるんじゃないかな。金は、私がきっと何とかする。この件がうまくいけば、いろんなことが良くなるのだ」

けれども城頭はがみがみ言うばかりで、空人のやりたいことを少しもわかってくれなかった。

ナナは、わかってくれた。

空人は、考えていることや、やろうとしていることを、時々ナナに話していた。村親のこと。畑をどうやって増やすか悩んでいること。照暈村を何とかしたいと思っていること。

思いついてすぐ話すわけではない。陪臣か城頭らに相談して、反対されたり、意見を言われたりしたあとでだ。

なぜなら空人は、基本的なことを知らないために、誰もがあきれてしまうようなことも言ってしまう。ナナに軽蔑（けいべつ）されるのはいやなので、弓貴の人間にとってひどく愚かしい内容が交じっていないか、確認してから話すのだ。

七の姫はいつも、にこにこ笑って話を聞いた。その笑顔を見るだけで、空人は心が軽くなった。

ところがこのとき、七の姫は、にこにこ笑うだけではなかった。はっきりと、自分の意見を言ったのだ。

「大変に、けっこうなお考えだと存じます」

「そうか。そう思うか」

「はい。空人様がおっしゃるとおり、照暈村が変わることは、あの村にとっても、輪笏にとっても、弓貴全土にとっても、大切なことでございます」

航海上の問題がなくなったとかで、海を挟んだ隣国の乾囲と、定期的な交易が始まろうとしていた。あちらは普通に雨の降る国。陸続きの他国との交流も深い。弓貴が欲しい品をふんだんに持っているが、その購入のため弓貴が支払えるものは、限られている。鬼絹のような珍しい布は、ぜひとも量産すべきだった。

また、このような状況のもとでは、鬼絹があちこちで作られるようになっても、大きく価値が下がることはない。それを説明したいのだが、掟を守ることしか考えていないらしい村長は、聞く耳をもたないだろう。へたな説得は、すべてを失うことにつながる。ゆっくりと気持ちをほぐしていくしかない。

「すぐ近くに機織り場ができたなら、照暈村の人たちは、きっと織り方を学びに出てきます。自分たちが産している貴重な糸を、布にまで仕上げられるというのは、とても大きな誘惑ですから」

この国の人々の布に対する思いをよく知るナナの言葉に、空人は意を強くした。

「そうして出てきた村人と接することで、照暈村の考えが、少しはわかるようになりましょうし、こちらの思いを伝えることもできるでしょう」

「そうなのだ。それが私のやりたいことなのだ」

村長を通しての交渉は、危険が大きいし、うまくいきそうにない。ほかの人間と接する機会を、ぜひともつくりたかった。

「たとえ、それがうまくいかなくても、糸でなく布を献上できるようになるだけで、輪笏はずいぶん救われる。機織り場は、村長に断られたら、倉町か城町に作ればいい」

「そうですね。そうなったら、輪笏で鬼絹がとれることを、今より少しだけ多くの人が知るようになるでしょうが」

「すでにかなりの人数が知っているのだ。そんなことにかまっている場合ではない。問題は、鬼絹を織れる職人が、大変な高給取りということなのだ。そんな人間に、輪笏まで来てもらって、しばらく働いてもらおうとすれば、百荷はかかると勘定頭に言われてしまった」

この計画にかける資金は、百荷どころか一荷もない。機織り小屋を建てる金さえ、ありはしないのだとも。

つまり、せっかくの名案も、金がないために断念せざるをえないと、彼らは言うのだ。

「せっかくのよいお考えなのに、それは惜しゅうございますわ」

七の姫は、嬉しいことを言ってから、思案顔で首をかしげた。

「村長が、村の入り口に機織り小屋を作っていいと言ったなら、ぜひそうなさるべきですわ。そのときには、機織りの器械や道具も、都で買って、運んでこなくてはなりませんね。そうしたことに三十荷、小屋を建てるのに十荷、そのほかに十荷とすると、輪笏の者が布を織れるようになるまでに、全部で百五十荷ほどは必要でしょうか」

六樽様のお城の奥に隠れるように住んでいたのに、七の姫は物の値段をよく知っているようで、そのうえ計算も早かった。

「うん。勘定頭も、そんな数字を出していた」

「空人様」

七の姫がいずまいを正した。

「百五十荷なら、工面が可能でございます」

「何か、よい知恵があるのか」

「はい。私の夕光石をお売りください。あの石は、百五十荷にはなる品だと言われています」

「しかし、あれは……」

七の姫は、大きな夕光石を持っていた。おかげで空人たちは、油や布灯の始末をうるさく言われる城内で、遅くまで書物を読むことができたのだ。

村親のことで、城頭らをなかなか説得できなかったとき、空人は一度、この石を売ることを考えた。馬を売った金には手をつけずに進めると言えば、認めてもらえると思ったからだ。

けれども、七の姫に頼む前に、花人に相談したところ、とんでもないとたしなめられた。夕光石は、七の姫が六樽様のお子様である証(あかし)に等しいものだというのだ。

「あの石は、そなたが誕生したときに、六樽様から直接に授けられたものではないのか」

七人の姫君と唯一(ゆいいつ)の男子の三の丞は、生まれると同時に、尊い父君の手から夕光石を賜っている。八人のお子様に共通する贈り物は、それだけなのだと、花人は言っていた。

「おっしゃるとおりでございます」

「そんな大事なものを、売るわけにはいかない」

「空人様。夕光石は、至極便利なものではありますが、なければ暮らしに困るわけではございません」

「いいや。私と結婚したために、そなたが大事な贈り物を売るはめになったとあっては、六樽様に叱られる」

「お叱りにはならないと思いますよ。父君が私どもに高価なものを下さったのは、いざとなったら、売ってお金に換えられるようにとの思し召しからなのですもの」

「そうなのか」

「はい。直接におうかがいしたことはございませんが、そのような意図だと言われています。真に大事なことのために売るのであれば、むしろ父君の意にかなうのでございます」

「ほんとうか」

「はい」とナナは笑っていた。

ほんとうかもしれないが、作り話かもしれない。ひとつはっきりしているのは、七の姫はそれほどまでに、空人がやろうとしていることを応援してくれているということだ。

「ナナは、機織り場を建てることが、夕光石を手放してもかまわないほど、大事なことだと思うのか」

「建てるだけでは、だめですよ。鬼絹を、輪笏で布にできるようにしなければ」

「そうだな。建てるだけでは、だめだな」

そこまで言うとたまらなくなって、空人はナナを抱きすくめた。

「すまない。甘えさせてくれ」

「はい」と七の姫の右手が、空人の頭をさすった。

「そういう意味じゃなくて」

「わかっております。ですが、私が百五十荷を用立てることは、空人様の甘えなどではございません。輪笏のため、ひいては弓貴のためになることですから。空人様。私は、我が夫が、こんなにも領民のことを考え、行動しておられることを、誇りに思っております」

これははたして現実だろうかと、空人は疑った。七の姫がこんな嬉しいことを言ってくれるなんて。

ナナと夫婦になってから、ふたりはなごやかな時を重ねてきた。七の姫は、空人の言葉に異を唱えることなく、にこにこ笑ってばかりいた。だから空人には、妻がどんな人間なのか、花人や石人や、瑪瑙大ほどもわかっていなかった。それでも彼女といられるだけで、幸せだった。

それが、こんなにはっきり意見を言った。こんなに賢い女性だった。そして、大事なものを手放してまで、空人を助けようとしてくれている。彼を誇りに思うと言って。かつて思い描いたどんなずうずうしい夢想よりも、さらにずうずうしいほどの幸福の中に、空人はいた。

あまりの幸せに、胸が詰まって、うまく息ができなかった。

そうなのか。

うまく息ができないのは、まわりに吸うべき空気がないからではないのか。

ふと、腐った水のにおいを感じた。

もしかしたら、ここは川の底ではないのか。彼がぎゅっと抱きしめているのは、七の姫ではなく、決して手放してはならなかった紙幣の数枚。死の間際（まぎわ）に、長い夢をみていただけで、すべては幻だったのでは。

あるいは、彼を救った空鬼（そらんき）が、幸福の絶頂に達したそのときに、ぽいと元の場所に戻してしまったのでは。かつて彼が願ったとおりに。

「痛い」

七の姫の声がした。

「すまない」

不安のあまり、強く抱きしめすぎたようだ。

ナナから腕をはなして、きちんとすわって向き合った。

だいじょうぶ。ここは輪笏の城の彼の居室。落ち着けば、きちんと息はできている。

水のにおいなどしていない。

そして、目の前にナナがいる。

「空人様。お顔の色が」

七の姫が眉根（まゆね）を寄せた。

「心配ない。あまりに嬉しすぎて、本当のことかと不安になっただけだ」

「まあ」とナナは微笑（ほほえ）んだ。

失いたくないと思った。

一度は川の底で死んでしまった身なのだから、命など惜しくないと思ってきた。花人に暗殺のおそれを警告されたときにも、殺すなら殺せと考えた。

だが、死にたくない。

ずっとずっと、七の姫といっしょにいたい。

もしもいま、ソナンの国の軽い剣で戦いに臨んでも、無鉄砲に相手の懐（ふところ）に飛び込む戦法を、自分はもうとれないだろうと空人は思った。

「お喜びいただけるのは嬉しいのですが、機織り場を建てるのは、最初の一歩にすぎませんよ」

「そうだな。鬼絹の件は、すべてこれから始まるのだな」

死にたくないと思った。七の姫と、いつまでもいっしょにいたい。輪笏を豊かにするまで、督の仕事を続けたい。

だから、暗殺などされるわけにはいかない。じゅうぶんに気をつけて進めなくてはならないのだと、空人は深く肝に銘じた。

6

良い知らせと悪い知らせが、同じ日に届いた。照暈（てかさ）村を再訪する数日前のことだ。

悪い知らせは、空人（そらんと）の読みがはずれたという報告だった。

初めて照暈村を訪れたとき空人は、近くに生えていた苔を少し持って帰った。長い山脈の中であの場所にだけ苔が生え、そこに村があることに、つながりがあるのではと思ったのだ。

照暈村は、鬼絹を作りはじめた六十年前よりも古くから、あの場所にあるという。畑作などできそうにない土地で、どうやって暮らしていたのか尋ねたら、城頭は書類をひっくり返して調べてくれた。

「主には出稼ぎのようですね。少し富裕な畑持ちのもとで賃仕事をして、村に残してきた妻子を養うといった」

輪笏の「少し富裕な畑持ち」がどんなものかを知っていた空人は、それがどれほど貧しい暮らしかを想像することができた。彼らにとってはいまの質素な生活も、じゅうぶんにありがたいものなのだろう。それを守りたいという気持ちはわかるが。

空人は、とってきた苔を、身兵頭の月人に渡した。輪笏領内では絹も強絹も作られていなかったが、月人には、都の郊外で両方を手がける知人がいる。信頼のおける人物だというので、口外しないよう念押ししたうえで、絹の虫と強絹の虫に、苔を食べさせてみてほしいと頼んだのだ。

空人は、この苔にこそ鬼絹の秘密が隠されているのではとにらんでいた。

もしかしたら、月人の知り合いの家で苔を食べたどちらかの虫が、鬼絹のとれる繭を作るかもしれない。そうなれば、すべてが解決する。照暈村は、村民の命をかけてまで秘密を守る必要がなくなり、外と自由に行き来しながら、鬼絹を生産する村として、豊かな暮らしが送れるようになるだろう。鬼絹は、輪笏の他の場所でも作れるようになり、森がもとにもどるまでの十年間を支えてくれることだろう。生産の増えた鬼絹は、乾囲国との貿易にまわせるようになり、弓貴の立場を強くするだろう。

そして、照暈村の秘密を見抜いた空人は、立派な督だと輪笏じゅうの人間から賞賛され、雪大らに感心される。六樽様からも、よくやったと、お誉めの言葉をいただけるかもしれない。そうなれば、今度こそ、自分の力で成し遂げたことへのお言葉だ。胸を張って受けとめることができるだろう。

そんな夢想にふけっていたのに、月人の知人からの報告は、あっさりとしたものだった。

いろいろ試したが、どちらの虫も、苔など食べなかった。

やはり、そう簡単にはいかないのかと気落ちしたところに、別の知らせが届いた。茅羽山のふもとに派遣していた、工事方の役人からの報告だ。

弓貴では、水路の新設はめったに許されないのだが、いざおこなわれることになったら、その出来は、戦の勝敗に劣らないほどの重要事となる。そのためどこの督領でも、地質や測量や土木工事の知識をもった技術者を抱えていた。貧乏な輪笏も例外でなく、勘定方の部署のひとつに工事方があり、少数ながら技術をもった人間が勤めていた。空人は、その少数を、茅羽山のふもとに送っていたのだ。

雨の降らない土地に、川とつながっていない池があるなら、そこには地下水脈があるはずだ。山の輪笏側でも、あちこち掘ったら、水の湧(わ)き出る場所を見つけられるのではないか。

そう考えて、調べさせていたのだが、こちらも否定的な結果となった。

山脈から赤が原までずっと、馬の腰ほどの深さの下一面に、固い岩盤が広がっていることが、調査によって判明したのだ。人の手で掘れる硬さの岩ではないので、地下水脈をさがすことは不可能だという。

この結論は、技術者がひと月近くをかけて綿密に調べたうえでのものだ。まちがいはないのだろう。

かなりの期待を寄せていた調査だったので、空人の落胆は大きかった。さんさんと陽の降りそそぐながめのいい部屋で、美しい督章旗の前に座し、かぐわしい香に包まれていても、がっくりと垂れた頭を持ち上げる力が出てこない。

こんなことではいけないと、空人は御覧所(ごらんどころ)での政務を切り上げ、背蓋布(はいがいふ)をはずして城を出て、倉町へと馬を走らせた。

江口屋の主(あるじ)の仲人(なかんど)は、督の訪問にも畏(かし)まったりしなかった。空人がしょっちゅう〈お忍び〉で訪れるので、すっかり慣れてしまったのだ。

江口屋が城への金貸しで不正をしていないと納得してからも、空人は訪問をつづけていた。城の者は世事にうとい面があって、空人が尋ねたことに、首をかしげることが多い。その点、商人は、人々の暮らしについて細かいことまでよく知っているので、わからないことを教えてもらうのによい相手だった。

照暈村の近くで見つけた苔も、一部を江口屋に持っていき、商品価値のあるものかと尋ねてみた。仲人は、すぐにはわからなかったようで、調べてみましょうと言って、苔を預かった。

その答えが、どう使えるかはわからない。苔の正体が判明すれば、照暈村に働きかけるのに役立つかもしれないという程度の軽い気持ちだったので、回答を急がせてはいなかった。

けれどもこの日、気落ちする報告をふたつも受けた空人は、少しでも明るい話を聞きたくなって、江口屋にやってきたのだ。

「お預かりした苔でしたら、調べはついてございます。石を扱うわが店には、見知った者がおらず、何軒かの商家に尋ねて、ようやくわかりました。以前は確かに、わずかながら売買されていたものだそうです」

「『されていた』ということは、今は価値がないものなのか」

「はい。それに、昔もさほどの値はついていなかったようです。あの苔は、取ってきてすぐの青いうちに、箱か何かにびっしりと敷きつめ、そこに種を植えると、水をやらなくても作物がとれるとかで、水のない辺鄙（へんぴ）な土地で、自家用の野菜などを育てるのに利用されていたようです。野菜を収穫したあと、からからに乾いた苔は、突き固めてから燃料として売られていたのですが、最も高値だったときでも、豆の一荷と同じ重さで五十鉅（おお）ほどだったといいますから、馬を雇えば運び賃にもならない値段です。それも、安い布灯が出回るまでの、油がずいぶん高かったころの話でして、いまではまったく値がつきません」

つまりあの苔は、とるに足らないものということか。

だが、あの場所に村があった理由は、これでわかった。苔を集めれば、土も水もない場所でも作物がとれるなら、出稼ぎの留守を預かる女や老人、子供などが、食う足しにする仕事となる。

そして、もしもあの苔が、さがせば大量にあるとしたら――。

「びっしり敷きつめると、水をやらなくても作物がとれるというのは、興味深い話だな。たとえば、一荷の豆を収穫するには、どれくらいの苔があればいいのだ」

広川近くの岩場に、苔を運んで敷きつめたら。いや、大量に運ばなくても、うまくすれば、植えつけて一面に生やすことができるかもしれない。そこに豆を植えたなら、水も土もない場所が畑になる。

仲人は、勢い込む空人を落ち着かせようとするかのような、ゆっくりとした瞬(まばた)きをしてから言った。

「豆は、できません。苔の水気は、三月ももたないものなので、すぐに育つ小ぶりの野菜しか作れません。それも、一抱えの苔に対して、一株ほど。だからいままでは、見向きもされていないのです」

「そうか」

それではやはりあの苔は、極限の貧しさの中でしか用いられることのないものなのだ。

考えてみれば、照暈村に物資を運んでいる者たちは、苔を何度も目にしただろう。

使えるものなら、とっくにそうしているはずだ。初めてあの地を訪れた空人の見つけたものが、問題を解決する鍵になるなど、おこがましい考えだったのだ。

反省しつつも落胆していた空人に、江口屋は口調を変えて、にこやかに話しかけた。

「ところで、本日はおいでいただき、感謝申し上げます。実は、お知らせしたいことがありまして、その旨を知らせる使いをお送りしようと考えていた矢先でした」

「そうか。知らせたいこととは、何だ」

借金の条件を、江口屋に有利に変えたいとでもいうのだろうか。言い出されたら、こちらは断るすべがない。

いや、そういう話は、督に直接でなく、勘定頭にするものだろう。

「他でもございません。先日仰せつかりました、調べ物のことでございます」

苔の件以外にも、頼んでいたことは確かにあった。洞楠の池のあたりの様子について、調べられるかぎり調べてみようと、空人はいくつもの手を打っていた。まずは、もともとの情報をくれた霧九の督に手紙を書いて、ほかに知っていることがあれば教えてほしいと依頼した。城頭にも、調査を命じた。それからついでに江口屋に、行商で洞楠の南部をまわってきた者がいたら、話を聞いてほしいと頼んでおいたのだ。

よその督領のことだから、調べるには時間がかかると覚悟していた。霧九の督も忙しいのか、まだ返事は届いていない。そんななか、ついでに頼んだ江口屋が、いちばんに何かをつかんだというのか。

「もう、わかったことがあるのか」

「はい。商人仲間には、洞楠の商家と取り引きのある者が何人もおります。仰せのとおり、誰が何を知りたがっているかは伏せたまま、洞楠の南東部の山岳地帯の様子について、わかることは何でも知りたいと、話を聞いてまいりました」

「それで、何がわかった」

「輪笏の民が茅羽山と呼んでいる山のあちら側は、鳴撫菜（なぶな）という、布灯の材料になる草が生える地のようです。督がご覧になったという、茶色い長い草がそうかと存じます。洞楠は、安価な布灯を産することで知られています。その材料はほとんどが、〈鳴撫菜が池〉と呼ばれている、大きな池の周辺でとれるという話でございます」

「あの池の水は、その草の栽培に使われているのか。それにしては、水路が見当たらなかったが」

「栽培というのは、少しちがうかもしれません。鳴撫菜は、人の手で植えつけても育ちません。ああいう岩がちな場所に自生するものを刈り取って、加工して、布灯に仕上げるのでございます。池と鳴撫菜との関係は、池の水がわずかに地面にしみ出ているか、あるいは池からたつ朝霧が、ちょうどいい湿り気を与えているということでしょう」

では、鳴撫菜が池の水は、ほとんど利用されていないのだ。必死で水源を探している輪笏からみれば、なんともったいない話だ。

「洞楠の人間は、あの池から水路を引いて、畑作をやろうとは考えないのだろうか」

「池のまわりは、岩がちな荒れ地のようです。鳴撫菜のほかは、何も生えない場所なのでしょう」

「水路を長く延ばせば、土のあるところまで水を引くことができるだろうに」

「洞楠は、川に恵まれている土地です。水路を長く延ばしたら、すでに灌漑されている地に行き着くだけと思われます」

そうだとしたら、あの池の水を少しばかりこちらに流してもらっても、問題はなさそうだ。

「良い話を聞かせてくれた。今日聞いたなかで、唯一、希望のもてるものだった」

といっても、淡く頼りない希望だが。

領境を越えて水路を引くのは、前例のないことらしい。交渉をしようにも、その糸口が見つからないし、水の代わりに輪笏が何を支払えるかの見当もついていない。

それでも、希望は希望だった。

「お誉めにあずかり、恐悦至極に存じます。このような話が、どんなお役に立つのか、浅学ゆえに皆目わかりませんが、今後とも、卑(いや)しきこの身の及ぶかぎり、お求めに応じる所存でございます。ところで、洞楠の山地について、ほかにもわかったことがございますが、いまお話ししてもよろしゅうございますか」

「もちろんだ。何がわかった」

「他でもございません、督がご覧になったという、隙間(すきま)の多い小屋のことでございます。その正体を、布灯を扱う商人に教えてもらうことができました」

「隙間の多い小屋……。そうか、あれについても、調べがついたのか」

わからないことを片っ端から尋ねたので忘れていたが、茅羽山の向こうに散在していた小屋のことも、仲人は調べてくれたようだ。

「はい。鳴撫菜を乾かすための小屋でございました。鳴撫菜は、収穫してからけっこう手がかかるものだそうです。まずは、日と風に当てて、十分の一ほどの嵩(かさ)になるまで乾かします。それから、加工場のある町に運んで、さまざまに手を加えながら布灯の芯(しん)に仕上げるのです」

「おかしいな」空人は首をかしげた。「日に当てると言ったが、木組みの小屋には屋根があった。あれでは、日が当たらない」

「おっしゃるとおりでございます。日と風に当てるというのは、一般的なお話で、洞楠以外の産地では、じゅうぶんに大きくなった鳴撫菜を引き抜き、その場に三集ほど放っておけばそれだけで、いい具合に乾くのだそうです。ところが洞楠のあの場所は、いつも北からの強い風が吹いています。ただ置いておいたのでは、たちまち吹き飛ばされますし、柵を作って引っかけたり、結んだりしても、風に引き千切られるのです。そのためああした小屋を設けて、収穫した鳴撫菜を中に広げて置き、日に当てるのはあきらめて、隙間から入ってくる風で乾かしているのだそうです」

「小屋を作ったり、中におさめたり、ずいぶんとよけいな手間をかけているわけだな」

「はい。小屋の中の鳴撫菜は、しゅっちゅう並べなおさなくてはならないので、たいそうな手間のようでございます。また、風で小屋が壊れることも多く、その修繕に、手間だけでなく費用もかかっているようです。しかも、そうやって作られた布灯は、他の産地のものより、質が劣るといわれています」

「どうして、もっと風の弱いところまで運んで乾かさないのだろう」

「収穫したての鳴撫菜は、ずいぶんと重いものでございます。そのうえ洞楠は、ほとんどの土地で北風が強く吹いています。どこまで運んでも、さして変わりはないのです。そのような土地ですから、輪笏のほうが、川が少なくてもずっと暮らしやすいと、商売のためにあちらに長く滞在した町の者は申しております」

空人は、風が強くても川の多いほうがいいと思ったが、川も風も、あるがままを受け入れるしかないのだろう。

それにしても、輪笏の側はおだやかなのに、峰のすぐ向こうでそれほど強い風が吹いているとは意外だった。そういえば、稜線から頭を出したとたん、笠を飛ばされそうになったが――。

「そうか。北からの強い風を、あの山脈が防いでいるのだな。それで輪笏はおだやかで、山のすぐあちらは風に悩まされている」

「おっしゃるとおりかと存じます」

「だとしたら……。そうだ」

思わず空人は立ち上がった。淡かった希望が、〈空鬼の筒〉から出る光の矢ほども強く輝く、確かな計画になったのだ。

だがこの先は、仲人にといえども、うかつに漏らすわけにはいかない。

「いや、なんでもない。とにかく、良い話を聞かせてもらった。礼を言う」

辞去の言葉もそこそこに、江口屋を出て、城に駆け戻った。

「それは、大変に、良いお考えとは存じますが、たいそう、たいそう、難しいことになりそうですね」

花人が、一言ひとことを吟味するようにゆっくりと、意見を述べた。

石人は、ふうと大きく息を吐いた。

「ご主人様のご発案は、文句のつけようのないものです。輪笏と洞楠の双方が、少しも損をすることなく、利益だけを得る取り引きです。理屈の上では」

「理屈以外に、何があるというのだ」

城に帰ってさっそく、江口屋で思いついたことをふたりの陪臣に話したところ、どちらもが、これまで見たことがないほどの渋面をつくったのだ。

ただ駄目なだけだったら、花人は笑顔でさらりとそう言っただろう。彼の言葉どおり、「良い」と「難しい」が同居して、どちらもが巨大なために、ふたりは困り果てているようだ。

その理由のひとつを石人は、空人の問いに答えるかたちで説明した。

「心情でございます。輪笏の民にとっても、洞楠の者たちにとっても、おっしゃるような取り引きは、受け入れがたいものだと存じます」

「心情など、説得のしかたでどうにでもなる。尊礼だって、やめさせることができたではないか。今度のことは、どんなに難しくても、やりとげる価値があるはずだ」

輪笏は、洞楠の池から水を引きたい。洞楠は、鳴撫菜を遠くまで運ばず、風にも飛ばされずに干すことができたら大いに助かる。

このふたつは、交換が可能だと空人は考えた。

輪笏は、洞楠の池から水路を引いて、池が涸れないていどの水をもらう。そのかわりに洞楠は、稜線を越えた風のおだやかな場所に入ってきて、自由に鳴撫菜を干していい。

良い取り引きだと思えるのに、花人や石人は渋い顔のままでいる。

「他の督領から水を引くこと。街道以外の場所で、人が領境を越えること。このふたつは、重罪でございます」

石人は、下唇を突き出して、怒ったような顔をしていた。

「督同士が話し合って取り決めれば、罪にならないのではないか」

「おっしゃるとおりではございますが、本来なら重罪にあたるものごとは、いくら取り決められても、そのようにはできないのが心情でございます」

「そこは、根気よく説得すれば」

「空人様」花人が口をはさんだ。「私には、ほかにも危惧を抱かざるをえない点が、この話にはあるように思えます。取り決めがうまく運んだとして、あちらは草を背負って山を越えればいいだけですから、すぐにも恩恵を受けられます。その後に、問題が起こって、取り決めが白紙にかえされたとしても、もとのやり方に戻ればいいだけですから、何の損もいたしません。ところがこちらは、水を利用するために、大がかりな工事をおこなわなければなりません」

「工事の費用については、いま考えているところだ。必ず私が何とかする」

「どのように算段されましても、巨額の借金をしてということになると存じます。そうやって畑を拓いたのちに、もしも洞楠が取り決めを反故にして、水門を閉じてしまったら、恐ろしいことにあいなります」

「そうなったら、戦を仕掛ける。その戦の理はこちらにあるから、負けそうになっても、援軍が駆けつけてくれるだろう」

「残念ながら、そう言い切ることはできないかと存じます。取り決めのしかたによっては、あちらに理があるかたちで、水門を閉められてしまうことも起こりえます」

空人は、花人に言われたことを考えてみて、うなずいた。ソナンの国の隣国が、何度も国境を破ってくるのも、最初の取り決めに小さな穴があったためだ。当初は考えもしなかった屁理屈が、政の世界では持ち出されることがある。

「そうかもしれない。確かにこれは、大変に難しい試みだ。しかし、赤が原に畑ができたら、城も民も、大いに助かる。輪笏にはいま、余分な結六花がまったくない。わずかとはいえ、毎年外から買ってきて、ようやく何とか食っている。もしもいま、弓貴全土で結六花が不作となったら、どうなる。他の督領は、自分のところの民を養うのにせいいっぱいで、輪笏に豆を売ってくれなくなるかもしれない。そうなったら、輪笏の民は飢え死にする。このままではいけないのだ。ふつうの出来で、全員がきちんと食べられて、凶作に備えた貯えもできるくらいには、結六花を栽培したいのだ」

花人と石人は、困った顔で目を見交わした。それから、石人がまた深い息をつき、花人はひょいと肩をすくませてから、ふたりそろって頭を下げた。

「我らは、身の回りのお世話をする陪臣ですが、ご主人様の場合、どうやら身の回りのお世話とは、なさりたいことをお手伝いすることが何よりのようです。少々変わったあり方だと申し上げないわけにはまいりませんが、そういうご主人様にお仕えすることを、我らはお誓いしたわけですから、しかたありません。花人様も私も、全力でお手伝いいたします。まずは、この試みの難しい点を挙げていき、どうすればその困難を乗り越えられるか考えましょう」

そういい終えた石人の表情は、すでに渋面などでなく、小鼻をふくらませた得意気なものになっていた。

山士(やまんし)も加えて数日間、主人と陪臣の相談が続いた。

石人が懸念(けねん)した心情の問題は、石人自身が解決策をさがすことになった。領境を越えて水を引くのも、他の督領を作業場にするのも、確かに例のない話だが、こじつけでも前例といえそうなものを示せれば、城頭らへの説得や、洞楠との交渉がやりやすくなる。取り決めがぶじ成立したあとの、人々の気持ちをなだめるのにも使える。故事をさがすのも、こじつけの理屈をつくりだすのも、石人の得意技だ。

また、水を引いても、赤が原で豆がうまく育たないかもしれないという心配を払拭(ふっしょく)するために、これから一年をかけて、試してみることになった。赤が原の一画に、小さな畑をつくって、毎日馬で水を運んで育てるのだ。豆がだめだったときに備えて、結六花以外の作物も何種類か植えてみることにした。

馬を運動させる係の者にやらせれば、余分な費用はかからないから、これはすぐに着手できた。ただし、長い道のりを毎日運べる水は多くないので、畑は、ひと種類の作物につき、縦にも横にも、ひとまたぎできるほどの大きさにしかならなかった。

茅羽山の谷から赤が原まで、水路を通すことができるのかは、いま派遣している工事方の技術者にそのまま調べさせることにした。

工事の費用については、まずはいくらかかるかを計算してみることが必要だった。その金額を、知恵を絞ってできるだけ減らし、どうしても入り用となる金額を、いかにして調達するか考える。

そう手順を確認したところで、いったん時間切れとなった。村長の答えを聞きに、照暈村を再訪する日がやってきたのだ。

どう転んでもしばらくは、こちらの件で忙しくなる。村長が否と言っても、機織り場は作るのだから。

しかも答えは、諾だった。ついに照暈村が、変化の兆しをみせたのだ。

「それは、ようございました」

七の姫が破顔した。

「空人様の御心が、村の者に通じたのでございましょう」

良い報告から始めたので、ナナはいつも以上ににこやかだった。

「うん。しかし、全員に通じたわけではないようだ。村長自身は、あまり受け入れたくなかったようにみえた」

悩んだ末の苦渋の決断だということが、村長の口ぶりからは読み取れた。おそらく村の中で激論が交わされたであろうことも。

空人の気持ちが通じたというより、いまのままではいけないと感じている者が、村の中にもきっといたのだ。そうした人々が、この機をとらえて、一歩でも村から出る道を拓こうとした。

村長の後ろにひかえる三人が、まちまちの表情をしていたことも、村内の複雑な様相を窺(うかが)わせた。ひとりは村長の返答を聞き終えると、ほっとしたように肩を揺らした。ひとりはずっと、不安に眉(まゆ)をひそめていた。残りのひとりは、感情をまったくみせない真顔のまま。

村長は、諾の答えにいくつかの条件をつけた。機織り場には、村の娘が通ってきて、鬼絹の織り方を習うことになる。その娘らに、織り方を教える以外の言葉をかけてはいけないというのだ。挨拶(あいさつ)も世間話も、いっさいしてはならない。この約束がきちんと守られているかを、村役が見張れるようにしてほしい。また、城からも、機織り場をきちんと管理できる人間を出して、番小屋の手兵などが娘に話しかけないように、見張ってほしい。さらに、織り方を覚えた村の者が初めて織り上げた布だけは、献上せずに、村に残せるようにしてほしい。

空人はすべての条件を承諾したが、村長の顔は最後まで晴れなかった。

「でしたら、なおのこと、慎重に進めなければなりませんね」

七の姫がおだやかに言った。

「うん。そうなんだが、実はほかにも問題があって、そもそも機織り場をほんとうに作ることができるのか、わからなくなった」

照暈村が機織り場を作ることを承諾したという快挙に、胸を躍らせて城に戻った空人を待っていたのは、この快挙をまるまる打ち消すほどの悪い知らせだった。

「実は、まだ、輪笏まで来てくれる鬼絹の織り手が、見つかっていない」

七の姫が、驚きに目を丸くした。

情けなかった。ほんとうは、こんな話は知られたくなかったが、ナナはこの計画のために、大事な夕光石を売り払う決意までしてくれたのだ。伝えないわけにいかなかった。

「まだというか、今後も見つかるあてがない。鬼絹を織れる者は、六人しかいないのだが、六人全員に断られた」

都にやった勘定方の枝士（えだんし）が、そう報告してきたのだ。

これを聞いて石人は、驚き、あきれた。

「織り方を教えてくれる者のめどがついているから、村長にあんな提案をなさったのではなかったのですか。誰がどう考えても、この計画でもっとも難しいのは、その部分です。鬼絹を織るという特別の技術をもっている人間は、都で優雅に暮らしています。いくら大金を積まれても、わざわざ辺鄙な督領に出かけていって、競争相手となる織り手を育てることを、承諾するはずがないのです。それなのに、ご主人様があまりに堂々と話を進めていらっしゃるから、私はてっきり、奇特な織り手を見つけておられるものとばかり」

「私も、そのように思い込んでおりました。きちんと確認して、ご忠告申し上げなかったことが悔やまれます」

悄然（しょうぜん）と頭を垂れる花人と対照的に、石人はあごを上げて、子どもを叱（しか）る父親のような顔をした。

「それもこれも、ご主人様が、何もかもを一度に進めようとなさるからです。だから、踏むべき手順を飛ばしてしまっても、ご自身も我々も気づかないということになってしまうのです」

「すまない」と、空人は素直に詫びた。石人は、束の間ばつの悪そうな顔になったが、すぐにまた、憤慨した口調で唾を飛ばした。

「我々も、鬼ならぬ身の人間です。それも、本来なら政になど関わらない陪臣です。気をつけてはおりますが、見落とすこともございます。ですからどうか何事も、一歩一歩を確かめながら、順序よく進めていただきたいのでございます」

どうやら石人が腹を立てている相手は、空人でなく、適切な時期に助言できなかった自分自身のようだ。

「悪かった。気をつける」

陪臣にそんな思いをさせてしまったことを謝った。すると、悲しい顔の花人と怒った顔の石人は、空人の前でひそひそと言葉を交わし、たちまち相談をまとめあげた。

「ご主人様」花人が真剣な眼差しを空人に向けた。「こうなったからには、しかたありません。どうか、石人と私を都に行かせてくださいませ。陪臣はご政道に関わるべきではないなどと、正論を言っている場合ではなくなりました。照暈村に提言し、承諾を勝ち取った物事が、こちらの不手際で立ち消えになるなどという事態は、絶対にあってはなりません。私と石人で、どんな手を使ってでも、必ず鬼絹の織り手を輪笏に連れてまいります」

「どんな手を使ってでも」と言ったとき、花人の目が冷たく光ったようで、空人は頼もしく思う半面、ぞくりとした。

そうした顚末を、空人の失態があまり情けなく聞こえないよう気をつけながら語ったところ、深刻な話だというのに、七の姫はくすりと笑った。

「どうした」

尋ねると、「いいえ」と一度、神妙そうな顔をつくったが、こらえきれずにまた笑った。

「どうして、村長にお尋ねになる前に、輪笏に来てくれる織り手をおさがしにならなかったのかと思いまして」

石人をかっかとさせた順序の間違いは、ナナにとっては面白い話らしい。

「けれども、空人様のそのなさりようが、困難な物事を動かしているのでございましょうね。もしも、当たり前の順番で進めていたら、鬼絹の織り手すべてに断られたところで、話は終わっていたでしょう。照暈村に大きな決断をさせたあとで、来てくれる織り手がいないとわかったために、輪笏の城の者は、誰もが、もてる以上の力を発揮しなくてはならなくなりました。あの陪臣たちが、立場による遠慮もかなぐり捨てて、これまで以上に本気になったのですから、うまくいくような気がいたします」

「わざと、こんな順番にしたわけではないのだよ」

　思わず空人は弁明した。

「存じております」

　七の姫の眼差しは、空人の未熟さのすべてを包み込んでくれるようで、肩の力がふうっと抜けた。七の姫は、おおらかな表情のまま、口調だけを少しかたくして話を継いだ。

「私の侍女の一人が、都に機織り場をもっている親戚がいると申しております。鬼絹を扱っているわけではないのですが、機織りに携わる者のあいだで、少しは顔がきくそうです。何かの役に立つかもしれませんから、この侍女も、都に連れていっていただけますか」

「もちろんだ。織り方を教えてくれる者が見つかったら、機織りの道具も買わねばならない。その助けにもなるだろうから、ありがたい話だ」

「では、侍女に夕光石を持たせましょう。輪笏まで来てもらえる織り手が見つかったら、いよいよ石の売り時です」

　そう言ったとき七の姫は、気のせいか、少しだけさびしそうな顔になった。

陪臣二人と侍女一人に、身兵三人、手兵十二人をつけて都に送った。行きは貴重品を携えているし、帰りには大きな荷物がある。警護や運搬にそれだけの人手は必要だった。

といっても、帰りの荷物が大きくなるのは、すべてがうまくいった場合だ。うまくいくのだろうか。

出発する花人らの決意に満ちた顔を見ると、うまくいくような気がするが、物事は、気概だけでは動かない。

うまくいかなかったら、どうなるのだろう。

考えただけでくらくらした。だが、空人は輪笏の督だ。すべての結果を引き受けなければならないのだ。

一行を見送りながら、自分にそれができるのかと、心の中で問いかけた。できるか、できないかではなく、やるしかない。

その晩、空人は、一人残った陪臣の山士と、赤が原に水を引く策についての相談を再開した。

城の外では、中川沿いに連なる畑で、結六花豆の植えつけが始まっていた。

7

今から二百年以上も昔のこと、照暈の首長は、いずれ督になってもおかしくない勢力をもっていたという。

そのころの弓貴は、六樽様が直接お治めになっている土地と、鷹陸や涸湖といった大勢力地以外は、小さな集団がひしめきあい、各々が少しでも有利な土地、広い土地を手に入れようと競いあっていた。時にそのせめぎあいは、激しい戦闘となったが、どちらに理があるともいえない戦いだったので、六樽様は静観しておられた。弓貴全土で領境が定まり、大きな土地をひとりの督が掌握するようになったのは、その二代あとの六樽様の御代である。

照暈の人々は、戦乱の時代にも、自ら争いを求めたりしなかった。現在では留種斗の一部になっている広川の東岸の地で、水の不足を知らない豊かな暮らしを送っていたからだ。

けれども水の豊かさは、争い事を呼び寄せる。近隣の首長は照暈の土地を羨んで、隙あらば攻め込んできた。豊かではあっても、昼も夜も気の休まることのない日々であったと、弓中は聞いている。二百年以上昔のことを見てきたように語る年寄りが、照暈村には何人もいるのだ。

照暈の戦士は、一人で十人を倒すといわれた猛者ぞろいだった。歩けるようになった子供には、畑仕事や水汲みの手伝いより先に剣の持ち方を教え、武芸の腕を鍛えさせる土地柄だったからだ。その伝統を忘れないよう、照暈村ではいまもなお、村長の家系は、武具にちなんだ名付けがされる。

何度攻め込まれても敵を撃退してきた照暈だったが、相手は狡猾に、婚姻や密約によって勢力を拡大し、照暈を包囲していった。

そして、結六花の収穫期に起こった夜討ち。決定的な敗北。

命からがら広川の対岸に渡った照暈の人々は、追っ手から逃げ、侵入者に牙をむく輪笏の民から逃れするうちに、苔しか生えない岩山にたどりついた。

逃げ出すときにわずかに持ち出せた逢真根草はほどなく尽きたが、喉の渇きをおぼえても、水を求めて川へと戻ることはできなかった。敵による残党狩りの手は厳しくて、岩山を出ればたちまち皆殺しにされるだろう。弓中の祖先らは、奇岩の迷路を奥へ奥へと逃げ込んだ。

やがて、袋小路に行きついた。力尽きた人々は、ひざまずいて、山ノ神に祈りを捧げた。

我らは川の民でした。けれども、助けていただけるなら、これから山の民として、この山で、あなたを崇めて生きていきます。どうぞ、お助けくださいませ。

いくら祈っても、神からの答えはなく、聞こえるのは、乱れ並ぶ岩の間を風が吹き抜ける音ばかりだった。

夜が来て、朝が訪れた。ただじっと祈る力さえ使い果たして、倒れ伏す者も出てきたが、それでも人々は祈りつづけた。

太陽がじりじりと高さを増していった。ふと、風のうなりが止まった。すると人々の耳が、ぴしゃんという小さな音をとらえた。

ぴしゃん。

ぴしゃん。

間をおいて聞こえるその響きは、水がしたたっている音に聞こえた。まさかと思いながらも人々は立ち上がり、音のするほうへ歩いていった。

行き止まりの奥まったところにある岩壁に、苔がひときわ濃く生えている一角があった。その中心にある岩棚の浅いくぼみに、水がたまっていた。くぼみの水は、人々の目の前で盛り上がり、縁からこぼれた一滴が落下した。

ぴしゃん。

このくだりを思い浮かべるとき、弓中の耳にはたくさんの声がこだまする。

年老いた声、若い声、しわがれた声、亡き母の澄んだ声。

照暈村では、手のあいた者が、幼い子供を集めて昔語りをする習わしになっていたから、村の人間は誰でもが、いくつもの声で先祖の物語を聞いてきたのだ。

彼らはいまも奇岩の迷路の奥深くに暮らしており、水の大切さは身に染みて知っていた。だから、話がこの場面にさしかかると、前のめりになって耳をそばだてる。話し手は、ありったけの思いをこめて、希望の音を口にする。

ぴしゃん。

岩からしみ出るわずかな水は、広川の向こうから逃げてきた四十人ほどの命を救った。

その水場は、いまも村の中にある。両脇に山ノ神と水ノ神、ふたつの祭壇がしつらえられ、参ごと、集ごとに丁重な祈りが捧げられている。

水のしみ出る量は、昔から変わりなく、四十人前後の人間が渇きに死なずにすむ程度。八十人が暮らすいまでは、飲み水も、生活に使う水も、外から運ばれるものに頼っている。

それでも水場は、村のもっとも大切にして神聖な場所でありつづけている。弓中が生まれて初めて口に入れたものは、この水場に湧いた水滴だったし、村長であった父が亡くなるときにも、兄の弓大が、汲んだばかりの湧水で唇を湿らせた。祖父母や母も、村人にとって命の水をはなむけに、死後の国へと旅立った。照暈の人々は、初めて「ぴしゃん」を耳にしたときからずっと、この水場とともに生きてきたのだ。

とはいえ人は、水だけでは生きられない。四十人の命を救った湧水も、作物を育てるにはまったく足りず、渇き死にをまぬがれた祖先たちは、たちまち飢え死にの危機に直面した。

その危機をどうしのいだのか、昔語りは口をにごしている。決死の覚悟で岩山を出た何人かが、どうにかして食べる物を持ち帰った。また、苔を集めてその上に種を植え、わずかな作物を収穫し、細々と食いつないだと言うばかりだ。

苔が育てる作物など、たかが知れたものなので、「どうにかして」持ち帰ったものに頼ったのだろうが、では、どうしたのか。

おそらく、追剝や山賊となって、旅人から強奪していたのだと、弓中は推測している。他の方法で、残党狩りの目を盗みながら、村の全員に行き渡るだけの食べ物が持ち帰れたとは思えないからだ。

誉(ほ)められたことではないが、しかたなかったのだろう。彼らにあるのは、武芸の腕だけだった。そしてその時代、力ずくでものを奪うことが、今ほど非道とは思われていなかった。現に彼らは力ずくで、生まれ育った土地を奪われている。

世の中が落ち着いていき、輪笏(わしゃく)がひとりの督のもとにまとまると、広川の向こうから、敵が照暈の生き残りをさがしに来るおそれがなくなった。街道には、督の手兵が行き来して、追剝や盗賊への警戒をはじめた。

そのころ照暈村は、生きる方便(たずき)を、子孫に語れるものに変えている。出稼ぎだ。

自分の畑をもたずに人に使われる人間は、自身の食(く)い扶持(ぶち)ほどの稼ぎしかないのがふつうだ。二百年前の時代も、それは同じだったはず。

照暈の男たちは、村に残した家族を養うため、人の二倍、三倍働かなければならなかった。その疲労や、病や事故で、働き手の何人かが倒れれば、村はたちまち衣食に事欠いた。

一粒の豆の皮すら無駄にできない苦しい暮らしだったことを、村の最高齢者は覚えている。その老人が幼児だったころまで、出稼ぎに頼る厳しい生活は続いたのだ。

広川河畔(かはん)での敗北が、照暈のあり方をそう定めてしまったのだと、昔語りは言うのだが、弓中はその見解を疑っていた。

敗北当初の苦しい暮らしが、受け入れるしかない宿命だったとしても、その後に、状況を変える機会はあったのではないか。輪笏の領境が定まって間のないころ――広川の向こうから敵が来るおそれはなくなったが、領内がまだ混沌（こんとん）としていた時分に岩山を出ていれば、照暈の人々は輪笏のどこかで、結六花を育てて暮らせていたかもしれない。かつてのように豊かではなくても、勤勉に働けばふつうに生きられる村を築いて。

けれども当時の人たちに、その決断は下せなかった。きっと、追っ手への恐怖と水場への感謝が大きすぎたのだろう。それに、水場を捨てて岩山を出れば、山ノ神への誓いを破ることになる。動けなかった気持ちは弓中にもわかる。わかりはするが、その時期に動いておくべきだった。

やがて輪笏の内も安定し、村単位で移住できる時代ではなくなった。照暈の人々は、苔しか生えない岩山で、出稼ぎに頼って生きるしかなくなった。貧窮に耐える暮らしは、それから百年以上続くことになる。

といっても、先祖たちはただ耐えしのんでいただけではない。岩山の奥でも、もう少しは楽に暮らせるようにならないか、さまざまなことが試みられた。特に、水場を鑿で穿とうとする者は、二、三十年に一度の割りで現れた。穴を大きくすれば、もっと水が湧き出るのではと考えてのことだ。

そのたびに、神聖な場所を守ろうとする者との間で激しい論争が起こり、時には刃物を向けあう諍いにまで発展した。

けれども、その争いに勝利しても、水を多く得ようという試みは、勝ちをおさめることができなかった。反対者がおそれたように、試みた者に天罰が下ったり、水場が涸れたりといったことは起こらなかったが、湧き出る水がわずかでも増える事態もまた、引き起こされはしなかったのだ。近くで別の水場をさがす試みも徒労に終わり、彼らの暮らしは、岩山の袋小路に押し込められたままだった。

それが六十年ほど前に、劇的に変わった。

一人の男が、強絹の繭をつくる虫を、よその督領にある産地から盗み出してきたのだ。見つかれば、親族一同が斬首されかねない重罪だが、まんまとばれずにやりおおせた。この虫を増やして、繭をつくらせ、売ることができたら、暮らしはずいぶん楽になる。

問題は、餌だった。虫は決まった草しか食べない。男はその草も持ち帰ったのだが、照暈に着いたときには萎びていた。苔に植えても根付くことなく、やがて盗んできた二十数匹が食い尽くした。

照暈の人々は、自分たちの食べ物よりも、虫の餌となる草の入手にやっきになった。輪笏では栽培されていなかったため、多くの苦労が伴ったが、照暈の人間は苦労に慣れている。なんとか手に入れ、虫を死なさずにすんだうえ、水場のまわりに土を運び、わずかに植えつけることができた。とはいえ虫を増やせるほどの量はとれない。

やはりこの村で、強絹を作ることは無理なのか。飢えへの恐怖を感じずに暮らしていくことはできないのか。

なまじ希望が垣間見えただけに、その消失は、不幸に慣れていたはずの人々をも打ちのめした。

そんななか、あきらめきれない者たちは考えた。虫はほんとうに、その草しか食べないのか。ほかに餌となるものは絶対にないのだろうか。

産地ではすでに、さんざん試されたことだろう。しかしそれは、希望と絶望とを分かつ崖（がけ）っ縁（ぶち）での必死の試みではない。それに、ふつうに草を植えられる土地では、草以外のものまで試してはいないかもしれない。

そう考えて、虫にさまざまなものを与えてみた。といっても、極端に物のない村でのことだ。それほど多くの種類を試せたわけではない。

けれども、彼らは見つけたのだ。唯一(ゆいいつ)の餌といわれる草以外に、虫が口にする食べ物を。しかも、それを食べて育った虫は——。

この大発見から、どうやっていまの暮らしに移ったかについても、昔語りは黙している。新しい育て方をした虫が、見たことのないほど美しい繭をつくったこと。それはおそらく、山ノ神が百数十年ぶりに与えてくれた恵みであること。だからこの秘密は、命に代えても守らなければならないことを説くばかりだ。

すなわち昔語りはこの時点から、村の掟(おきて)を覚え込ませるための訓話となる。

弓中が想像するに、百数十年を耐えに耐えてきた人々は、神か偶然かによって与えられた宝をどうやってでも守りたくて、虫を盗んだ以外にも、露見すれば死の罰が下る悪事に手を染めたのではないだろうか。

照暈村では当初より、自分たちで繭から糸をとっている。繭のまま人に見せたら、変種ながらも強絹のものだと見当をつけられてしまう。村の者が虫を盗んだことも、ばれてしまうかもしれない。売りに出すにはどうしても、糸にすることが必要だった。

繭から糸をとるには、技術を身につけるにしても、道具を入手するにしても、ずいぶん金がかかったはずだが、当時の照暈村にそんな余裕があったとも、極貧の村に金を貸すお人好(ひとよ)しがいたとも思えない。

そのためふたたび、子孫には語れない手段がとられたのではないだろうか。

そうだとしても弓中に、祖父母たちを責める気持ちはない。

糸は、繭以上に美しかった。できるなら、さらに布にして売りたかったろうが、さすがにそこまでは果たせなかった。

ただし、当時の村長にして弓中の祖父は、ここで思い切ったことをした。この糸を、商家でなく城に直接売り込んだのだ。

糸は、村人たちが考えていた以上に価値のあるもののようだった。城の役人たちは、こんなすばらしい糸がどうやって作られたかを、さかんに知りたがったが、照暈の人々は用心深く口を閉ざした。教えてしまえば、この珍しい糸は他の場所でも作られるようになり、商売にひどく不利な土地にいる自分たちは、切り捨てられると知っていたのだ。

秘密を守りながら、強大な権力をもつ督を相手に綱渡りのような駆け引きをした結果、彼らは現在の安定を手に入れた。最高齢の年寄りは、いまも食事のたびに嘆息する。日に三度、腹にものを入れられるのは、なんとありがたいことかと。

もう誰ひとりとして、ひもじい思いをしていない。着るものにも、家の修繕をする木材にも、事欠くことはなくなった。村の人口は、この六十年で倍に増えた。

生まれた子供は、歯が生え変わるころまでに半数が死ぬものだと考えられていたが、じゅうぶんにものを食べられる暮らしでは、どの子も丈夫に育つとわかった。出稼ぎ先で横死したり、行方不明になったりで、村の男が数を減らすこともなくなった。出稼ぎに行く必要がなくなったからだ。そのうえ村の若者は、外から嫁を迎えることができるようになった。生涯里帰りできないという厳しい条件をのんでも、照暈に嫁（とつ）ぎたいという娘を、城の役人たちが見つけてきてくれるのだ。

虫を育てる仕事は、きついものではない。仲間と談笑しながら進めることができる。繭から糸をとる女たちは、歌をうたったりもしている。

ありがたい、ありがたいと人々は、いまの暮らしに感謝して、山ノ神の祭壇にたびたび祈りを捧げている。高齢の数人をのぞいて、この暮らししか知らない村人たちだが、以前の生活の厳しさを、祖父母や両親からいやというほど教えられてきたので、鬼絹という奇跡のありがたさを、誰もがよくわかっていた。この奇跡を守る決意に、揺らぎはなかった。

けれども、弓中の胸には、誰にも言えない疑問があった。

ほんとうに、いまの照暈村の暮らしは、そこまでありがたがるものなのか。

たしかに六十年前までとちがって、飢えに苦しむことはなくなった。年配者がよく言っていたように、「ひと月先に食べる物があるのか、わからないことなどしょっちゅうだった」という困窮からは解放された。

だが、ひと月先どころか、明日のこともわからないのが、いまの照暈だ。秘密を守るために、いつでも村ごと滅びる準備ができている。三日後には、人も家も燃え尽きて、何も残っていないかもしれないのだ。

そうならないための用心はしている。おそらくいまの穏やかな暮らしは、これからもずっと続いていく。

けれども、そうではないかもしれないと考えるたび、ふっと風景から色が抜ける。もともと、人の命は儚(はかな)いものだ。それはよくわかっているが、その儚さを上回る不確かさが、この村の大事な何かを損なっている。村人の笑い声はどこか虚(うつ)ろで、笑顔は芯(しん)を欠いている。そんな気が、弓中にはするのだ。

こんなつかみどころのない不安は、誰に言っても理解してもらえないとあきらめていた。照暈の人々は、弓中ら数人をのぞいて、村の外に出たことがない。この暮らししか知らないのだから、よそと比べることができない。外から嫁いできた娘は、照暈の事情を承知で来ている。それでもここがいいと思えるほど、貧しい家の出なのだ。

そして、外の世界を見たことのある数人も、弓中の他はみな、いまの暮らしが最善なのだと確信している。

そう考えて、あきらめていた。新しい督が、村長に会いに、この岩山にやってくるまでは。

督が、山奥にあるこの村の、すぐ手前までやって来た。

それだけでも大事件だったが、督の残した言葉は、突風のように村をかきまわした。といっても、ほとんどの村人は、この比喩(ひゆ)をきちんと理解できないだろう。岩に囲まれた照暈村では、風のうなりを耳にすることはあっても、人を押し倒すような強風が吹くことはなく、「突風」がどのようなものかを知りえない。

だから弓中が、岩山を越えて洞楠(ほらなん)に入ったところで遭遇したすさまじい風の話をしても、みんなは冗談でも聞いているような顔で笑っていた。弓中にとっては、思い出すだけで膝(ひざ)ががくがくするほどの体験だったというのに。

人の知らないことを知りうる立場にいることが、やるせなくなるのは、そんなときだ。

照暈村では、外との行き来を六十年前からぴしゃりと閉ざしてきたのだが、城の役人を通してしか世間のことがわからないのでは、相手に丸め込まれてしまいかねない。

世の中で何が起こっているかを自分たちの目で確かめるべく、年に一度、村長の家系の男が二、三人、こっそりと村を出て、世情をさぐってくることになっていた。

弓中は、その二、三人のひとりであり、洞楠の山地と輪笏の全土を歩いたことがある。村の外で人々がどう暮らしているかを知っており、結六花の畑や、地平線や、長くのびる川や道を見たことがある。

初めて目にしただだっ広い光景は、突風以上に恐ろしかった。身が震え、めまいがして、思わずその場にしゃがみこんだ。それなのに、立ち上がれるようになるとまた、両目を開いて見入ってしまう。

そのときの心の震えも、いくら語っても理解してもらえなかった。生まれ育った村の中で、かつてどんなに厳しい暮らしがあったかは想像できても、自らの目で見たことのない、まったく違う世界のことは、見当がつかないものなのだろう。

そう考えた弓中は、それゆえ外に出たことのない村人は、誰もがいまの生活に満足し、掟や村のあり方に疑問など抱いていないのだと信じていた。

もしも弓中が信じたとおりだったら、督どころか六樽様がおいでになって、いくつも疑問を並べても、人々は泰然としていただろう。

ところが、督の残した言葉は突風となって、照暈村の平穏をひっくり返した。小さな村でともに育ち、心のひだのひとつひとつまで知り尽くしていると思っていた人々が、思わぬ反応をみせたことに、弓中は驚いた。

いちばん驚いたのは、村長である兄が、督との面会に立ち会った三人の村役に、口止めをしなかったことだ。そのため督が発した疑問と提言は、すべての村人が知るところとなり、村は大騒ぎになったのだ。

村長はなぜ、口止めをしなかったのか。そしてなぜ、督の提案を即座に退けなかったのか。弓中の知っている兄ならば、そのどちらをも確実におこなったはずなのに。

答えはひとつしか思いつかない。兄の心にもまた、このままではいけないのかもしれないという、小さな迷いはあったのだ。

だがその迷いは、一日もたたないうちに消え失せたようだ。村のすぐ外に機織り場を作るなどという話は、きっぱり断るつもりだと宣言し、人々の動揺を抑えようとしはじめた。

いつもの照暈村ならば、それで静まるはずだった。ところが、これまで村長の言葉にさからったことのない娘たちが、先陣を切って主張した。機織り場を作ってほしい。鬼絹の織り方を、習えるものなら習いたい。自分の手でこの糸を布にできたら、どんなに嬉しいだろうと。

幼い頃から虫の世話をして過ごし、繭の季節には毎日のように、糸をとる繊細な作業をしている娘たちにとって、当然といえば当然の願いだった。

村長は、その嘆願をはねつけた。村の存続をあやうくするかもしれない動きを、許すことはできないと言って。

すると、幾人かの若い男が娘らに加勢した。老人のなかにも、少し考えてみてもいいのではないかと言い出す者があらわれた。村のあり方を変えるかもしれない試みに、賛成する者がこんなにいるとは、弓中には思いもよらないことだった。

誰にも打ち明けられない、決して口にできない、けれどもどうやっても打ち消すことのできない疑念がある。このままではいけないのではという、もどかしさがある――そんな人間は自分だけだと思っていたが、そうではなかったようだ。

娘たちも、その賛同者も、ただ布を織りたいだけではないのだと、真剣なその目を見れば、弓中にはわかった。外の世界を知らない彼らも、村の歪みに気づいていた。督の提案があったいまこそ、村を変えるための一歩を踏み出す好機だと考え、素朴な「願い」の体裁をとって、これまでさからったことのない村長に、決死の思いで物申しているのだ。

弓中が忖度できたこの真意を、彼らは決して表に出さなかった。その理由も、弓中にはわかった。

村の半数は、様子見でもしているように沈黙していた。臆病なこの人たちは、機織り場が村の暮らしを変えてしまうと気づいたら、たちまち反対にまわるだろう。村長たちもやっきになって、機織り場を退けようとするだろう。

だから彼らは、自分たちの手で糸を布にすることの利点のみを強調した。反対する者は、そんな利点などなくても、いまのままでじゅうぶんだ、鬼絹の秘密さえ守られていれば、何不自由なく暮らしていけると主張した。

不自由ならある。村人は、一歩も外に出ることができない。明日にも全員で燃え死ぬかもしれないという、不確かな日々を送らなければならない。これが不自由でなくてなんだろうかと、弓中は心の中で叫んでいた。

村では論争が続いた。沈黙する者たちも、親子、兄弟、夫婦の間で、相手はどう思っているのか、横顔をうかがいあう。

村長たち機織り場に反対する者たちは、常にもまして昔語りをするようになった。先祖の苦難を思い起こさせ、布を織りたいなどという欲のために、やっと手に入れた安定を失ってはならないと悟らせたいのだろう。

けれども、昔語りを聞くたびに、機織り場が欲しいと言い張る者らの決意は、かえって固くなるようだった。

　弓中は、その理由を知っていた。村を存続させるのに艱難辛苦（かんなんしんく）を乗り越えたご先祖様には、言われなくても感謝している。けれども昔語りは、その先祖らの過ち（あやま）を思い起こさせもするのだ。命を救ってくれた水場を大切に思うあまり、打って出るべき時に動けなかった過ちを。

　守っているだけではだめなのだ。かつての過ちを繰り返してはならない。督から差し出された手を、払いのけてはいけないのだ。

　そのことを、彼だけでなく何人もの村人がわかっていると知って、弓中の胸は熱くなった。けれども彼は注意して、その思いを、口にも態度にも出さずにいた。

　それゆえ村長は、弟が味方でないかもしれないなどと疑いもせず、ふたりだけのときには、嘆いたり憤（いきどお）ったりと素直な感情を表した。そして最後は決意を語る。「私はこの村を守ってみせる。ご先祖様の努力を無駄にはしない」と。

　兄は、思いを同じくする村役らと相談を重ねた。

　彼らにとって、村の近くに番小屋以外の建物を作るなど、許しがたいことだった。ましてや、村の娘がそこに通って、よそ者と口をきくなど。どうして、督に言われたときにすぐ断らなかったのかと、兄はしきりに悔やんでいた。

とはいえ、後悔だけで終わる兄ではない。この過ちが生んだ騒動をおさめるだけでなく、かえって今後の安泰に役立てようと、闘志を燃やして知恵を絞り、その結果、督の提案を受け入れることに決めたのだ。

新しい督は、無理強いしてくる様子がない。機織り場を拒否することは簡単だろう。しかしそれでは、若者らの不満がくすぶったまま残ってしまう。村の安全を脅(おびや)かすような極端な行動にはしる者が出ないともかぎらない。

だから、提案をのんでしまうのだ。村のすぐ外に機織り場が建てられて、そこに通えるようになれば、いま騒いでいる者たちの気はおさまる。そのうえで、外との接触が危険であると思い知らされる事態となれば——。

ほうっておいても、おそらく事はそう運ぶだろう。村の仲間しか知らない者たちにとって、城の役人や番小屋の手兵は、見るも恐ろしい存在だ。あの好奇の視線や、隙あらば秘密を探り出そうとする眼差(まなざ)し。外の者たちには当たり前の習慣が、村の乙女らにとって、野蛮で許し難い侮辱に映ることもある。きっとすぐに、機織り場を閉じなければならない事態になる。

そうなれば、いま村を騒がせている不満や疑問は消え去るだろう。村人たちは、外の世界が信用ならないことを知り、掟の大切さをあらためて痛感する。督や城の役人は照暈村を、これまで以上に慎重に扱うようになるだろう。

まさに、禍（わざわい）転じて福となすことができるわけだ。

そして、もしも、ほうっておいてそのようにならなかったら、仕向けるまでだ。そのためには、機織り場を作るにあたって、条件をつければいい。外の世界の人間に、守るのが難しそうな条件を。

そのうえで、村役がつねに機織り場にいるようにすれば、ばれないようにこっそりと、機織り場を閉じざるをえない不祥事を引き起こすことができるだろう。

このたくらみを見抜かれないよう、自分は最後まで機織り場には反対だという渋面をつくっていようと語る村長には、戦略を立てる武将の血が、確かに受け継がれているようだ。

だがその血なら、弓中にも流れている。彼は本心をみせないまま、動くべき時を待った。

村長らが考えた、彼らの作戦に都合よく、それでいて村の人間にも城の役人にも不自然に思われない条件は、両者によって承認され、機織り場の建設が始まった。

その槌音（つちおと）は、村にも届いた。コーンと威勢のいい音が聞こえると、ある者は瞳（ひとみ）を輝かせ、別の者は不安げに目を伏せ、年寄りの多くは顔をしかめた。

弓中は、コーンを聞くたび胸を高鳴らせたが、それを誰にも気取らせなかった。口元がほころびそうになるのを抑えるのはまだしも、頬が紅潮しそうになるのをこらえるのは、容易なことではなかったが、彼の努力は報われた。村長は、機織り場の様子を見張る三人の村役を決めるとき、もっとも信頼がおけ、必要なことを首尾よくやってくれそうな人間として、いちばんに弟の弓中を選んだのだ。

突風が吹きはじめたときからぐっと足を踏ん張って、心の裡(うち)を隠しつづけた甲斐(かい)があった。

弓中は、村を変えまいとする村長たちの思惑を知っている。内心を悟られないまま、その作戦の要(かなめ)の位置を占めることもできた。あとは、こっそり邪魔をすればいい。

すなわち、ほかの二人が機織り場の存続を危うくしようとする試みを、気づかれないよう妨害する。いつまでも続けることは無理かもしれないが、娘たちが布の織り方をすっかり覚えるまでがんばれたら、照暈村は、きっと変わることができる。

督が発したという問い、「村人全員の命よりも、鬼絹の作り方の秘密を守るほうが大切だと考えるのは、どうしてなのか」は、機織りを習いたいと言った娘たちだけでなく、黙っていた者たちの胸でもこだましていることだろう。村の何人かが機織りという高度な技術を身に付ければ、疑問はさらに大きくなる。照暈の人間が考えてはいけないことになっている問題――ほんとうに、鬼絹の秘密が漏れたら、村の暮らしは立ち行かなくなるのか――が、多くの人の意識に浮かび上がってくるだろう。丈夫な布も、小さな穴からほころびていくように、岩より確かと思われていた掟も、いずれ砕けはじめるはずだ。

彼が生きているうちには無理かもしれない。だが、子供たちの代にはきっと。

そう考えて熱くなる血潮を、弓中は、慣れ親しんだ努力で鎮めた。肝心なのは、これからなのだ。

そしてついに、六人の村の娘が機織り場に行く日が訪れた。弓中は、自分が初めて村の外に出たとき以上に緊張して、娘らにつきそった。

なんとしてでも機織り場を守る。とはいえ、やりすぎたら、他の村役に疑われて、役を下ろされてしまうだろう。これまで以上に、一瞬も気を抜くことなく過ごさなくてはならない。

そんな毎日を送っていたら、弓中の神経は三月もたたないうちに、ぼろぼろにすり減ってしまうかもしれない。だが、三月でいいのだ。それだけがんばれたら、あとはこの身がどうなろうとかまわない。

そんな覚悟で出かけた弓中は、新しい機織り小屋の前で、信じられないものを見ることになった。

小屋の造りは、事前に確認してあった。厚手の葦簀（よしず）で葺（ふ）かれた平らな屋根が、六本の木の柱で支えられている構造。柱の木材の見事さに、さすがは督が直々に進めておられる事業だと感心したが、近くに寄ってよく見ると、新しいものではなかった。表面はきれいに削られているが、四角い穴を埋めた跡などもある。何かの建物をばらして、柱だけ持ってきたものらしい。

工事の者も、体つきからみて、生え抜きの大工ではなさそうだった。城の雑夫がここまで出張（でば）って来ていたのなら、輪笏の城が金に困っているという噂（うわさ）は、ほんとうだったようだ。

それでも、工事の指揮をとる人間の腕は確かで、固い岩場の上に、揺るぎのない立派な機織り場ができていた。

真ん中が板壁で仕切られていて、村に近いほうの半分は、外壁のない作業場になっている。壁がないのは、陽光を取り込むためで、まぶしすぎるときや風のあるときは、白い布すだれを下ろすのだそうだ。足下には、弓中が見たことのない、弾力のある木材が敷きつめられていた。掃除しやすく、ほこりが立たず、落ちた糸屑（いとくず）が拾いやすい床で、都の鬼絹の織り場でも、この床材が使われているのだという。

その上に、三台の機織り機が据えられていた。

弓中は、機織り機を見るのは初めてだったので、それが絹や強絹のものと同じなのか違うのかわからなかったが、ずいぶん美しいものだと思った。

真ん中の壁から向こうは、機織りを教える〈先生〉と、機織り場を管理するために城から派遣される役人が住む場所ということで、板壁で四方を囲われていた。

番小屋も、手兵たちが寝泊まりする場となっているが、何人もの雑魚寝（ざこね）だ。こちらはふたりの人間が別々に休めるようになっていて、手兵より身分の高い者の部屋ということが、造作にははっきり表れていた。

とはいえ、機織り場の一角の仮住まいだ。照暈村でもっとも粗末な家よりも、住み心地は劣るだろう。よくもこんな所に、都の人間――それも鬼絹の織り手という特別な人間が、来てくれることになったものだ。もしかしたら、その意に反して力ずくで連れてこられたのではと、弓中は、先祖に対してと同じ疑いを、督の家来たちに対して抱いた。

この疑いは、すぐに晴れた。建物を検分したあと、すでに到着して番小屋で休んでいた〈先生〉を紹介されたのだ。三十歳という話だが、もっと若くみえる、目をきらきらさせた男だった。

〈先生〉は、弓中らの頭を包む布にちょっと奇異の目を向けたが、すぐに元通りの笑顔になって、鬼絹の産地に来られてどんなに嬉しく思っているか、自分がどれだけ鬼絹に魅せられているかを、息つく間もなくまくしたてた。そばにいた役人が、顔をこわばらせて脇腹をついたが、〈先生〉はきょとんとして、合図を送った男の顔をまじまじと見た。口を慎むようにということだと、弓中らにはわかったのに、〈先生〉は、そういう勘がにぶいようだ。

外の世界を広く見てきた弓中は、この手の人物に行き合ったことが、何度かあった。ひとつのことしか目に入らず、それ以外には無関心を通り過ぎて無能になる。高い技術をもち、なおかつ、自分の手がける仕事に恋心にも似た情熱を抱いている人間が、そうなりがちだという話だった。

〈先生〉は、その両方にあてはまる。高い技術をもっていることは間違いないし、情熱のほうはその顔に、ありありと表れている。

その情熱が、この人物をここに連れてきたようだ。鬼絹の布を織る仕事を愛するあまり〈先生〉は、その糸が生まれる場所を見たくなった。ほかの織り手が誰も知らない、秘匿されている産地に行けるという誘い文句にのせられて、山奥での不便な生活を承知して、はるばるやってきたのだろう。だとしたら、やっかいなことになった。〈先生〉は期待満々でいるようだが、照暈村の前まで来ても、鬼絹がどうやって作られるかは明かされない。もどかしさに、秘密をさぐろうとしはじめるかもしれない。そうなったら、弓中がいくらがんばっても、機織り場は早々に閉ざされることになる。

城の役人がしっかりと、この〈先生〉を抑えてくれればいいのだがと、弓中は、まだ到着していない機織り場の責任者に望みを託した。

そうして、村の娘六人が機織り場へと出ていく日がやってきたのだ。初めて村を出る娘らの脚は震えていたが、唇をかみしめ、目を見開き、大きな覚悟を感じさせる顔をしていた。娘らを率いる村長は、村人に秘した覚悟と緊張で青ざめている。

自分はどうだろうと、弓中は考えた。青ざめてなどいないはずだ。心の裡を面に出さない技には、さらに磨きがかかっている。兄に言われたとおり、娘らや〈先生〉や城の役人たちをしっかり見張ることだけ考えているように見える自信が、弓中にはあった。

ところが、村への路をふさいでいる木戸を抜けると、一行は驚きのあまり、棒立ちになった。

機織り場の前に、鮮やかな色が散っていたのだ。赤や青、黄色や緑、黒や銀、白や金色が入り混じった麗々しい光景に、照暈の人間は目を丸くした。

鬼絹の繭や糸の美しさは見慣れていても、鮮やかな色彩がいくつも混在する様を目にする機会は、村の誰一人としてこれまでもたなかった。岩だらけで水の乏しい村から出たことのない娘らはもちろん、輪笏の全土を旅したことのある弓中らも、倉町の高級品ばかり扱う店には入ったことがなかったのだ。

そう、照暈の人々の目を驚かせた色彩は、女性用の高級な調度品のものだった。いち早くそれに気づいた弓中は、昨今の自制を忘れて血の気が引いた。

こんな場所に、こんな品々が運び込まれる理由は、ひとつしか考えられない。機織り場に出てきた娘らの気を引くためだ。そうして口を軽くさせ、鬼絹の秘密を聞き出そうとしているのだ。

まさか城が、初日から、これほど露骨に裏切ってくるとは。

兄とは相反する考えをもっていたはずなのに、弓中の胸には、村長の横顔に表れているのと同じ怒りが燃え立った。外の世界は信用ならない、外の世界は恐ろしいと、兄が言いつづけていたのは本当だった。年に何参か旅したことがあるだけで、わかったような気になってはいけなかった。照暈はやはり、これまでのあり方を続けるべきだ。

「これは、どなたが使われるお道具なのでしょう」

村長が、食いしばった歯の奥から声を押し出した。

あたりはざわざわと落ち着きがなく、照暈村から娘たちが初めて出てきた日だというのに、出迎える者もいなかった。手兵も役人も、運び込まれる豪華な品々のほうばかり気にしている。

村長が同じ問いかけを、もっとはっきり口にすると、近くにいた顔見知りの手兵が、振り返って答えた。

「これですか。機織り場の責任者として、今日いらっしゃったお方のお道具です」

では、責任者は女性なのかという意外な思いと、そんな人物が到着したなら、どうしてすぐに紹介してくれないのだという憤りを同時に感じた。村長も同じだったのだろう。皮肉な口調でこう応じた。

「そうですか。それでは我々はここで、その高貴なお方にご紹介いただける栄に浴する時を、お待ち申し上げることにいたします」

「いや、いまお着きになったところで。我々も、いま知ったので」

手兵は何やら慌てていた。機嫌をそこねた村長が、娘らを引き連れて村に戻ってしまうことを心配しているのかと思ったが、気にしているのは背後のざわめきのようだ。いったい、どれほどの人物が、前触れもなしにやってきたというのだろう。

弓中が首を伸ばしたとき、機織り小屋の向こうから、ふたりの女性が現れた。ふたりとも旅姿で、ひとりは侍女らしいのだが、どちらもが、見たことがないほど上等の身なりだった。

ふたりは、手兵や役人に囲まれたまま近づいてきた。侍女でないほうの女性が、口を開いた。

「照暈村の方々ですね」

弓中は、はっと息を呑んだ。その顔立ちに、見覚えがあるように思えたのだ。

どこで見たかを頭が思い出すより先に、うなじの皮膚が反応した。総毛立って、ぴりぴりと震えている。

六樽様だ。絵姿で見た六樽様のお顔立ちが、この女性の中にある。

そう気づくと同時に、ひざまずいた。彼よりわずかに早く、村長もそうしていた。

他のふたりの村役も、それほど遅れず、地面にひざをつけて頭を垂れた。娘たちが背後でそれにならったのが気配でわかった。

頭を垂れて、地面しか見えなくなったことで、少し冷静になれたのだろう。ようやく理解が追いついた。

このお方は、女装された六樽様というわけではない。おからだつきも、お顔立ちも、女性のものだ。それに、ずっとお若い。

六樽様を思わせる容貌（ようぼう）をなさっているのは、この方が、六樽様の姫君だからだ。すなわち、今度の督のご令室様だという、七の姫。

それならば、あれほど豪華なお道具が運び込まれているのもわかる。いや、きっとあれでも、最低限のものだろう。

番小屋の責任者が、喉を締め付けたまま発しているような妙に甲高い声で、弓中が推測したとおりの身分を述べて、この高貴な女性を紹介した。それから一同に、立ち上がるよう命じた。

照暈の人間は、督という制度が完成する前に、岩山の奥深くで隠者のような生活をはじめた。男たちは出稼ぎに出ていたが、それはあくまで仮の暮らし。意識の根っこは、孤立した村にあった。そのため、輪笏の民という自覚が乏しく、督への崇拝の念も薄かった。彼らにとって真の故郷は、広川の向こうの先祖の地だし、村の風習は前時代の影を濃く残しており、たとえば「大」や「中」といった、高い地位にある家系しか名付けに使うことが許されなくなっている文字も、いまだにこっそり使っている。だからこそ、城を相手に、遠慮のない交渉をしてこられたのだ。

そんな照暈の人々も、弓貴の民であることに変わりはなく、六樽様への畏敬の念に不足はなかった。

ふらふらと立ち上がった弓中は、六樽様の姫君を直視することができなくて、目を伏せたままでいた。すると、もったいなくも、こんなお言葉が聞こえた。

「そなたらの大きな決断に、礼を言います。ずいぶんと、勇気のいることだったでしょう。その信頼に応(こた)えるべく、精一杯を尽くすつもりでここに来ました。この機織り場を、照暈村と輪笏の双方の、良き明日をつくる場にしていきましょう」

「ご令室様が、ここにお泊まりになるというのですか」

村長が驚きの声をあげた。

こんな水の乏しい、岩山の奥の小屋などに、督の正夫人が——それも六樽様の姫君が、夜を過ごされるなど、信じがたいことだった。弓中が、思わず遠慮を忘れてお顔に目をやると、七の姫様は、はにかんだような笑みを浮かべられた。

「ずっというわけにはまいりません。月のうち、一集くらいは城に戻らなければなりませんから。けれども、そのときは、確かな者にあとを預けていきます」

六樽様の姫君が、侍女ひとりを供に、機織り場で寝泊まりされる。城の底知れぬ本気に、弓中は感じ入るより、ぞっとした。

これで、機織り場の様相は、考えていたのとまったく違うものになった。

いつのまにか近くにきていた〈先生〉が、「私は、番小屋のほうに寝場所をつくっていただけることになりました」と、機織り場の壁のある一角を七の姫らに譲ったことを、誇らしげに報告した。その顔は、鬼絹の産地にやってきた興奮を露骨に表していたとき以上に上気している。鬼絹の秘密をさぐりたいという熱情よりも、六樽様の姫君のそばで働ける感激のほうが勝っているのは、明らかだった。きっとこれから、姫の意に沿わないことは慎むだろう。

それに、七の姫が「照暈村の良き明日」をつくろうとしておられる場で、城を裏切る計略をそのまま進める度胸が、ふたりの村役にあるとは思えなかった。そうすると、村長の計略を阻止しようとする弓中の決意も、無用のものとなる。

あとにはただ、当たり前のものごとが残るだろう。機織り場と、機織りを教える男と、習い覚えようとする娘たちが。

安堵(あんど)の脱力を感じながら弓中は、六樽様に似た顔立ちの女性を、どこか夢見心地で見つめていた。

8

さびしい。

覚悟はしていたが、ここまでさびしいとは思わなかった。

空人(そらんと)は、じっとしていることができなくなって、ひとりの部屋をうろうろと歩きまわった。落ち着かないのですわってみたが、やっぱりさびしい。寝転んでも、さびしい。

こんなことなら、機織(はた)り場に行きたいというナナの願いを、聞き入れたりするのではなかった。

とはいえ、あんな目をしたナナに頼まれ、断ることなどできなかった。心は「嫌だ」と叫んでいたのに、そんな素振りを見せないように、腹にふんと力を入れて、「わかった。思うようにすればいい」とうなずいたのだ。

なにしろ、妻にあらたまっての願い事をされたのは、初めてだった。しかも、機織り場に行きたい理由が、「お役に立ちたいから」だというのだ。どうして、だめだと言えるだろう。

けれども、それが理由のすべてだろうかと、空人は心の隅で疑っていた。もしかしたら、城をはなれたいという気持ちもあったのではないか。空人と毎晩いっしょにいるのに疲れて、月のうちの三分の二をほかの場所で過ごせる機会に飛びついたのでは。

七の姫が、そんな計略めいた「お願い」をするとは思えなかったが、知らない男と突然結婚させられて、それからずっとにこにこしていることが本心のすべてであると信じることも、空人にはできずにいた。にこにこ顔の後ろに、一度だけ垣間見た憂い顔が、潜んでいるのではという疑いを、どうしてもぬぐい去ることができないのだ。

あれは、七の姫と結婚する少し前のことだった。四の姫との婚姻の儀が中止になったあと、空人は一室に押し込められて、陪臣らに言われるがままに過ごしていた。部屋の外に出ることなく、身を縮め、息をひそめて暮らしていても、城じゅうの人間が事態の収拾に悪戦苦闘していることが、ひしひしと感じられた。それほどの大騒動を起こしてしまったことに慚愧の念を抱きつつ、六樽様のお怒りがとけることをただ祈っていた。

すると、四の姫でなく七の姫と結婚することが許されたと告げられたのだ。

信じられない気持ちのまま、小高い建物に連れていかれた。窓から外をのぞくように言われて、簾の隙間から、下に広がる庭を見た。向かいの建物の前あたりに、娘がひとり立っていた。

「あの人だ」

斜め上から見下ろした遠い立ち姿でも、すぐにわかった。雲の上からのぞいて見惚れ、宴で心を奪われたあの人が、水色の衣を着て立っていた。

婚姻の儀を準備するに先だって、今度こそ人違いでないことを確認するための瞥見だったが、空人の胸はたちまち喜びに満たされた。

あの人は、よく見ると、心細そうな、不安げな顔をしていた。

守りたいと思った。

あの人が、二度とあんな顔をしないですむよう、全力で守っていきたいと。

ところが、婚姻の儀で笠をはずした瞬間から、ナナはにこにこ元気でいた。それは喜ばしいことなのだが、時々ふっとあの表情が空人の胸に蘇る。ことに、月の三分の二ほどをよそで過ごす仕事を引き受けたい、などと言い出されたとあっては。

ナナがにこにこしていたように、空人も、不安をみせずに見送った。七の姫の願いの裏にどんな想(おも)いがあったとしても、機織り場を成功させたいというのも本当の気持ちのはずだ。それに、どこにいようと、ナナは空人の妻なのだ。その事実に変わりはない。どんなにさびしくても、彼女の願いを聞き入れたのは、間違いではなかったのだ。

そう自分に言い聞かせながらも空人は、瑪瑙大(めのうた)がもっと反対してくれればよかったのにと、城頭のいつにない物分かりのよさを恨んだ。

瑪瑙大は最初、猛烈に反対したのだ。まだお世継ぎがいらっしゃらないのに、ご夫婦がはなれてお暮らしになるなど、とんでもないと。ところが、花人(はなんと)がひとこと耳打ちしたとたん、態度を変えた。そして、上機嫌で送り出したのだ。何と耳打ちしたのかは、聞いても教えてもらえなかったが、まったく花人は優秀な陪臣だ。今回にかぎっては、そんなに優秀でなくてもよかったのだが。

ありがたいことに、昼間はさびしさを感じる暇がないほど忙しかった。督としての本来の仕事だけでも、慣れないことばかりなので大変だった。そのうえ空人は、石人（いしんと）があきれ、瑪瑙大が危ぶむほどに、新しい施策を一度にいくつも進めているから、次々に新たな問題が飛び込んでくる。

少し前に、都で勉強してきた村親たちが、それぞれの担当の地に赴任した。そしてさっそく、いくつかの揉（も）め事が起こった。初めての試みなのだから、それくらいは当たり前だと思うのだが、勘定頭や詮議頭（せんぎがしら）がおろおろするので、時には空人がみずから現地に行って、解決しなければならなかった。

幸い、どれも大きな問題でなく、物事のはじめにありがちな、年寄りからの拒否反応とか、小さな誤解などだった。一人だけ、こんな男に村の土地は踏ませないと、力ずくで追い返された村親がいた。どうやら、過去にいきさつがあったようだ。ほかの地域の村親と交代させて、事を収めた。

季節は夏に向かっていた。城の櫓（やぐら）から見える風景は、深い緑に染まりつつある。赤が原に植えた豆なども、順調に育っているそうだ。ただし、水を運ぶ役目の者らは、この試みの意義をあまりわかっていないのか、ひとまたぎできるほどの畑のために、はるばる水を運ぶのに飽き飽きしているようで、こまめに声をかけて励まさねばならなかった。

洞楠（ほらなん）との交渉は、大詰めを迎えつつあった。

すでに二度、空人は彼の地を訪れて、督の紅大と面会していた。

一度目は、挨拶しながらさぐりを入れた。二度目は、こちらの意図をちらつかせた。

洞楠にこっそり人をやって動きをさぐらせているが、どうやらあちらも乗り気のようだ。池から水路を引いても、鳴撫菜の成育に問題がないと確認されたようだし、次に会うときには決着がつくことだろう。あとは、いかにこちらにとって絶対に譲れない条件をのませるか。督同士の面会以外にも、非公式な折衝が重ねられていた。

交渉が成立して水路を作る段になったら、どのように工事を進めるかについても、着々と計画ができつつある。

水脈をさがす邪魔をした一面に広がる岩盤が、ここでは役に立ちそうだった。岩盤が水平に広がってくれているため、岩に突き当たるまで掘り下げれば、左右を固めるだけで、水漏れしない水路ができるのだ。おかげで当初考えたより、費用も期間も少なくてすみそうだった。

工事の人手は、農民から募ることにした。五人しか養えない広さの畑で、七、八人が暮らしている家が、輪笏には数多くある。そうした者らに、只働きをするなら新しく拓いた畑を与えると言って呼びかければ、じゅうぶんな数の人夫が集まるはずだと、城頭は請け合った。あとは、工事の材料や道具、働き手の食料を買うのにかかる金が工面できれば、畑を拓けることになる。

すべてが順調にいけば、来年の春には新しい畑に結六花を植えることができそうだった。勘定頭の見積りだと、四百人がそこで暮らせるようになるという。すなわち、千二百荷の収穫が見込まれる。

ただし、新しく畑を与えた者たちには、秋の収穫が終わるまで、暮らしていくすべがない。それまで、生活の面倒をみてやる必要がある。

そうした費用を合算すると、どんなに節約しても、七百荷が必要だった。輪笏の城に余分な金はないので、すべてを借金でまかなうことになる。この金額を借りるめどがつかないうちは、洞楠との話も始められない。

機織り場から一時的に帰ってきた七の姫とも相談して、鷹陸（たかりく）に借金を申し込むことにした。

本来なら、こんな頼み事をするべき相手ではない。義理があり、困ったときに助けに駆けつけなければならないのは、こちらのほうだ。

けれども、ほかに、これほどの大金を貸してもらえるあてはない。背に腹はかえられないと、恥を忍んで、お願いすることにしたのだ。

まず、使者を送って、あたりをつけた。この段階では、どちらも用件を明言しない。

近々大金を借りに行くかもしれないということを、極めて婉曲に伝え、貸してもいいという返答を、やはり婉曲な表現で受け取った。

実際に借りに行く段になれば、使者や書状ではすまされない。空人だけでなく七の姫も、正式に鷹陸を訪問する必要がある。そのためにかかる多額の費用も、頭の痛い問題だった。

金を借りに行くために、金をたくさん使うというのもおかしな話だが、それが礼儀だと言われれば、どうしようもない。

洞楠の督に会いに行くのにも、金がかかった。赤が原を突っ切って岩山を越えれば早いのに、どうしても街道を通らなければならないとかで、一泊二日の道のりになるからだ。もちろん、体裁を整えた行列つきで。

その費用をつくるため、ナナの道具と衣装を、何回かに分けて売った。最後に金を差し出したとき、七の姫は、いつもより深く頭を下げた。

「申し訳ありませんが、これでもう、売れるものはみんな売ってしまいました。督の正夫人として、きちんとした身なりで人前に出なければならないことは、これからもございますから、何もかもを手放すわけにはまいりません。今後はご用立てがかなわないかと存じます」

情けなかった。この世でもっとも大切にしたい人に、金の苦労ばかりかけている。

金、金、金。

金のことを心配し、金の工面の相談をして、せっかく帰ってきたナナとの時間が過ぎていく。

だがそれも、赤が原に畑を拓くまでだ。いや、その前に、鬼絹を織ることで収入増がはかれたら——。

機織り場は、うまくいっているようだった。花人らが連れてきた〈先生〉は、確かな技術の持ち主で、村の娘らに熱心に教えている。まだ誰も、村長の出した条件に反するおこないはしていない。きっとナナのおかげだろう。六樽様の姫君のおられる場所で、軽はずみなまねをする者などいないのだ。

それに、ナナのおだやかな気質も、いい影響を与えているのではないだろうか。侍女の話によると、ナナは村長の願いどおり、村の娘に直接声をかけはしないのだが、一人ひとりをよく見ていて、具合が悪そうな者がいたりすると、村役を通じて気遣いを示しているらしかった。

また、〈先生〉や侍女とは、よもやま話をすることもある。すると村の娘らは、手を動かしながらも興味深げに耳を傾けているという。

一度、ちょっとした事件が起こった。村長以外の照暈（てかさ）の人間は、村独自の風習なのだろうが、髪の毛一本も見せないほどきっちりと、頭を布でくるんでいる。ある時ひとりの娘の布が、何かの拍子に落ちてしまった。するとその下から、みっともないほど短い髪が現れた。

「指の長さほどもないのでございますよ。あんなにみっともない頭は、赤ん坊以外で見たことがございません。目にしたこちらまで、恥ずかしくなって赤面してしまいました」

そう語ったときにも、侍女は顔を赤らめた。

当の娘は、恥じて赤くなるべきなのに、なぜか反対に青ざめたという。すると七の姫が、無言のままそばに寄って布を拾い、硬直している娘の頭に元どおりつけてやった。その様子があんまり落ち着いていたので、機織り場の中の異様な空気は流れ去り、赤らんだ者も青ざめた者も、何事もなかったかのように作業に戻ることができたという。

空人には、その場面が目に見えるようだった。七の姫が、場の空気をなめらかにする人間だということを、彼はよく知っている。彼女がいるかぎり、機織り場のことは心配ないにちがいない。

だがそれだけに、気がかりなのは、ナナ自身のことだった。

「向こうでの生活に、不自由はないか。七の姫は、苦労をしてはいないだろうか」

ほんとうは自分で様子を見に行きたいのだが、照暈村への危険な刺激になるからという理由で、城頭にとめられている。侍女に様子を尋ねるしかなかった。

「それはもう、不自由だらけでございます」この質問を待ちかねていたように、侍女は声に力を込めた。「都からこちらに参りましたときにも、なんと不便な暮らしになったものかと驚きましたが、あちらは、その比ではございません」

憤慨した口吻の侍女の目尻に、うっすらと涙が浮かんだ。空人は狼狽して、やはりナナを行かせるのではなかったと思ったが、話には続きがあった。

「それなのに、姫様は、少しも苦にしておられません。もともと不平や不満を口に出される方ではございませんが、あちらの不自由な生活を、苦労とお感じになっておられるなら、私は、必ずそれを察することができるものと自負しております。すなわち、姫様は、不自由をなさっているけれど、苦労はされておられないというのが、ご質問への正しい答えであろうと存じます」

それだけの、もってまわったせりふの間に、侍女の涙は乾いていた。

「ですから、私も、不自由に耐える所存でございます」

七の姫は、金の相談がすむと、健気な決意の侍女とともに、機織り場へと戻っていった。空人も、忙しい昼とさびしい夜を繰り返す生活に戻った。

そしてついに、洞楠との交渉が最後の段階にたどりついた。空人と瑪瑙大、豆人があちらの城を訪れて、会談をもつ運びとなったのだ。

督と城頭が同時に城を留守にするなど、異例のことだ。ふたりそろって訪問すれば、洞楠もこちらの本気を知り、それなりの対応をせざるをえないだろうと考えての布陣だった。

ところが、話はなかなか進まなかった。この交換は、どちらにとっても助かるもので、大筋の合意は整っていたはずなのに、むこうの勘定頭は細かいところにこだわるし、城頭は輪笏に譲歩ばかりを求めてくる。

「瑪瑙大様と来られたことが、裏目に出たかもしれませんね」

この旅に同行していた花人が、寝所で着替えを手伝いながら寸評した。

「輪笏は早く領地に戻りたいだろうから、時間稼ぎをすれば、少々の無理は呑むものと思われたかもしれません」

「だったら、瑪瑙大だけ先に帰そうか」

彼らはもう、洞楠の城に五泊もしていた。連日話し合いをもっているのに、終わりが見えず、空人の胸には焦り(あせ)があった。

その翌日、洞楠の督の紅大(べにんた)から、意外な申し出があった。督同士、一対一で話し合いたいというのだ。

輪笏からの客人用となっている控室で、使者からこの申し出を聞いたとたん、豆人はこぶしで胸を叩(たた)いた。花人や瑪瑙大も興奮している。空人だけが、ぽかんとしていた。

「督と督がふたりきりで話し合った決め事ほど、確かなものはないのです」

花人が耳元でささやいた。当たり前のことが理解できずに陪臣に教わっている督の姿を、瑪瑙大らは見て見ぬふりをするつもりのようで、わざとらしく目をそむけている。

「よくわからないが、喜ぶべき申し出なのだな」

「はい。督と督とが一対一で交わした約束は、書面に残された約束よりも、ずっと重いものなのです」

「ということは、督同士で話し合って決めたことは、書面に残さないのか」

「はい。おっしゃるとおりでございます」

「あとで、言った、言わないの争いにならないのか」

「そんな不名誉なことが起こっては、督領の存続に関わります。督が督に約束した言葉は、名誉のこもったものであり、真実でなければならないので、わざわざ書き起こしたりしないのです」

　説明を聞いてもよくわからなかったが、理屈よりも観念でとらえるべきことなのかもしれない。

　弓貴(ゆんたか)の人間は、議論好きで、筋道立てた話を好むのに、最後の最後には、名誉とか忠誠心といった形のないものを拠所(よりどころ)にしたがる。まったく不思議な人たちだ。あるいは、理屈っぽいからこそ、そうした拠所が必要なのかもしれない。

　そう考えて、腹に納めた。空人だっていまはもう、弓貴の人間なのだから、こうした条理に従うべきだ。

「つまり、洞楠の督の申し出は、確かな約束が一度の会談でとりつけられるという意味で、歓迎すべきものなのだな」

　花人に尋ねたのだが、これを聞いて瑪瑙大は、基本の基本を教える時間が終わったと判断したのだろう。見て見ぬふりをやめて、そばに来た。

「おっしゃるとおりでございます。そのうえ、あちらの城頭や勘定頭抜きでなら、満足できる結果が得られやすいと思われます。洞楠様は、これまでの話し合いで、あまり口をお開きになりませんでした。督と督がふたりきりになる場でしか持ち出せない、本音のお話があるのかもしれません。空人様は、それをお聞きになったうえで、我らとご相談なさることなく、その場で決断を下さなければなりません。どうぞくれぐれも、慎重な判断をなさってくださいませ」

「わかった」と答えながら空人は、下腹に力を入れた。そうしないと、顔がひきつってしまいそうだった。

洞楠の督からの申し出は、輪笏にとってありがたいもののようだが、それは、空人がうまくやれればの話だ。

ひとりきりで臨む話し合いで、正しい決断が下せるだろうか。輪笏にとって災難となる約束を、うっかり交わしてしまわないか。

大事な任務をひとりで担(にな)って、取り返しのつかない失敗をしたことが、彼にはあった。どんな失敗だったか、すぐには思い出せないほど深いところに押し込めてある記憶だが、からだは憶(おぼ)えているようで、皮膚から熱が逃げていき、どこか深い、冷たいところにすーっと落ちていくような不安に襲われた。

「洞楠の督は、狡猾(こうかつ)な方ではないとうかがっています。むしろ、どちらかというと、素朴な御仁。慎重さをお忘れにさえならなければ、良い結果に至ると存じます」

花人が、励ますように微笑(ほほえ)んだ。

紅大の人柄については、交渉を始める前に調べてあった。「素朴」というのは花人らしい表現で、石人は「ぼんくら」と断じていた。

ここ数日で空人が受けた印象は、「平凡な男」というものだった。ぼんくらなどと評されるのは、督という立場にある者としては力量に欠けるとみなされているからだろう。いずれにしても、ややこしい謀(はかりごと)を仕掛けてきそうな人物ではない。

「そうだな。慎重にいこう」

空人は腹を固めた。いまはおびえる時ではない。来年の春に新しい畑に豆を植えるためには、一日も早く工事を始めたい。この好機をしっかり活(い)かして、交渉をまとめなければならないのだ。

「失礼ながら、ひとつだけ確認させてくださいませ。我らにとって、必ず勝ち取らねばならない条件が何か、わかっておいでございますね」

瑪瑙大が尋ねた。

「わかっている。絶対に、水門を勝手に閉じられないようにすることだ」

「そのとおりでございます。水路を作り、畑を拓くという大きな工事が終わったあとで、水を止められることだけは、決してあってはなりません。この条件だけは、きっと勝ち取ってきてくださいませ」

「わかった。必ずそうする」

空人は、決闘に臨むような気持ちで会談に向かった。

洞楠の督の紅大は、やはり平凡な男にみえた。

話し合いの場ではこれまで、機嫌の悪そうな顔でむっつりとおし黙っていることが多かったが、この日は晴れ晴れとした表情で、いくぶん寛（くつろ）いでさえいるようだ。

極めて緊張するはずの場面で、この晴れやかさは何なのだと、空人はいぶかしんだ。一対一にもちこめば、交渉を有利に進められる自信があるとでもいうのだろうか。

紅大は、空人の警戒心に気づいた様子のないままに、すぐにみずから種明かしをした。

「やっと、よけいな者を排してお話ができることになりましたね。この場をもつのに、ずいぶん苦労しましたよ。あなたのところもそうでしょうが、城頭というものは、督のしたいことを止めるのが仕事と思っている節がありますね」

どうやら「ぼんくら」と評されるこの人物は、空人以上に城頭らに行動を縛られているようだ。輪笏との交渉を督同士の話し合いで決めるというのも、紅大は前々から望んでいたのに、ずっと反対されていた。この晴れやかさは、その難関を突破した喜びを表しており、寛いでいるのは、いつも押さえつけてくる城の重職者が同席していないからなのだ。

わかりやすい人物だ。このわかりやすさが、督としての力量に欠けるとみなされている理由だろう。

「洞楠様とふたりきりでお話しできることは、私にとっても大きな喜びでございます。このような場をもうけてくださったことに、感謝いたします」

相手に合わせて空人も、晴れやかな顔をつくってみせた。

「まったく、我が城の勘定頭は、悋気で困ります。我らにとってあの池は、それほど価値があるものではない。水を少々そちらに流して、布灯作りが楽になるなら、大いに歓迎すべきなのに、あれやこれやと注文をつけて」

紅大は、愚痴をこぼすかっこうの相手を見つけたとばかりに、まくしたてた。言っていることは正しいが、洞楠を率いる立場で口にすべきことではない。やはり紅大は、力量に欠ける督のようだ。それとも、そのようにみせかけて、空人を引っかけようとしているのか。

「悋気でいるのも、勘定頭の仕事のひとつと考えているのでしょう。我が城の勘定方も、みな、あのような物言いをします」

「そうなのですか。困ったものだ。しかし、我ら督は、細かいことにとらわれず、大きく物事を見る目をもっている。そうですよね」

「はい。私も、洞楠様となら、細かいことにとらわれない、大きなお話ができると楽しみにしております」

ほんとうに、楽しみだった。罠なら見破ってやる。そうでなければ、相手の隙に乗じて、大きな成果を勝ち取ってやる。

空人の胸からおびえの影は去り、剣術大会に臨んだときのような高揚感に包まれていた。

「輪笏殿が、物分かりのよさそうな方でよかった」

紅大は、呼称を使って、ふたりの関係が対等でなく、自分のほうが少し上であるとにおわせた。同じ督といっても、洞楠のほうが面積も兵力も大きいうえ、空人は督になって日が浅い。あながち間違った使い方ではない。それに、紅大を気分よくさせておけば、話が進みやすいと考えて、空人は呼び方の訂正を要求しなかった。

「洞楠様にそう思っていただけるのは、私にとって嬉しいことでございます」

「では、本題に入りましょう。細かいことは、これまでに了解の得られたことでじゅうぶんと思われますから、それ以上の要求は、すべて引っ込めます」

　大きな慈悲を垂れるのだとでもいった笑みを、紅大は浮かべていた。

「これまでに了解の得られたこと」とは、洞楠の人間が入ってきていい領域を示すために、輪笏側の費用で柵(さく)を設けるとか、洞楠はこの領域に建物を作ってはいけないし、寝泊まりも禁止するといったことだった。

「それ以上の要求」とは、輪笏の領内に鳴撫菜(なぶな)を干しに来た洞楠の人間が、水路の水を自由に飲めるようにするとか、水門の管理のために、輪笏から洞楠に、毎年数十荷を支払うといったものだ。

「それは、よいお考えと存じます」

　これ以上、下に見られないよう、礼を言うのは控えた。

「ではこれから、細かくはない、大きな話をいたしましょう。こうした交渉ごとの常として、双方、最も大切な条件については、まだ明言していないと思うのですが、いかがでしょう」

　かまをかけてきたのだとしたら、稚拙なかまだった。

「輪笏にとって最も大切な条件は、すでに明言しております」

「と、申されますと」

「そちらの池から水を引くことです」

「いや、それは、条件というより、この話し合いのそもそもの目的でしょう」

紅大は、空人のはぐらかしを真っ正面から受けとり、とまどった。

「それ以外で輪笏にとって大事となる条件は、洞楠様がすでに推測しておられるとおりのものです。一方、愚鈍な私には、洞楠様が秘めていらっしゃる物事を、推察することがかないません。お教え願えませんでしょうか」

弓貴の督らしい、もってまわった言い方ができたと、空人は心の中で自賛した。要は、そっちから先にしゃべれと言っているのだ。

紅大は、迷いでもあるかのように視線をさまよわせた。それから、どこか心許(こころもと)ない顔つきで、口をひらいた。

「確認しておきたいのだが、ここで話すことは、他言無用にしていただきたい。そのために、このような場をもうけたのだから」

紅大が持ち出そうとしている条件は、誰にも知られたくないことらしい。いったいどんな要求なのか、不安を感じながらも、空人は笑みを浮かべた。

「もちろんです。輪笏の督として約束します」

花人の説明によると、この言葉は何より重いもののはずだ。

紅大は、嬉しそうにうなずいたが、何か言いかけてやめ、小さく首を左右にふった。

「やはり、先にお聞きしたい。輪笏がどうしても得たいと思っているのは、我が城の城頭らが言っているとおり、工事が成った後に、水門を閉ざされることがないという保証なのか」

「はい」と空人は短く答えた。はぐらかしても、相手を混乱させるだけで益はない。

紅大は、目を閉じて考え込んだ。あるいは、考え込むふりをして、間をおいた。それから目をあけ、口をひらいた。

「五百荷で、その保証をいたしましょう」

金の話が出たことに、空人は驚いた。これまでは、悋気な勘定頭が持ち出した〈管理料〉以外、輪笏が金を払うという要求はなかった。

「五百荷ですか。それは、また、ずいぶんな大金ですね」

しゃべりながら、頭の中で計算した。水路の工事と畑の開拓費用の見積りは、当初、千四百荷だった。それを、自然の岩盤を利用することや、人夫を雇わないですむやり方をとることなどで、七百荷へと半減させたのだ。

そして、鷹陸への借金の申し込みは、まだ正式にはなされていない。金額の明示もしていないが、何のための借り入れかわかっているはずなので、あちらも大まかな予測はしているだろう。すなわち、ふつうに考えて必要となる千四百荷くらいまでは借りられるから、いま言い出された五百荷は、用意できない額ではない。

けれども、借りた金は返さなければならない。日当を支払わないかわりに畑を与える者たちからは、当面、多くの税はとれないので、七百のはずの借金が千二百になるのは大問題だ。よほどのことがなければ、のめる要求ではなかった。

「水を引かせていただくのは、輪笏の土地を鳴撫菜の乾燥場として利用するのと交換のはずです。それほどの金を払わなければならない理由がわかりません」

「だから、保証と申し上げた。輪笏殿、ここにはあなたと私しかいない。また、ここで出たことは、誰にも言わない約束もある。ですから、腹を割った話をいたしましょう。我が城の面々は、この取り引きから二重の利益を得ようともくろんでいます」

まるで、紅大自身は「城の面々」ではないかのような言い草だなと思ったが、空人は黙って続きを待った。

「まずは、水と乾燥場との交換。あの池の水は、我らにとって利用できずにいたものだから、この交換だけでも、じゅうぶんな利益になる」

「はい。双方にとって利益になる交換だと思ったからこそ、はるばるお話ししにまいったしだいです」

「ところが、そちらも気づいておられるだろうが、我が城頭や勘定頭は、ほかの利益も狙っている。すなわち、約束が定まり、そちらが新しく拓いた畑から収穫を始めるまで待てば、水を流しつづける見返りを、新たに要求できると踏んでいるのだ。そのために、細かな条件をつけて、水門を閉じると脅せる口実をつくろうとしている」

たしかにとっくに気づいていたが、これもまた、洞楠の督があからさまに語るべきことではない。

「私は、そうした姦計を恥ずかしいことだと思っている。だから、取り決めが成立したなら、決して水門を閉じたりしないと約束したい」

「それは、ありがたいことです」

「ただし、そのためには、さきほど申した金額を支払ってもらいたいのだ」

「それが何の代金なのか、理解できないのですが」

紅大の顔に、おなじみの表情があらわれた。この一年余、何度も向けられてきた、「こんな簡単なこともわからないのか」という苛立ち。さっきまでは、弓貴の督らしく、じょうずに話せていたはずなのに、いったい自分はどこで話の筋道を見失ってしまったのだろうと、空人はあせった。

「輪笏の督には、通常よりも嚙み砕いてお話をしなければならないと、噂で聞いたことがありましたが、あれは、ほんとうだったようですね」

　思わず赤面したが、動揺して丸め込まれてはいけないから、この揶揄を気にしないよう努めた。

「はい。嚙み砕いてお話しいただければ、ありがたく存じます」

「私は洞楠の督として、そちらからの要望がないかぎり、決して水門を閉じないことを約束したい。そして私は、督であるから、約束したことは必ず守る。ところが、我が洞楠においては、督といえども、城頭らを抑えてやりたいことをやり通すには、なかなかの心労が伴うのだ。その心労代をいただきたいと考えている」

　心労代？　そんなものが金になるなら、自分はいまごろ大金持ちだと、空人は思った。

「五百荷をお支払いすれば、水門を閉じようとか、水を流す見返りを新たに求めようとするたくらみを、すべてつぶしていただけるということですか」

「そのとおり。ただし、城頭らにこの会談の内容は話さない。それゆえ五百荷も、勘定頭を通さずに、私に直接渡していただきたい」

　やっと話の全貌が見えた。あきれるしかない全貌が。この男に足りないのは、督としての力量ではなかった。心が、自覚が足りないのだ。

勘定頭が悋気を出すのは、自分のためではない。少しでも洞楠の利益になるようにと考えてのことだ。それにひきかえ紅大は、汚いやり方とはいえ洞楠に利となる目論見をつぶすことと引き換えに、懐に金を入れようとしている。すなわち、洞楠全体のことでなく、自分のことだけを考えている。

思わず右手がこぶしを握った。

だが空人は、相手に気づかれないうちに、そっとこぶしを解いた。

腹立たしい話だが、これは輪笏にとってありがたい提案だ。自分のことしか考えていないさもしい人間でも、紅大は洞楠の督。この場で決まったことは、何より確かな約束になる。今後の不安が取り除けるなら、先にまとまった金を払うのは、悪い取り引きとはいえないだろう。

空人は笑顔をつくると、約束がより確かなものになるよう言質をとりつつ（たとえば、督が代替わりするときには、必ず申し送りをするよう確認し）、五百を三百までまけさせた。

約束だから、会談の内容は誰にも話していない。けれども、鷹陸から七百でなく一千荷を借りたことと、洞楠の督にあてて厳重に封をした〈贈り物〉を、ものものしい使者を立てて送ったことから、瑪瑙大らも見当がついたようだ。「良いご判断だったのではないでしょうか」と評してもらえた。

鷹陸では、すんなりと一千荷を借りることができた。

「それだけでいいのですか。もっと多くを必要とされていると思っていました。家臣を心服させ、衆知を集めた政(まつりごと)をしておられると聞き及んでいますが、大きな工事を少ない費用ですます工夫を、そうやってなしとげておられるのですね」

雪大(ゆきんた)は、彼らしい優しい顔で、そんな誉(ほ)め言葉をくれた。

「尤(もっと)も、性急に過ぎるという評も耳にしています。剣と同じく、間合いの呼吸の大切さをお忘れなきよう、願っています」との注意も受けたが。

鷹陸滞在はまさに、性急な日々の合い間の息を整える時間となった。雪大に引き留められたわけではないが、こうした訪問では、用だけすませてさっさと帰るわけにはいかない。礼儀上の必要から、もてなしを受けつつ九日を過ごしたのだ。

早く帰って事を進めたいという思いがある一方で、雪大の注意を容(い)れてそのあせりを忘れれば、楽しい滞在だった。雪大はさまざまな心づかいを示して、督が督を正式に訪問したときに欠かせない行事でさえも、しゃちほこばるのでなく、ゆったりと過ごせるようにしてくれた。たとえば、三度はとらなくてはならない晩餐(ばんさん)も、うち二回は、二組の夫婦だけで皿を囲めた。

四の姫と顔をあわせることに、最初は気詰まりを感じたが、婚姻の儀のときの印象に反して、なごやかな雰囲気の人だった。さすがはナナの姉だけある。

姉妹が久しぶりの再会を喜んで、楽しそうに話をするかたわらで、空人は雪大との旧交を、存分に温めることができた。

また、行事と行事の合い間には、七の姫とふたりの時間がたっぷりとれた。輪笏では、はなれて暮らす日が多く、ともに城にいるときにも、お互い用事があって忙しかったので、こんなにのんびりできたのは初めてかもしれない。しかも、自分の城にいるのだったら、灯(あかり)の始末とか、この部分は贅沢(ぜいたく)だから経費が削れるのではないかという算段とかに頭を使ってばかりいるが、鷹陸では、豪華な調度に囲まれながら、そんな気苦労を感じずにすむ。

一千荷という大金を借りに来たのに、贅沢な骨休めをしたようだった。

旅が終わると、忙しい日々が再開した。

空人らが留守にしている間に、工事の人手を募る触れ書きが出され、必要な人数が集まっていた。

水路づくりが始まると、空人は何度も赤が原やその奥の荒れ地に足を運び、時には現場の仮小屋に寝泊まりした。

工事は順調だった。不慣(ふな)れからくる問題や、小さな揉め事はいくつもあったが、どれも時が解決してくれそうだった。何より、人夫らが熱心に働くので、予想以上にはかどっていた。

「きっと、自分の畑のためだからだな。日当で雇った人夫なら、こうも勤勉ではなかっただろう」

金の節約のための方策が、思わぬ効果を発揮したことに、空人は喜んだ。

「それだけではございません。督が御(おん)みずから足を運んでくださることに感激して、皆がはりきっているのです」と、工事方の役人は言っていた。

夏が盛りを過ぎて、結六花豆の花が咲きほころび、大地を赤く染めきったころ、空人はまた、都の会議に呼ばれた。船が堅牢(けんろう)になり、嵐(あらし)に耐えて確実に航海できるようになったことの影響は、乾囲(かんい)との交易が確かなものになったことにとどまらなかった。庫帆(くらほ)の港に、弓貴の人たちが聞いたこともないような、ずっと遠い国の船がやってくるようになったのだ。

今回は、空人が多くを語ることなく話が進んだ。とりあえず、どこから来た船も、友好的であるならば、接岸を許す。ただし、庫帆の港町以外に異国人を入れない。乾囲や、可能ならもっと遠くに人をやって、それぞれの国について調べるといったことが決まった。

この機会に空人は、輪笏からの献納品を半分ほど、鬼絹の糸から布に変更したいと願い出た。六樽様と直接お話しすることはかなわなかったが、その意を受けた役人から、承諾の返事がもらえた。

この変更は、都にいる鬼絹の織り手から仕事を奪うことになる。その点から反対されることを恐れていたが、世の情勢が空人に味方した。異国との交易が増えつつあるなか、絹や強絹(こわぎぬ)の生産がさかんになり、織り手の仕事も急増していた。鬼絹の織り手も、そうした仕事でじゅうぶんに暮らしていけそうだったのだ。

このとき役人から、六樽様のご命令も伝えられた。鬼絹を早急に増産せよ。できれば他の場所でも糸を作れるようにせよと。

その必要性は、空人も十二分に理解していたが、七の姫をせっつくことはしなかった。無理をしては、元も子もなくなるおそれがある。いまはナナにすべてを任せようと決めていた。

やがて七の姫から、あと半月ほどで村の娘らが一人前の織り手になれそうだと連絡があった。そうなれば、ナナは城に戻ってくる。輪笏の経済も潤う。

ただし、練習のために商品にならなくなった糸がずいぶんある。一人前と認められた娘らが最初に織る布は、村のものとする約束もある。収入増につながるのは、半年以上先のことになりそうだった。

それに、糸の作り方は明かされておらず、増産のめどは立っていない。頭の痛い問題は、残ったままだ。

おまけにこの時期、村親を拒否する村が、また現れた。若い男が、村親の手当ての甲斐なく、病死した。それがけしからんと騒ぎになった。従来の手当てなら、助かっていたはずだ。都で習ったやり方は、この村には合わないのだと騒いでいるらしい。

手兵の力ずくではおさまりそうになかったので、空人が直接出向いて、村人の話を聞いた。言いがかりに思える文句も多かったが、じっくり聞いているうちに、村の人間の激情は、怒りから悲しみへと変わっていった。

死んだ若者は、多くの者に慕われていた。嘆きのあまり人々は、早すぎる死を村親のせいにしたかったようだ。

泣くだけ泣いた人々は、空人の説得を受けて、交代させた新しい村親を受け入れた。

けれども、村親制度が根付くには、まだまだ時間がかかりそうだった。

このころに、城の中でも問題が起きた。ついに空人は瑪瑙大を、本気で怒らせてしまったのだ。

問題は、実はこのとき起きたのではない。ばれたのだ。

鷹陸への行き来の費用を空人は、手品のようにどこからか取り出してみせて、感心されていたのだが、宝物倉にあった品を、こっそり売ってつくった金だった。

最初に城を案内されたとき、宝物倉にも行った。そこは、地図の部屋と同じく、督と城頭しか入れない場所だった。

かつては輪笏の宝がぎっしりとおさめられていたという倉の中は、がらんとしていた。瑪瑙大の説明によると、城の運営のために、ほとんどの品をやむなく売ってしまったそうだ。いま残っているものは、輪笏が督領としての品位を示すためにぜひとも必要なものばかりだと力説しながら瑪瑙大は、ひとつひとつについて、どのような意味のあるどんな由来の宝かを、長々と語った。

そのときにはそれで納得したが、どうしても金の工面がつかなくて一晩うんうんうなったあとで、こっそり倉に入ってみた。鬼絹の督章旗が、督領としての矜持を示すものというのは理解できる。けれども、がらんとした棚にぽつりぽつりと置かれている、木彫りの像や、地味な模様の壺や、ちょっと光っているだけの石や、板に描かれた絵が、輪笏の存続にどうしても必要とは思えなかった。

そこで、目立たない小振りのものを三つばかり、倉町に運んで売ったのだ。

倉の点検で、宝物が足りないことがばれ、大騒ぎになりかけたので、あわてて白状すると、瑪瑙大は人とは思えない形相になった。まさに城鬼だと、空人はぞっとした。

瑪瑙大はその顔のまま、口から火を吹くような勢いで空人を罵った。督に対する敬語を使っての罵りながら、考えられるかぎりの批難の言葉を浴びせられた。

空人は謝ったが、瑪瑙大はそれから十日以上、口をきいてくれなかった。それが城頭の最上級の怒りの表れなのだと、豆人が教えてくれた。

無言を十日以上貫いたあと瑪瑙大は、怒りから悲しみへと表情を変え、空人とふつうに言葉を交わすようになった。買い戻そうにも、すでに輪笏から流出して行方知れずになった宝物のことを、やっとあきらめたのだろう。

城頭をそこまで怒り嘆かせたことを申し訳なく思ったが、空人は後悔してはいなかった。どんな宝物よりも、新しい畑を拓くほうが大切に決まっている。同様の必要に迫られたら、自分はきっと、ふたたび同じことをするだろう。

そう考えたとき空人の頭の中で、瑪瑙大のしかめっ面が、別の人物の顔と重なった。それが、幻のような遠い国にかつていた放蕩息子の父親なのか、執事なのか、空人にはわからなかった。

9

暦頭と手兵頭が代替わりした。空人は、新任のふたりの頭と主臣の契りを交わした。登城するたびからだの不調を訴えていた森人は、ようやく息子に背蓋布を譲れたことに安堵しながら、隠居生活に入った。幹士のほうは、軍を束ねる手兵頭としては高齢にすぎても、まだまだ元気が有り余っていたようで、信頼できる後継者に地位を渡した後も頻繁に城にやってきて、新しい手兵頭を陰に陽に支えている。

「私は、いつ隠居の身になれるのでしょうか」

森人よりも年嵩の瑪瑙大が、大げさにため息をついてみせた。

「私だけでなく、豆人も虫士も、ずいぶん前から引退を考えているのですが、物事が落ち着くまでは、そうもいきません。しかしながら物事は、いったいいつになったら落ち着くのでしょう」

そういえば、輪笏に来る前、花人らが言っていた。輪笏の城の重臣は、五人とも年寄りだが、督が不在のあいだは城を守るとがんばっている。空人が着任したら、早々に代替わりするだろうと。

それは、新しい督が着任して、物事が落ち着いたらという意味だったのだろう。ところが空人が、督の仕事に慣れる間もなく次々に新しいことを始めた。それも、弓貴で初となる制度とか、一歩間違えば輪笏の宝が台無しになる働きかけとか、大借金をしての工事とか。とてもではないが、城を支える重職者が交替できる状況ではなくなった。いまやっと、手兵頭と暦頭が代替わりしたのは、物事が落ち着いたからではなく、このふたつの役職は、落ち着かなくても交替可能なものだからだろう。戦のないいま、手兵を束ねる者が変わっても大事はないし、暦と行事の運行は、空人の〝奇行〟に大きく乱されることはない。

一方で、城頭や勘定頭、詮議頭にとってはあいかわらず、一時も気の休まらない日が続いていた。

工事は順調とはいえ、はたしてぶじに終わるのか、畑を拓いて借金をきちんと返していけるのか、確かなことは誰にもわからない。村親をめぐっては、いまも時々揉め事が起こる。機織り小屋は、〈先生〉と七の姫が引き上げて、照暈村にすっかり任せるところまで漕ぎ着けたが、城の収入増はまだ果たせていないし、糸の増産とか、秘密を知る方向へは少しも動いていない。

要するに、いずれの試みの結果も、いまだに出てはいないのだ。

「そのうえ、督がいつまた、奇抜なことを始めようとされるか、わかりません。なりたての城頭に物事を任せられる状態では、残念ながらございません」

そんなことを言われたら、空人が督であるかぎり、瑪瑙大は引退できないことになる。空人がやろうとすることは、いつだって「奇抜」と言われるのだし、輪笏のために良いと思えることを考えついたら、これからも進めていくつもりなのだから。

だが、それもいいかもしれないと、空人は心の中でつぶやいた。がみがみと何にでも反対する瑪瑙大だが、決まったことは力強く補佐してくれる。高齢でからだがつらいと零すわりに、年を重ねすぎて人ならぬ身の城鬼になりかかってでもいるかのごとく、若い者より休みをとらずに動き回っている。きっと、まだまだだいじょうぶだ。

できることなら、このままずっと、そばにいてほしい。瑪瑙大だけでなく、花人も石人も山士も月人も、もちろん七の姫も。

人間の命にはみな、かぎりがある。「ずっと」などという願いは、叶うことのない夢だ。それはわかっているけれど、空人は、このままこの地で、何度も新しい年を迎えたかった。何度も結六花(ゆむか)の畑が赤く染まるのを見たかった。

ただし、このままといっても、やりかけていることは、できるだけ早くうまくいってくれないと困る。

七の姫は、機織り場にいるあいだ、照暈(てかさ)の人々に、鬼絹の生産を増やしてほしいとか、糸がどうやってとれるのか知りたいといったことを、いっさい口にしなかった。態度で匂(にお)わせもしなかったという。

けれども、機織り場を村に任せて去るときに、城の事情と願いとを率直に打ち明けた。これは、命令でも提案でもない。ただ、知っておいてもらいたいのだと前置きして。

だから、話すだけ話すと、村の人間がどう思ったかを聞くことなく、岩山を後にしたのだそうだ。

それでよかったのだと思う。空人だったら、そんな告白をしたあとでは、「ひと月後にまた来るから、いまの話について考えておいてくれ」などと言ってしまっていただろう。

だが、あの村を変える試みは、段階を踏んで、ゆっくりと進めなければならないのだ。これまでのところはうまくいっているが、あせるとすべてをなくしてしまう。次に何らかの働きかけをするのは、あの村が、献納品や商品となる布を織ることに慣れたあとにすべきだろう。すなわち、あと一年や二年は待たなければならない。

そう覚悟していたのに、事態は空人が思っていたより早く動いた。七の姫が戻ってきてひと月半が過ぎたころ、照暈の番小屋から知らせが届いた。村の者が、ご令室様にお渡ししたいものがあると言っているという。

では、我々が届けると、番小屋の手兵は答えたが、できることなら直接お渡ししたいと、照暈村らしい、殊勝そうにみえて実は頑固な調子で断られた。しかも、できることなら督にも立ち会っていただきたいとまで言い出したそうだ。

照暈の人間は、番小屋より先には決して出かけないのだから、督と姫とを呼び出しているわけだ。その場で罰をくだしていいほど無礼千万な願い出だったが、照暈村の扱いの機微を心得ていた番小屋の責任者は、城にそのまま伝えることに決め、伝令を送ったのだ。

御覧所(ごらんどころ)での相談で、みなの見方は一致した。

照暈村の指導者らは、みせかけほど世間知らずではない。自分たちが言い出したことの非礼さを、じゅうぶん心得ているはずだ。それでもあえて空人と七の姫とを呼びつけるのなら、きっと、それなりの理由がある。

問題は、この呼び出しに応じるかどうかだ。督が、村の長に呼ばれて駆けつけたなど、よそに知れたら輪笏の恥になりかねない。とはいえ、鬼絹に関わることだ。はねつけるわけにもいかない。

そこで、この申し出と関係なく、督と七の姫が領内の視察に出るというかたちをとることになった。

「考えてみれば、空人様のご着任から、もうずいぶんになります。こうしたお出かけは、とっくになさっているべきでした」

空人があまりにしょっちゅう外出するので、まだ一度も公式な領内視察をおこなっていないことに、誰ひとり――瑪瑙大でさえ、気づいていなかったのだ。

「ご視察の途中で、機織り場のその後の様子が知りたいというご令室様のお望みにより、あちらにお立ち寄りになるという段取りでいきましょう。いいですね。決して、呼ばれて行くのではありませんよ」

照暈村や機織り場の存在は、ごく一部の者しか知らないのに、どうしてそこまで形式張るのか、空人には理解できなかった。しかし、瑪瑙大の忠告には従っておいたほうがいいのだろう。空人としては、照暈村に行けさえすれば、それでよかった。

結六花の収穫作業が進む畑をながめながら、照暈村へと向かった。今年の出来も、平年並みのようだ。天候の変化が乏しいから、凶作や豊作が起こりにくいのかもしれない。

照暈の村長との面会は、今回も番小屋でおこなわれたが、同じ場所とは思えないほど、室内が整えられていた。番小屋の道具はすっかり片づけられたうえ、持ち運びのできる装飾品が麗々しく配置されている。こういう手間をかけなければならないのが、正式の視察というものなのだろう。

空人と七の姫は、低い台座のような椅子(いす)にすわって、村長らの入室を待った。

以前と同じく白髪を結った村長が、まず入ってきた。続いて、頭を布でくるんだ三人の村役。その後ろから、同じく布で頭を隠した三人の女性。そのうち一人は、木綿で包んだ薄い荷物を、両手で恭(うやうや)しく捧(ささ)げていた。

七人は、入り口近くの地べたにすわって、ひれ伏した。

「顔を上げよ」

視察での行事を取り仕切る暦方(こよみがた)の役人が声をかけた。小屋の中には、この男と山士と侍女一名、身兵一名と手兵二名しかいない。万が一、村長が鬼絹の秘密を明かすっもりでいた場合に備えて、できるだけ人数を絞ったのだ。

そろって頭を上げた照暈村の七人は、そのままじっと押し黙っている。礼儀上、彼らのほうから口をきくことはできないのだ。

ここには、機織り場を再訪したいという七の姫の願いによって、やってきたことになっている。だからまず、ナナが声をかけた。

「みな、息災なようで嬉しく思います。機織りは順調ですか」

「はい」と答えたのは、荷物を持ってきた娘だった。ひれ伏したときも、顔を上げてからも、荷物を下に置くことなく、ずっと両手で掲げている。「ご令室様に、このような場所まで、またしても足をお運びいただいたことに、御礼申し上げます。どうしてもお渡ししたいものがありましたが、村の掟により、私たちが城町に出ることはできません。また、人に託せるようなものでもなく……」

「良いのです。私、本当に、ここに来たかったのです」

このやりとりを聞いただけで、ナナが村の娘らと心を通わせていたことが感じとれた。無駄に形式張ったところがなく、ふたりの顔には再会の喜びが表れている。

だが、村の掟が輪笏の道理に優先するところは、相変わらずだ。照暈村に大きな変化が起こったという期待は、捨てたほうがいいのかもしれない。

「渡したいものとは、それですか」

ナナが、娘の掲げる荷物に目を向けた。重いものではなさそうだが、ずっと持ち上げているのは大変なのだろう。娘の腕は震えていた。だからナナも、急いで本題に入ったのだ。

「はい。ぜひこれを、おおさめいただきたいのです」

暦方の男の合図で、侍女と山士が進み出て、荷物を受け取り、七の姫の前に運んだ。ナナが空人の顔を見たので、うなずいてみせると、彼女も小さくうなずいてから、木綿の布の結び目をほどいた。

雲が切れて、陽光が降り注いだ。

五月の慈雨に洗われた新緑と、色とりどりの花々が、まぶしいほどの光を受けて、輝いている。葉や花弁に載った水玉が、緑や花の色を映して、煌（きら）めいている――。

そんな光景が、目の前に浮かんだ気がした。いまの彼とは違う自分が、こことは違う遠い世界で、かつて目にした光の競演。

瞬（まばた）きとともに幻は消えたが、雨上がりの新緑の庭に匹敵する美は残っていた。木綿の布をめくった下から現れたのは、それほど見事な織り物だった。

畳まれたままでも、鬼絹だとわかった。つまりは、照暈の人たちが織り上げた、初めての布にちがいない。

「これは、村の宝にするのではなかったのか」

　空人の問いに、村長が答えた。

「そのつもりでした。けれども、いと尊き身分のご令室様が、辺境というほかはないこの地においでになり、卑しき身である我らのために、長いご苦労の日々をお送りくださいました。このお骨折りへの感謝の念を、形に示さないではいられません。どうぞ、我らの気持ちをおおさめくださいませ」

「でも、こんな大事なもの、受け取ることはできません」

　七の姫が狼狽の声をあげた。

「お願いです。受け取ってください」娘の一人が、うるんだ眼を七の姫に向けた。

「ご令室様にお召しになっていただくために模様を入れ、羽織ものに仕立てました」

「どうぞ、お願いいたします」村長と似た顔立ちの村役が声をあげた。「これは、村の総意なのです。言い出したのは娘らですが、何日もかけて、全員で話し合って決めたのです。いまではもう、反対する者はひとりもいません。ご令室様にお召しになっていただくことを、村民すべてが納得し、多くの者が熱望しているのでございます。どうぞ、つましき我らの願いを、お聞き入れくださいませ」

七の姫は、驚いたように目をみはっていたが、決意をかためた顔になり、布を手にして立ち上がった。そして、はらりと羽織ってみせた。

それは、錯覚する過去の記憶もないほどの光景だった。

七の姫の立ち姿の可憐さと、鬼絹の華やかな色彩が、互いを高めあっている。

まるで、この世でもっとも優れた蝶の化身。

異国の民があがめているという、美の女神。

「ご主人さま。お口が開いたままです。どうぞお閉めください」

耳元で山士の声がした。

あわてて口を閉め、いずまいを正した。

七の姫は、自分の肩から流れる布を、ちょっとつまんでながめてから、嘆息した。

「なんて美しい。そなたらは、輪笏の誇りです。鬼絹という美しい糸をつくり出しただけでなく、こんなに見事に織り上げて、これほどの羽織ものを仕立てるとは」

「そのお言葉が、何よりの村の宝でございます」

村長が深く頭を下げた。後ろの六人もそれにならった。

やがて村長は顔を上げ、今度は空人をじっと見た。七の姫が羽織ものを脱いで腰を下ろし、ていねいに畳んで元のように包むあいだも、無言で、無表情で、空人だけを見据えている。

その意味を、空人は察することができた。礼儀上、村長の側から新しい話を切り出すことはできない。だから、待っているのだ。空人がそうするのを。

照暈村が七の姫を呼んだ理由は、判明した。村のものにするはずだった初めて織り上げた鬼絹を、彼女に合わせて羽織ものに仕立て、贈ろうというのだ。番小屋の手兵に託せなかったのも理解できる。

だが、空人の立ち会いを求めたのはどうしてなのか。理由はまだ、明かされていない。

督をこんなところまで呼び出したのだ。よほどの用があるはずだ。空人が適切に声をかければ、その話が始まるのだ。

しかし、何と声をかければいいのだろう。村長の目は、空人を試してでもいるかのように冷ややかだ。かつては申し訳なさそうに見えた顔が、今はひたすら薄気味悪い。ここで間違ったことを言ったら、交渉の糸口を失ってしまい、七の姫がこうまで村人の心をつかんだ努力も無駄にしてしまうかもしれない。

そう思うと、口をきくのが怖かった。

話は、鬼絹にまつわることに決まっているが、いきなりそれに触れるわけにはいかないだろう。だが、ほかに何を言えばいいのか。

　空人は、考え、迷い、なかなか口を開くことができなかった。暦方の役人が、謁見を終わらせていいのかと、尋ねるような視線をよこした。

「村長よ」

　とりあえず、呼びかけてみた。村長は眉ひとつ動かさない。

　しかたがないので、間違いとはならないはずの問いを投げてみた。

「私に、何か話したいことか、聞きたいことはないか」

　村長の顔が、ふっとゆるんだ。かすかに笑ったようにもみえた。

「お許しいただけるのならば、お尋ねしたいことがございます」

　どうやら正しい問いかけができたようだ。ほっとして空人は、機嫌良く応じた。

「許す。何でも尋ねるがいい」

「ありがとうございます。それではお尋ねいたしますが、もしも我が村が、鬼絹の糸の作り方をお教え申し上げたとしたら、督は、どのようになさるおつもりでしょうか」

　いきなり核心に触れる質問を投げつけられるとは思わなかった。空人は、咳払いして気を落ち着けると、話しはじめた。

「そなたらが望むのであれば、水があり、畑をつくれる場所に、村の全員が移住できるようにする。望まなければ、これまでどおり、この地で不自由なく暮らせるように、必要な物を運んでくる。また、我らの手助けで増産できるものならば、最大限の手助けをする。それ以外にも望みがあれば、できるだけ叶えるようにする。いずれにしても、秘密を手放したことで、そなたらが不利益を被ることは、絶対にしない。けれども、照暈村が承諾してくれるなら、輪笏の中の二、三の村で、あらたに鬼絹を作りたい。もちろん、秘密が漏れないよう、じゅうぶんに注意して。それらの村には、織り方は教えない。鬼絹を織れるのは、今後も照暈村だけだ」

村が秘密を明かした場合については、前々から御覧所で話し合っていたので、すらすら言えた。

「じゅうぶんに注意するだけで、秘密が漏れるのを防ぐことができるでしょうか」

村長の顔は不満げだった。

「できないだろうな」

正直に答えると、村長だけでなく、娘らまでが眉根を寄せた。

「どんな秘密も、いつかは漏れる。しかし、注意することで、時間は稼げる。その間に照暈村では、さらに多くの者が鬼絹を織れるよう練習すればいい。他の村で糸を作り、城の収入が増えたら、その金で、もっと機織り機を買って、照暈村に与えよう。輪笏じゅうで糸が作られるようになっても、機織りの仕事がどんどんくるから、村はかえって豊かになる」

「しかしながら、機織りの技術も、いずれは多くの者が自分のものとするでしょう」

「そのころには、そなたらは熟練した織り手となっているだろう。七の姫も話したと思うが、弓貴の布を求めて、海の向こうの異国から、船がどんどんやってきている。たくさん作られるようになっても、鬼絹の価値が大きく下がることはない。そなたらは、糸を作れる。布も織れる。暮らしに困ることには、絶対にならない」

「そうでしょうか」

「そうだとも。我々は、あらゆる面からそなたらの先のことを考えたのだ。その結果、よほどの不測の事態が起きないかぎり、そなたらが不自由のない豊かな暮らしが送れることは、間違いないとわかった」

そこで少し間をおいたが、村長は、よほどの不測の事態が起こったときは、どうすればいいのだと尋ねようとはしなかった。しかたがないので、ひとりで続けた。

「そして、万が一、そうした不測の事態が起こった場合も、心配するな。私が全力で照暈村を守る」

石人によれば、この話法で、村長は感激してくれるはずだった。ところが、練習どおりに力強く言い切っても、村長は表情を変えることなく黙っている。考え込む様子さえみられない。

しんとした部屋の中で、空気が重く垂れ込めた。耐えられなくなって、空人はふたたび尋ねた。

「ほかに何か、私に聞きたいことや、話したいことはないか」

「ございません」

謁見は終わった。

がっかりする空人を、七の姫がなぐさめた。

「村長があのようなことを尋ねたのは、それだけで、大きな前進ではないでしょうか。これまでの照暈村なら、〈もしも〉を考えることさえ禁忌だったはず。空人様が辛抱強く対応してこられたことの成果ですよ」

「いいや、私は大きな成果をつかみそこねたのだ。もう少しうまい返事ができていれば、村長は鬼絹の秘密を明かしたかもしれないのに」

空人は、己の非才が情けなかった。

「そんなことはございません。空人様は、立派な回答をなさいました。照暈村にはきっとまだ、考える時間が必要なのです」

ナナになぐさめてもらえるのは嬉しかったが、鼻先まで来た好機をつかみそこねたのだと思うと、悔しくてたまらなかった。

けれども、城に戻ってしぶしぶと経過を話すと、いつもは辛辣な石人まで、七の姫と同じことを言った。

「ついに、そこまでの問いを、あの頑固村から引き出したとは、はるばるあちらにいらっしゃった甲斐がございましたね」

石人がなぐさめや気休めを言うはずはないから、本気でそう思っているのだろう。

「私の返答は、まずくはなかっただろうか」

「まずいわけがありません。みんなでさんざん知恵を絞ってきたものです。ご主人様にはめずらしく、その場の思いつきで、よけいなことをおっしゃったりもなさらなかったようですから、お諌めするところのまったくない、お見事な対応をなさったものと存じます」

これでは、誉められているのか、けなされているのか、わからない。

「私も、そのように思います」花人がにこやかに付言した。「おそらく、どのような返事をなさっても、村長は、その場では何も言わなかったのではないでしょうか」

「そうなのか」

「はい。村長は、ものごとを掟どおりに進める際には、即断して村を率いているのでしょうが、このたびのことは、掟も含めた村のあり方に関わります。村長ひとりで断を下せることではないのでしょう。督のお答えになったことを持ち帰り、時間をかけて村全体で話し合うことが、最初から決まっていたのではないでしょうか」

「では、私は失敗したわけではなかったのか」

「ご主人様にはめずらしく、弱気でいらっしゃいますね」石人が白い歯をみせた。

「ついに照暈村が、秘密を明かした場合のことを考えはじめたのですよ。これが快挙でなくて、なんでしょう。大きな決断ですから、半年や一年は待つことになるかもしれませんが、楽しみに待っていらっしゃったらいいのですよ」

　翌日、御覧所で聞いてみると、城頭や勘定頭も同じ考えだった。新しい手兵頭の家大だけが、意見を異にした。

「どうして、そんなに待たなければならないのでしょう。大事な秘密を握っているからといって、小さな村ひとつに、督がそこまで遠慮なさることはありません。私にお任せいただければ、必ずや、村人が火を放つ間もなく村を制圧してみせます。そのようにすれば、すぐにも鬼絹を他の村で作れるようになり、水路の工事の借金は、たちまち返してしまえます」

鼻息の荒い手兵頭を、城頭がたしなめた。

「血気に逸(はや)ってはいけないよ。鬼絹の秘密は、火を放たなくても、瞬時に踏み潰(つぶ)してしまえるものかもしれない。ここまできて、危険をおかすことはできないのだ」

詮議頭の虫士も、諭すように言った。

「強引な手は、最後の手段にすべきです。無理矢理に鬼絹の秘密を手に入れても、ほかの場所では作れないとか、量を増やすのは無理だとわかるだけかもしれません。その場合、照暈村が破壊され、もとのようにすら生産できないという結果に終わりかねない。うかつなことは、できないのですよ」

古株の三人は、家大が手柄をあせって無茶を言ったと考えているようだったが、空人は違った。実は彼も、初めて照暈村の事情を聞いたとき、同じ手段が頭をよぎった。手兵頭の賛同がなければ実行しえない案だったから、早々にあきらめたが。

「私は、家大の言うやり方が、それほど悪いものとは思わない。時と場合によっては、優れた解決策だと思う」

新しい手兵頭を励ますためにも、その点をまず、正直に語った。瑪瑙大が、批難がましく顔をしかめた。

「ただし、今はまずい。照暈村が、秘密を明かすことを脅迫をもって拒否した当初であれば、武力を使っても、督として正当な対応といえただろう。けれども、機織り場を建て、七の姫が出向いてまでしてあの村を励ました後では、だまし討ちのようになってしまう。そんなことをしたら、輪笏の民は、督も城も信用しなくなってしまうだろう。それは、どんな富を失うよりも大きな痛手だ。今は、待つしかないのだ」

「おっしゃるとおりでございます」

手兵頭も含めた五人の頭が、そろって深礼した。

照暈村のことはいったん忘れることにして、空人は、時間ができると水路の工事を見に行った。

工事は、同時に三カ所でおこなわれていた。

いちばん遠くにあるのが、洞楠領の池から谷筋を下りきるまでの部分。長さとしてはわずかだが、半分はよその土地でのことなので、いろいろと気をつかう。人夫は素行の良い者を厳選し、毎朝、一人ひとりが洞楠側の見張りの許可を得て、現場に入る。

また、低いとはいえ峠を越えるために、かなり掘り下げなければならない部分もある。

工事方の技術者は、半数以上がここに詰めていた。督である空人は、いくら〈お忍び〉でも、軽々によその領内に入れない。この現場の様子は報告で聞くしかなかったので、馬を飛ばして見に行く先は、残る二カ所となった。

ひとつは、山を下った地点から始めて、土に滋味のある場所までまっすぐな水路を通す現場。

工事の要領は単純で、岩盤に突き当たるまで掘り下げて、掘った土を脇に積んで土手として踏み固める。左右の壁を日干し煉瓦で覆い、その上に漆喰のようなものを塗って乾かす。この繰り返しだけなので、こつをつかめば、工事方の技術者がいなくても進めていけた。

もうひとつの現場は、赤が原にあった。そこでは水路が分岐して、畑にする予定の地をあまねく潤す水脈となる。

ここでの溝は浅くて狭いが、勾配や分岐の角度を、綿密に計算して描かれた図面に合わせなければならないから、素人の役人では指揮をとれない。洞楠領にいる以外の技術者はみな、ここで仕事をしていた。

素人監督だけで作っているまっすぐな水路がこの場所に到達する手前に、少し工事が複雑になりそうな場所がある。土地が平らでなくなり、山というほどではないが、人の背丈の三倍ほどの丘陵地を横切らなくてはならないのだ。

けれども、計画どおりにいけば、山側から進めた水路の工事がそのあたりに達するころには、水門と山下りの部分が完成する。そちらの技術者と人夫をまわせばいい。いろいろ計算した結果、この段取りで、技術者や人夫の数を最も少なくすませられることがわかったのだ。当初の見積りでは、輪笏の技術者だけでは足りず、よそから雇わなければならなかったが、それではずいぶん高くつく。工事の費用を七百荷におさめるのには、こうした工夫もきいていた。

何度通(かよ)っても、このふたつの現場に向かうとき、空人の胸は高鳴った。城を出て、中川をはなれ、畑が尽きると、人の営みの痕跡(こんせき)がまったくみられない無人の荒野に取り囲まれる。

空と赤い大地以外、何も見えない。すっきりしすぎて、少しさびしい。

人恋しさが募るころ、竈(かまど)のたてる煙が見えてくる。

どちらの現場にも、大勢の人夫が寝泊まりするための仮小屋が立っており、そのまわりには、大量の食事を煮炊(にた)きする竈がある。建物も竈も、工事が終われば解体して、赤が原に運び、そこで暮らす人々の家を作るのに使われることになっている。だから竈のたてる煙は、そこで多くの人間が働いていることを示すと同時に、やがて生まれるはずの村の姿を思い描かせる。

煙を目印に馬を走らせ、建物の姿がおぼろに見えてくるころには、「おうおう」という人声が耳に届くようになる。人夫たちの掛け声だ。

男たちの声が重なったその響きは、遠くで聞くと歌のようだった。空人が口の中で唱和すると、馬の蹄が踏む拍子も、自然にそれと同期する。鞍の後ろに積んだ革袋まで、伴奏のように、涼やかな水音をたてた。

空人は工事の様子を見に行くとき、できるだけたくさんの水を持っていった。大勢の働き手に飲み水を運ぶ仕事は、手兵たちの重い負担となっていたから、従者たちにも運ばせた。督がみずからそんな運搬に携わることを、止めたり諌めたりする者は、すでにいなくなっていた。

建物がはっきりと姿を現し、掛け声が大きくなると、働く人々が見えてくる。みんな、土ぼこりにまみれ、顔も、むき出しの腕も黒い。幾筋もの汗が、その上に縞模様をつけている。

そこはもう、すっきりとした風景などではなかった。掘り出された土、積まれた煉瓦、荷を運ぶ人々。ごちゃごちゃとして、活気がある。見ているうちに楽しくなって、空人は自分も加わりたくてしかたなくなる。たいがいは迷惑がられるが、たまに手伝わせてもらえることがある。ほんの少し煉瓦を運んだり、図面と実物が合っているか、すでに役人が確認している場所を再度確認したりといった程度のことだが、嬉しくなって、帰途には顔が笑ってしまう。

　こんなに胸が躍るのは、きっとここが、夢の舞台だからだ。水のない荒れ地に畑をつくるという、実現不可能に思えた夢が、叶いつつある。そのことが、目に見えるかたちで進んでいる。土ぼこりも、汗も、うっかり土をひっくり返した誰かを罵る役人の怒声さえもが、空人には愛しく感じられた。

　もちろん、楽しいだけではなかった。ある時、夜半に人夫小屋で喧嘩がおこり、死人が出た。調べてみると、炊き出しの食料が足りなくて、皆がいらいらしていたことがわかった。勘定方の役人が節約しすぎたせいだった。すぐに配給を増やしたが、空人は、現場に足を運びながらそうしたことに気づけなかった自分を恥じた。

　もうひとつの現場でも、人夫が荒れかけたことがあった。彼らはみな、食うや食わずの暮らしをしていた貧しい家の出だった。だからこそ、新しく拓いた畑が貰えるという話にとびついたのだ。工事が終われば、飢えることのない生活が始まるという希望が、厳しい労働に従事する日々、彼らを支えているのだが、壁の乏しい仮小屋に雑魚寝し、川も池も、一片の緑さえ見えない荒れ地で長い時間を過ごしていると、誰でも時には不安になる。もしもこの計画が失敗したら、どうなるのだ。いまさら生家には帰れない。ここでのたれ死ぬことになるのではないかと。

そんな不安が、同時に多数に起こったようで、工事を指揮する役人の小さな失敗をきっかけに、暴動めいたことになりかけた。その場はなんとかおさまったが、それから人夫たちの働きが、目に見えて悪くなった。

空人は、人夫たちと話をして、その原因が不安にあることを――陪臣らの助けも借りて――突き止めた。そこで、働きの悪い者にきつく当たるのをやめさせて、とにかくとことん話をして、彼らの不安を取り除いていった。

いまではもう、督が下々の者と言葉を交わしても、当たり前のこととして気にもされない。背蓋布をつけない空人に、うっかり尊礼をしそうになる畑の者もいなくなり、〈お忍び〉で馬を飛ばす督の姿は、輪笏の日常となっていた。

秋も深まり、結六花の収穫がすっかり終わると、詮議頭も代替わりした。

けれども空人が新しい詮議頭と主臣の契りを交わしてからも、虫士は、毎日登城して新人の面倒をみている。譲ったはずの権力にしがみついているというわけではない。

空人がやり始めたあれこれは、まだまだ虫士の助力が必要なほど、処置の難しいもめ事を日々生み出していたのだ。

同じころ、空人はまた、都に行くことになった。何年かに一度の、督が勢揃(せいぞろ)いする行事のためだ。行事は、教わったとおりにふるまっていればよく、口をきく機会もないまま終わったが、それとは別に、十数名の督だけが集まっての会議が、この機を利用して開かれた。議題は例によって、異国との交易についてだ。

庫帆(くらほ)の港に船をよこす国は、いまや八つを数えるようになっていた。いずれの国も、自分とだけつきあうのが得だと言って、独占取り引きの約束をとり結ぶよう迫ってきている。どうやら強絹(こわぎぬ)や逢真(あまね)根草といった、弓貴にしかない品が、多くの国の注目を集めているようなのだ。

六樽(むたる)様はこの間に、乾囲(かんい)国に人をやって、海の向こうの国々の情勢をさぐらせておられた。それを踏まえて、八カ国への対応を考えようという会議だった。

船の建造技術の革新は、当初思われていた以上に世の中を変えていた。船が沈みにくくなったことにより、交易だけでなく、戦争のあり方も、これまでと異なるものになったのだ。たとえば乾囲国の向こうにある海域では、力のない島国が、大陸の強大な国に呑み込まれつつあるという。

弓貴の場合、八つもの国が牽制しあっているためか、力による脅しは受けていない。このままの状態を続けるべきか、どこか一カ国を選ぶべきか、意見を求められた。

大半の督は、このままがいいという考えだった。さまざまな国と商品をやりとりできたほうが利益になるし、牽制しあっていてもらうほうが、攻め込まれるおそれが少ないというのだ。

空人は、そうは思わなかった。八つもの国が牽制しあっての平穏など、長く続くはずがない。へたをすると、強大な国と国とが、弓貴を舞台に武力をぶつけあうことになりかねない。八つのうち最も有力で信頼できそうな国と、しっかりとした取り決めをすれば、そうした危険は回避できる。他の国を排してその国と独占的に交易をする代わりに、武力で攻めてこないことを約束させれば、その他の国も、弓貴にちょっかいを出すわけにいかなくなる。

そんなにうまくいくだろうかと、懐疑の声が飛んだ。

言葉のちがう異国との取り決めが、あてになるのかとの問いかけもされた。

あてになる。取り決めを守らなかったらその国は、ほかの国からの信用を失う。それに、独占的な交易を約束した相手の国は、その利益を守るために、他の国が弓貴に武力を向けるのを防がざるをえない。八カ国入り乱れての牽制合戦より、よほどあてになるはずだ。

そうした意味のことを、新参の督らしいていねいな言葉づかいで語るあいだ、空人はもどかしさを感じていた。彼には、自分の主張が正しいという自信があった。しかし、その根拠をうまく説明できない。話している内容は、彼にとって常識的なことだったが、その常識をどうやって身に付けたのだと聞かれたら、困ってしまう。それに、この常識は、乾囲国をはじめとする弓貴のまわりの国にもあてはまることなのだろうか。しゃべっているうちに不安になった。

八つの国が、どこにある、どんな国なのかがわかれば、もう少しはっきりしたことが言えそうだが、この会議では明かされなかった。いまはまだ、六樽様と庫帆の督と、上下から八の丞(じょう)までだけが知る秘密のようだ。

幸い、空人の意見への追及はすぐに打ち切られた。六樽様は、議論の上の結論を望んでおられるわけでなく、各々(おのおの)がどう考えるかをお知りになりたいだけだったようで、全員が思うところを述べると、会議はおしまいとなった。このあと、八つの国の詳細を知る人々だけで、話し合いがもたれるのだろう。

照暈村のややこしい事情についても、最初はごく少数の者だけの秘密だったなと、輪笏に戻る道中、考えた。それほど大事な秘密だったが、他の者に知らせないでいる間は、家臣らの知恵を借りることができなかった。

今では、五人の頭全員と三人の陪臣、七の姫とその侍女までもが詳細を承知している。心強い話だが、秘密は以前より漏れやすくなっている。

上に立つ者は、重大な秘密を、誰にいつ、どこまで明かすかを決めることも、大事な仕事のひとつなのだ。空人は、それをうまくおこなえているだろうか。

照暈については、たぶん、これでいいのだと思う。空人が目指しているのは、鬼絹の秘密が秘密でなくなってからも、照暈村も輪笏も共に栄えることのできる道だ。守るよりも打って出る時なのだ。

けれども、その道が失敗に終わっても、元の場所に引き返すことはできない。

ほんとうに、彼のやっていることは正しいのか。

不安が、空人の胃をきりりと刺した。

そんな胃の腑と心とを、ほっこりと温める出来事が、それからしばらくして起こった。

都から戻ってからも空人は、水路の工事をさかんに見に行っていたが、ある日、勘定頭に呼び止められて、延々と数字の並ぶ報告を受け、外出できなくなってしまった。翌日は、城頭に相談事があると言われて、〈お忍び〉に出る時間がとれなかった。その次の日の朝には手兵頭、午後には暦頭に、どうしても聞いてもらいたい話があると引き留められた。

そんな日が五日もつづくと、さすがの空人も、口実を使って外出を阻まれているのではと思えてきた。そういえば、城の空気がなんとなくそわそわしている。いったい家臣たちは、何をたくらんでいるのだろう。

花人らに探らせようかと考えはじめた矢先、謎が解けた。

その日の朝も、どう考えても急ぎではない報告を聞いてほしいと勘定頭にせがまれて、御覧所で長々と過ごしていた。すると、戸口に伝令が来た。

「糧水村が、甜の実をもってまいりました」

「おお」と勘定頭が腰を浮かした。

「糧水村?」

確か、森が池の近くにそういう名前の村があった。池から引いた水で細々と綿花を作っている小さな集落だ。村と池とを結ぶ道に十数本の並木があったが、それらの木は、材木用ではないのだと聞いた。二年に一度、甘い実がたくさんなる。それを腹いっぱい食べるのが、この小さな村の人間の何よりの楽しみなのだと、案内役の波人（なみんと）が淡々と語ったのを覚えている。

糧水村が、その貴重な実を、城まで献上に来たということなのか。

「わかった。受け取っておいてくれ」

運んできた村人に直接礼を言いたかったが、督が軽々しく顔を出してはいけないことを、空人はすでに心得ていた。

ところが、勘定頭が言いにくそうに意見した。

「例年ですと、甜の実は、東の庭に届きます。大変に傷（いた）みやすい実ですから、早くいらっしゃったほうがよろしいのではと思慮いたします」

「そなたの話は、もういいのか」

「はい。本日急いでお伝えしたかったことは、すでにお聞きいただいております」

そうだろうか。伝令が来たために、半端（はんぱ）なところで話が中断しているのだが。

入り口に控える石人を見ると、この陪臣も状況が理解できないという顔をしていたが、ちょっと考え込んでから、こう言った。

「僭越（せんえつ）ながら、お急ぎになったほうがよろしいかと」

東の庭に出ると、あたりはむせかえるような甘い香りに満ちていた。庭の中央に屋根のない押し車があり、その上に、形の崩れかけた朱色の実が、山となって積まれていた。押し車の左右には、道衣（みちごろも）を着た六人の屈強そうな男が平伏している。甜の実を運んできた糧水（かてみず）村の者だろう。

勘定方の役人が、いつのまに用意したのか、儀式用のきれいな盆を取り出して、手早く九つ実を載せて、空人の前まで持ってきた。

すぐに食べてもいいものなのか、少し迷ったが、鼻先まで来たえもいわれぬ匂いに我慢できなくなって、一つを手にとり、かぶりついた。

うまい。

甘いだけでなく、濃厚な旨味（うまみ）がある。食べていると、口から鼻に匂いが抜けて、唾（つば）がどんどんわいてくる。

夢中になって味わっていると、いつのまにか手は空になり、口の中には種だけが残っていた。左手に種を出し、右手で二つ目をつかんで、またかぶりついた。三つ目を食べおわり、四つ目をつかんだときになってやっと、まわりを見る余裕ができた。

その場にいる全員が、食い入るように空人を見つめていた。そのうえ、いつのまにか七の姫が、侍女を従えてすぐ横に立っていた。

こんなに大勢の面前で、我を忘れてがっついたことが恥ずかしくなったが、人々の顔は、あきれているようではなかった。そうではなくて、昔、彼ではないが自分のことのようによく知っていた男が、同年代の若者たちと、思いがけず郊外で野営をすることになったときに見た顔を思い起こさせた。

底冷えのする夜で、寝つかれず、未明には全員が起き出して、焚火を囲んで夜明けを待った。あの時の、東の地平線をじっと見ていた仲間の顔が、確かこんなふうだった。

ああ、そうか。押し車いっぱいの果物を、彼一人で食べきれるわけがない。

空人は、右手につかんでいた甜の実を、七の姫に差し出した。

「おまえも、お食べ」

ナナは両手で受け取ると、小さく一口かじった。器用にも、口元が少しも汚れていない。空人は、顔も手も、甘い汁でべとべとだというのに。

七の姫が甜の実のおいしさにうっとりとした表情を浮かべたのを確認すると、空人はべとべとした顔のまま、督らしい威厳のある声を出した。

「皆も、食すがいい」

驚くほど迅速に、全員が動いた。糧水村の六人が立ち上がり、脱兎のごとく庭から走り出た。勘定方の者たちは、次々に甜の実を盆に載せると、庭の周辺にいる人々に渡していく。

大勢が同時に動きながら、最初に渡されるのは城頭、その次は手兵頭と、順序に乱れはない。そのうえ、気がつけば、城頭だけでなく、詮議頭も、暦頭も、その他の主だった者たちも皆、その場にいた。

なるほど、これは恒例の行事なのだなと、空人は合点がいった。この極上の果物は、採れるとすぐに、城に献上される。城では、督が口にしたあと、役職の上の者から順に配られ、みんなで味わう。見れば、この場にいる身分の低い者たちは、二、三人で一つを分け合っている。そうやって、全員に行き渡らせているのだろう。

そういえば、この世界には甘いものが乏しい。果物を見たのはこれが初めてだし、菓子も、都で何度かと、鷹陸で接待を受けたときに口にしただけだ。

そんななか、これだけうまい果実なのだ。二年に一度の大きな楽しみなのだろう。貴重なものだからこそ、まず督が食すまでは、誰も口をつけないことになっているのだ。庭を駆け出した六人はきっと、もう食べてもいいと告げるために、村に戻っていったのだ。すなわち、甜の実がとれる村でさえ、督が口にするまでは、匂いだけで我慢している。

督が不在の間は、瑪瑙大が最初の一口を食べる役目を代理していたのだろうが、いまは空人がいる。その彼が、城に甜の実が到着したとき遠くに出かけていては、みんなが待ちぼうけを喰わされる。それで、外出しないよう引き留められていたのだ。

「おまえは知っていたのか」

甜の実を食べおえ、満足げにげっぷをした石人に、聞いてみた。

「いいえ」と石人はあわてた様子で表情を引き締めた。「ご主人様のお出かけが、つまらない口実で邪魔されていることは存じていましたが、その理由がどうしてもわかりませんでした。とはいえ、御身に危険が及ぶようなことではなさそうだったので、静観していたのでございます」

「私も、いろいろさぐりを入れましたが、今回ばかりは誰からも、答えを引き出すことができませんでした。果物を少しでも早く食べたくて、あれこれ画策しているのだとは、恥ずかしくて言えなかったのでしょうね」

花人が目を細めた。そのあいだに山士が、空人の顔と手をていねいにぬぐった。

あたりでは、誰も彼もが顔をほころばせていた。軽やかな笑い声も聞こえた。いつも小難しい顔をしている城の面々が、こんなに無邪気に喜ぶ姿は、新年の宴でも見られなかった。

甘い物には、それほどの力があるのだと、空人はしみじみ感じた。食べない間はとくに欲しいと思わなかったのに、一度口にすると、もっと食べたいと胃が欲っする。ついつい、まだ荷を載せている押し車に目が行って、腹がいっぱいになるまでむさぼる自分を夢想する。

　空人が独り占めしようとしたら、誰も邪魔はしないだろう。だが、押し車から目をはなして、なごやかに談笑する人々に視線をうつすと、この光景こそが何よりのごちそうだと心から思う。

甜の実がとれる木の下でも、ほどなく、こんな光景が出現するのだろう。

「待てよ」

　ふと思いついたことがあって、空人は近くにいた手兵に尋ねた。

「この実は、糧水(かてみず)村で、どれくらいの量、採れるのだ」

「食べきれないほどと聞いております」

急なご下問に、驚いた顔の手兵が答えた。

「それは、もったいないな」

「しかたがないのです。甜の実は、それは傷みやすいので、特別に脚を鍛えた者たちが、あれだけの量を城まで運ぶのがやっとなのです」

「そうなのか。しかし、これほどうまい実が、食べられないまま傷んでいくのは……」

空人は、しばし考えを巡らせて、心を決めた。

「糧水村に行く。花人も石人も、ついてこい。勘定方の枝士も呼べ。……いや、三人は、数日の旅ができる荷物を準備して、あとから来い。私は月人と先に行く」

そう言いおいて、身兵頭とふたり、馬に乗って城を飛び出した。

10

傷みやすい果物も、菓子にすると長持ちする。

菓子は、贅沢品である。

贅沢品には、高値がつく。

この理屈は、弓貴でも同じなはずだと、疾走する馬の上で空人は考えた。

地元の人間が食べきれないほど採れるが、あっという間に傷んでしまうという果物を、菓子にして売ることができたら、きっとよい収入になる。

けれども、売り物となる菓子を作るには、材料を調達したり、経験のある職人を呼んできたりが必要だ。今年の実に、そうした準備は間に合うだろうか。

あせる空人は、糧水村（かてみず）へと走っていた六人の村人に、たちまち追いつき、馬をとめる間を惜しんで、言葉もかけずに追い越した。

それにしても、こんなうまい実を菓子にしようと考えた者が、これまで誰もいなかったのか。二年に一度しかない楽しい行事であるがゆえに、思いつけなかったのか。それとも、ここでもやはり、保守的だという土地柄が影響したのか。

輪笏（わしゃく）は金に困っていたが、城の経済はぎりぎりで何とか回っていた。そのため、新しい儲（もう）け話をさがすより、ぎりぎりを維持することにばかり頭がいっていたのかもしれない。

督がいなかったのもいけなかったのだろう。城を率いる者が代理の立場では、どうしても、新規なことに打って出にくい。新しい督が来るまではと、ただ現状を守りつづけていたことを、責めることはできないだろう。

しかし、せめて甜（てん）の実のことを、もう少し早く教えてほしかった。つまらない口実で外出を邪魔するのでなく、出かけてほしくない理由を、正直に話してくれていたら——。

いや、他人のせいばかりにはできない。空人だって、糧水村に果物のとれる木があることを知っていた。〈お忍び〉を始めたばかりのころ、その木々を見て説明を受けた。あのときに、突っ込んだ質問をしていれば。

だが、空人はあのころまだ、果物がどんなに貴重か知らなかった。だからついつい聞き流し、そのまますっかり忘れていた。

やっぱり、石人（いしんと）や瑪瑙大（めのうた）の小言は正しいのかもしれない。空人は急ぎすぎている。思いついたことを性急に進め、細かいことに気を配れず、過ぎ去ったさまざまなことを思い返すいとまがない。

ほんの少し反省したが、馬の脚は緩めなかった。いまは間違いなく、急ぐべき時だ。それに、急ぐことが悪いのではない。急ぎながらちゃんと気配りすればいいのだ。

やがて、道の先に甜の並木が見えてきた。以前見たときには葉が茂るばかりだった枝々に、いまは葉むらを半ば隠すほど朱色が散っている。

木の下の地面も、同じ色に染まっていた。落ちてつぶれた実もずいぶんあるようだ。近づいていくと、並木のある場所から少しはなれた道の端に、大勢の人間がすわっているのが見えてきた。男も、女も、赤ん坊も、年寄りもいる。村の人間がみんな出てきているのかもしれない。

　全員が、空人のやってくるほうを向いていた。甜の実を食べてもいいという知らせを待っていたのだろうが、そこに二頭の馬が疾走してきたものだから、一様に驚いた顔をみせていた。

　空人が並木の前で馬をとめて飛び降りると、髪の結い方から村長とわかる男が転がり出て、空人の前に膝をついた。

「村の者が、何か粗相をいたしましたでしょうか」

　空人と、彼を守るように立つ月人を、おそるおそる見上げる。

「そうでは、ない」

　空人は、乱れた息を整えてから説明した。

「悪いことがおこったわけではないから、案ずるな。私がここに来たのは、村長に聞きたいことがあるからなのだ」

　つづいて、村長の後方で、腰を上げて人垣をつくっていた人々に向かって言った。

「私も城の者も、すでに甜の実を賞味した。そなたたちも、例年どおり、ぞんぶんに食すがいい」

　村人たちは、こわごわと互いの顔を見やってから、ひそひそとささやきあいを始めたが、やがて子供が飛び出した。それを追うように年寄りが、それから若者や子供をおぶった母親が、籠や梯子や木の棒といった道具を手に、甜の並木に向かっていった。空人がその様子を笑顔でながめているのを確認して、残りの者らも後を追った。

木に登った子供の顔は、喜色にあふれていた。歓声や笑い声も聞こえはじめた。空人がいるので遠慮ぎみではあるのだろうが、誰もが浮かれて、楽しそうだ。見ていると、こっちまで楽しくなって、あたりにただよう甘い匂いも高まってくるように感じられる――と思ったら、いつのまにか目の前に、半白髪の女性がひざまずき、両手で籠を差し出していた。中には甜の実が十数個積まれている。

「どうぞ、お召し上がりくださいませ」

「いや、私はもう食べたから」

答えるうちにも、口の中に唾が湧き出た。それを気づかれたわけではないだろうが、村長が言葉を添えた。

「どうぞ、食べ飽きるまでお召し上がりになってください。甜の実は、まだいくらでもございますから」

そうまで言われると、欲求を抑えるのがむずかしくなる。それに、村長はまだこの実を食べていないのだ。これから大事な話をしなければならないが、この匂いのなか、食べたいものを我慢しながらでは、気が散ってしかたないだろう。

「わかった」と言って空人は、ひとつをつかんでかぶりついた。それから、別のひとつを月人に差し出した。

「おまえも、食べろ」

そして籠の脇に腰をおろすと、まずは、村長に、反対側にすわるよう命じた。

「教えてほしいことがある。食べながら聞いてくれ」

そうやって、ふたりで甘い実を味わいながら、知りたいことを尋ねていった。

その結果、甜の実は、空人が思っていた以上に傷みやすいことがわかった。木からもいだ実は、半日で食べられなくなる。もがずに枝に残しておいても、熟したものは一日でだめになる。

実が採れるのは、二年に一度。一年目に花が咲き、散った後には爪の先ほどの青くて丸い実が残る。それがまるまる一年をかけて大きくなり、色づきながら柔らかく熟して、ある日突然、あたかも数十年に一度のみ起こる「雨」という現象のように、ぽたぽたと落ちて地面を朱色に染めていく。そうして、人が採っても採らなくても、六日ほどで、樹冠から朱色は消えはてる。短い間の、祭りのような出来事なのだ。

糧水村でもかつては、せっかく採れた恵みを保存することはできないかと、いろいろな方法を試してみた。干したり、炙ったり、土に埋めたり、塩に漬け込んだり、薬草を混ぜて火を通したり。

しかし、どの方法もうまくいかなかった。

さまざまな深さに種を植えたり、枝を挿し木にしたりして、木を増やす試みも、遠い昔に何度もおこなわれたらしいが、一度も成功をみていない。

だからいまでは、あるがままを、ただありがたく受け取っている。二年に一度、六日だけでも、甘いもので胃の腑を満たせる。こんな小さな村からの貢ぎ物が、城に歓迎してもらえる。それだけで、この村に生まれてよかったと心から思える。

空人の問いに答えて、村長がそんな話をおえたとき、籠の中の甜の実は一つきりになっていた。村長は、それを譲るようなしぐさをしたが、空人は首を振って断った。遠慮したのではない。さすがに満腹だったのだ。

村長がその実を静かに食べおえるのを待って、もうひとつ質問した。

「保存する方法をいろいろ試したと言ったが、砂糖を加えて菓子にすることは、やってみたのか」

村長は、とんでもないという顔で目をむいた。

「砂糖のように高価なものは、とても用意することができません」

「城が砂糖を用意したら、あの実で菓子を作ってみたいとは思わないか」

「何のために、そんなもったいないことをしなければならないのでございますか。甜の実は、そのままで大変に味の良いものです」

「菓子にすれば、長持ちする。よそに売って儲けることができる」

村長は驚いた顔をしたあとで、しばらく考え込んでいたが、小さく首を左右にふった。

「お言葉ですが、砂糖ほどの高級品を使ったのでは、売っても儲けは残らないかと存じます」

そんなことはないだろう。砂糖が高価であるならなおさら、砂糖よりも甘くて旨味のある菓子には高値がつく。輪笏の中では無理でも、都に持っていけば、きっと売れる。

空人がそう反論する前に、村長が言葉を重ねた。

「それに、菓子などというものが作れるのは、都にいる限られた職人だけと聞いております」

村長の眼は不安げに揺れていた。よそから来た督の思いつきで、村の宝が奪われるのではと案じているのだろう。

村人はみな痩せこけ、綿花を作る村だというのに、着ているのは、粗末で古びたものばかりだ。それでも、現状を守ることが大切で、暮らしを良くする工夫には、警戒心ばかりが働くのか。

空人は、首をのばして道の先を見た。ようやく、遠くに馬らしき影が三つ、現れた。

「村長よ。私は、都から菓子職人を連れてきて、甜の実で菓子を作らせようと思う」

村長は顔をこわばらせたが、口では何も言わなかった。

「といっても、これから連れてくるのだ。どんなに早くても三日はかかる。今年は、どうやって作ったらどれだけ日持ちのする菓子が出来るか、試すだけになるだろう。それに、その試みは、そなたたちが好きなだけ食べて余った実でおこなおうと思う」

村長の顔はまだ、あたりに漂う甘い匂いにそぐわない険しいものだったが、憂いの影は少し薄れたかもしれない。

「次の実がなる再来年も、同じことだ。甜の木は村のものなのだから、村人は好きなだけ実を食べてよい。けれども、今年の試みがうまくいったら二年後には、そなたらに手伝ってもらって、売り物にする菓子を作ろうと思う。菓子職人を雇う金や材料はすべて、城が出す。その費用を除いた売り上げ金の半分は村のもの、残りの半分が城のものという取り分にしたいと思うが、どうだろうか」

急なことだったので、城頭にも勘定頭にも相談していないが、さほどおかしな条件ではないはずだ。この一年、督として過ごした経験からそう思えるのだが、城の決まりごとはややこしくて、まだまだ空人の知らないことがたくさんある。

だが、少々おかしくても、このまま進めるしかない。甜の実は、二年に一度しか採れないのだ。今年の収穫の期間は、あと五日。急がなければ、売り物にする菓子を作るのが、再来年でなく四年後になる。

「どうだろう」重ねて村長に言葉をかけた。「この条件なら、菓子作りがうまくいかなくても、村は何の損もしない。うまくいけば、よい収入になる。悪い話ではないと思うが」

村長は、心を決めた顔になり、きっちりとすわりなおすと深礼した。

「我が督に申し上げます。糧水は輪笏の村であり、村の人間はみな、輪笏の民でございます。『どうだろう』などと、お尋ねになるまでもありません。どうぞ、いまの条件を承諾せよと、ご命令くださいませ。我らは、督の仰せ（おお）に従うまででございます」

では、取り分を、城が三分の二で村が三分の一に変えるので、それに従え――と命じてみたくてうずうずしたが、我慢した。村長の長広舌は、その条件で承諾するという回答のもってまわった表現にすぎない。それくらいのことは理解できるようになっていた。

そこに、花人たちが到着した。かなり急いで来たらしく、馬も乗り手も息を切らせていた。

空人は、馬に水を飲ませるよう、村人に頼んだ。花人、石人、枝士には、すわって、甜の実を食べながら休むよう命じた。

「食べながら聞いてくれ。馬の疲れがとれたら、都まで急いで行ってきてほしい」

さっき思いついたばかりの計画を話したら、石人が甜の実を喉につまらせた。

「みっ、三日で、そんな都合のいい菓子職人を見つけて、連れてこいとおっしゃるのですか」

「二日半なら、なお、ありがたい」

石人は絶句した。代わって花人が思案顔で答える。

「往復するだけで二日かかりますから、半日から一日ですべてをなせと仰せなのですね。ご命令ですから、身命を賭して、おっしゃることを果たしにまいる所存ですが、ひとつ問題がございます。こんな急な話では、職人への報酬は前払いしなくてはならないでしょうし、菓子作りの材料も、都でなければ調達できませんから、督の証書では買えません。かなりの額の鉅が必要になりますが、それはいかがいたしましょうか」

そこまでは考えていなかったが、必要なものなら、何とかするしかない。

「追って届けさせる。おまえたちは、馬の疲れがとれたら、ここからまっすぐ都に向かってくれ」

すると、勘定方の枝士が、心配そうに眉根（まゆね）を寄せた。

「いま現在、輪笏の城に、余分な金はまったくございませんが」

「私が必ず何とかするから、おまえたちは金の心配などせず、全力で良い職人をさがしてくれ。いくらあればいいだろう」

三人は顔を近づけて相談し、五千鉅（おお）という数字が出た。

そういうわけで、空人はまた、ひとりで城の宝物倉に入った。

枝士の言ったとおり、輪笏の城には動かせる金がまったくなかった。五千鉅くらいなら、どこかから借りられるのではと思っていたが、借金をするには、どんなに急いでも六日はかかるという。

なぜなら、弓貴には利息という概念がない。金を貸すのは、儲けるためでなく、義理を果たすとか、友情の証（あかし）をたてるとか、恩を売るとかが目的なのだ。

江口屋からの借金がいい例だ。城の金繰りがたちいかなくなると、輪笏で商売をする江口屋も大きな打撃を受ける。また、城に恩を売っておけば、今後に役立つ。何よりも、翌年の瑪瑙の代金の先払いというかたちをとることで、金に困った城が無茶な採掘をするのを防ぐことができ、今後も安定的に瑪瑙を仕入れられる。そうした判断のもとでのことなのだ。

金貸しは、商売でなく、政治や社交の手段。それゆえ、礼儀上の手順を省略することが許されない。利息を奮発するからいますぐ貸せというわけにはいかないのだ。

石人がいれば、うまい抜け道を見つけてくれたかもしれないが、都に行かせてしまっている。彼らが、職人を連れ、必要な材料を仕入れて、甜の実のあるうちに戻ってくるためには、今日じゅうに、五千鉅をもたせた使いを都に発たせなければならない。となれば、倉におさまっているだけで何の役にも立っていない宝物に、犠牲になってもらうほかない。

空人は、小さな青銅の壺を選んだ。口のまわりに模様が描かれているだけで、あとはのっぺりとした地味な見た目だ。さほど価値のあるものとは思えないが、それでも城の倉に納められていたものだ。五千鉅よりは高く売れるだろう。

壺を布で包んで左手に抱き、戸口を抜けると、布天井の廊下の先に、瑪瑙大がこちらを向いて立っていた。こっそり入ったつもりだったが、気づかれたようだ。

「また、そのようなことをなさるのですか」

城頭の白くて長い眉の毛は、空人をとがめるように突っ立っていた。

「わかってくれ。必要なことなのだ」

「わかりません。菓子の材料ならば、金を使わずとも、出来た菓子の何割かを渡す約束で、調達できるのではありませんか」

「そうした交渉には、時間がかかる。あと五日、甜の実が木にある間に菓子を作ってみなければ、再来年、売れるものを作れない」

「よいではありませんか。二年かけて準備して、再来年は、作ってみる。それがうまくいったなら、その二年後に売りに出す。どうしてそれでは、いけないのです」

「いま始められることを、何年も先のばしにすることはできない。瑪瑙大、おまえもわかっているだろう。新しく拓(ひら)いた畑からは、しばらく収入を得られないが、鷹陸への借金は返しはじめねばならない。これからの数年間が、いちばん苦しい時期になる。高く売れる菓子を作るのが、二年後からか、四年後からかは、大きな違いだ」

瑪瑙大は、空人の必死の訴えをまるで聞いていないかのような、痛ましげな顔をしていた。まるで、誰かの訃報(ふほう)に接したとでもいうような。

だが、空人自身もそうだったらしい。瑪瑙大は、小さくため息をついてから言った。

「なぜ、そんなお顔をなさるのですか。村親のときも、そうでしたね。どうしても、やらねばならない。いますぐに、やらねばならない。私どもはもう何度も、督がそんなお顔で、力説されるのを聞いてまいりました。ひとつひとつの理屈は通っていますが、私には、どうしてもわからないことがございます。なぜ、いつもいつも、そんなに急がれるのですか。空人様のそのご様子は、まるで……、まるで……」

城頭が、言いかけたことを途中でやめるのは珍しかった。

「まるで、何だ」

厳しく問うと、瑪瑙大は顔をくしゅっと歪めた。

「不吉なことを申すのをお許しください。督のそのご様子は、まるで、早死になさるお覚悟でいらっしゃるかのようでございます。ご自分の死期を知っておられて、それまでに何もかもをなさろうと、あせっていらっしゃるようでございます。そのような生き急ぎ方は、凶事を招きかねません。どうぞ、走りつづけるのをおやめください。督というお仕事は、歩きながらできるものです。こちらにいらしたばかりの空人様にとって、一年は途方もなく長いものかもしれませんが、政とは、木が育つのを待つように、じっくりと取り組まなければならないものです。どうか、この年寄りの言うことに、少しは耳を傾けてください」

瑪瑙大の指摘に、胸を衝かれた。

たしかに、空人は常に走ってきた。急げ、急げと、心がいつも逸っていた。自分では気づかなかったが、残された時間が少ないと、どこかで感じていたのだろうか。しかし、そうだとしたら、なぜ。

左腕に抱えた壺が、ずしんと重くなった気がした。錯覚だろうか、鼻が水のにおいを嗅いだ。

ほんとうは、彼はまだ川の中にいるのではないか。この、あれこれ変わったところのある世界でのことは、すべて、川の底に着くまでにみている夢ではないのか。それをうすうすわかっているから、こんなにあせってしまうのか――。

違う。

空人は、大きくかぶりを振って、おかしな考えを追い払った。

糧水村の、痩せてぼろを着た子供たち。あの子たちにとって、暮らしに余裕のできるのが、二年先か四年先かの違いは大きい。だから、急ぎたいのだ。がんばれば今年できることは、今年やってしまいたいのだ。

「瑪瑙大こそ、私の言うことに耳を傾けろ。倉の品々が、輪笏の歴史を示す大事なものだということは、私だってわかっている。だが、大切なのは、過ぎ去った出来事でなく、これからつくっていく歴史のはずだ」

「過ぎし日々の証や教訓を大切にしてこそ、より良き明日が来るのです。輪笏の歴史にとって取り返しのつかないことを、どうぞなさらないでくださいませ」

「問答を続けている暇はない。そこをどけ。私は、これを売ると決めたのだ」

瑪瑙大は、道を譲るどころか、その場で両手を広げた。悲しくなるほど短い腕だった。

「命令だ。どけ」

「どうしてもお行きになりたければ、私を蹴倒してお進みください」

空人は、ぐっと奥歯を食いしばった。それから大きく息を吸い、力を込めて走り出した。瑪瑙大は、空人が迫ってきても微動だにせず、彼をにらみつけている。

瑪瑙大の二歩手前で、強く床を蹴った。壺を抱えたまま飛び上がり、小柄な老人を飛び越した。素早くからだを縮めたが、頭を天井にぶつけてしまった。布天井だから痛くはないのに、瑪瑙大を後ろに残して走り去るとき、泣きたいような気持ちになった。

馬を飛ばして駆けつけた倉町で、四軒の店に買い取りを断られた。最初は歓迎されるのだが、壺を見せたとたん、店の主は顔色を変え、もってまわった表現で、金がないとか、この店で取り扱える品ではないとか言い出すのだ。

しかたがないので、商売違いとは思ったが、江口屋に行ってみた。

主の仲人は、壺を目にすると、太い息を漏らした。

「督はこの壺が、輪笏の名の由来になった品であることを、ご存じでしょうか」

知らなかったが、がらんとした倉に残されていたものだ。それくらい由緒ある品だという覚悟はしていた。

「輪笏の名はもう、定着している。この壺がなくなっても、名前が変わることはない」

返事はまた、ため息だった。

仲人はそれから、うつむいて考え込んでいるようだったが、やがて顔を上げて言った。

「このように大切なものを売り払ってでも、五千鉅が必要だとおっしゃるのでございますか」

「そうだ」

「わかりました。我が店で、その壺を、五千鉦で買い上げます」

ふうっとからだが軽くなった。

「そうか。助かった。お礼に、再来年、甜の実の菓子ができたら、いちばんにこの店に持ってくる」

「それはけっこうですが、ひとつ知っておいていただきたいことがございます」

「なんだ」

「この壺は、数十荷の値打ちのあるものです」

「なんだと。おまえは、数十荷するものを、たった五千鉦で買おうというのか」

「そのようにお怒りになられては困るので、あらかじめ申し上げているのでございます。まあ、お聞きください。督は、証書ではなく鉦が必要でいらっしゃいます。我が店には、いま現在、五千鉦ていどしか、動かせる金はございません。ですから、それだけしかお支払いできません。そのかわり、このようにいたしたいと存じます。この壺は、これから二年間、我が店に置いておき、よそに売ったりしないとお約束いたします。その間にお城の方がいらっしゃってくだされば、元の五千鉦でお売りします。こういう取り決めであれば、お叱りを受けることにはならないのではと存じますが」

「それは、つまり……」

質入れ、という言葉が頭に浮かんだ。古代語のようにも感じる、別の世界の言葉だったが。

とはいえ、利息の概念のない弓貴に、質入れに似た制度があるのだろうか。

きっと、ありはしない。この方法は、大事な宝をよそに売らせないために、仲人が知恵を絞って、たったいま考え出したものなのだ。

そんな気苦労をこの商人に強いているのだと思うと、胸がじわじわと苦しくなった。

ほんとうに、こうまでして急ぐ必要はあるのだろうか。もしかしたら、自分は意地になっているだけではないのか。

そんな疑問がふいに浮かび、瑪瑙大や仲人が、駄々をこねる子供をあやすおとなに思えた。

引き返すべきなのだろうか。このまま壺を持って城に戻り、都へは、計画を中止すると使いを送る。城頭をはじめとする人々は、それでほっとするだろう。

だが空人は、まわりをほっとさせるために、督をやっているわけではない。意地を張るのでなく、瑪瑙大や仲人の気持ちをおもんぱかるのでもなく、輪笏にとってどうするのがいいかだけを考えて、決めなければならないのだ。

そう肝に銘じて、もう一度、よく考えてみた。

中止すべき理由は見つからなかった。

かける金に対して、儲けの多い取り組みだ。そのうえ、洞楠との取り引きや、照暈(てかさ)村への働きかけにくらべて、危険は小さい。仲人の言葉に甘えれば、たとえ菓子作りがうまくいかなくても、五千鉦を失うだけですむのだから。うまくいけば、二年に一度の安定的な収入になって、城や糧水村が潤(うるお)うだけではない。よそにはない特別な菓子を六樽(むたる)様に献上できるし、借金の礼として、鷹陸(たかりく)に贈ることもできる。

空人は、迷いをふっきり、仲人に言った。

「ありがとう。感謝する」

「督の口からそのような言葉をかけていただき、卑(いや)しきこの身は震える思いでございます。とはいえ、お願いでございますから、このようなことは、これきりにしてくださいませ。我が店は、督もよくご存じの事情により、動かせる金が大変少なく、それでなくても苦しい思いをしております。これ以上の無理は、いかようにしてもできかねます」

「わかっている。これきりだ」

そう約束して、五千鉦を都の花人に届ける手配をした。

城に戻って瑪瑙大をさがしたが、見当たらなかった。不在なのか、空人と顔を合わせないよう隠れているのか。

しかたがないので、江口屋での顚末（てんまつ）は勘定頭に話しておいた。輪笏の宝は、永遠に失われたわけではない。いずれ取り戻せるのだということは、城頭にも伝わって、とりあえず安心してくれるだろう。

瑪瑙大のことを頭から追いやると空人は、数日泊まれる用意をして、翌朝早く、糧水村に向かった。花人らが難しい任務を成功させると信じて、できるだけ準備を進めておくためだ。

まずは、村長に言って、甜の並木に近いところにある納屋（なや）をひとつあけさせ、そこに机とか木の鉢とかの必要そうな道具を運び込んだ。さらに城から、さまざまな調理道具と秤（はかり）と煮炊き（にた）に使う燃料を運ばせた。あとはひたすら待つだけだった。

花人らが都に発って三日目の朝が来た。太陽は上昇をつづけ、並木の影が短くなった。道の先を見つめつづける空人の目が痛み、のばした首が疲れていくなか、日は西へと傾いた。

「空人様」

月人の声にはっとした。待ち疲れて、すわったままうとうとしてしまったようだ。

「あれではありませんか」

遠くに馬の姿があった。花人たちが帰ってきたのか。しかし、走ってくるのは三頭だけだ。菓子職人は見つからなかったということか。

いや、よく見ると、三頭目にはふたりの人間が乗っている。前にいるのが石人で、後ろには、石人よりも小柄な人影。

菓子職人は、小柄なだけでなく、若かった。少年といっていいほどの年齢にみえたので、この人物でだいじょうぶかと危ぶんだ。

指人と紹介された菓子職人は、挨拶もそこそこに仕事を始めた。まずは、甜の実のにおいをかぎ、指でつぶして汁の出る様を観察し、それからようやく口に入れて、目を大きく見開いた。そのまま、うっとりとした顔で旨味を堪能しているようだったが、ごくりと喉を動かして口を空にすると、その場にいる人たちに次々に指示を出していった。

すぐそばに、〈お忍び〉中とはいえ督がいることを気にする様子もなく、村人と督の家来の区別もなく、手近な人間に、秤で砂糖をはかる手順を教えて、同じことを繰り返すよう言いつけ、別の人間を記録係に任命し、別の数人に実の選別をさせていく。

その手際のよさに空人は、最初の不安を忘れた。

「年が若いせいで、仕事を任せてもらえず、不満をためこんでいた職人です。勉強熱心で、知識も技術も先輩たちより上だと自負しております。そういう人間なので、この無茶な話にのってくれたのです」

石人が、小鼻をふくらませて報告した。

「空人様。ご命令とあらば今後とも、どのようなことにも全力で取り組む所存でございますが、我々も、鬼ならぬ身の人間です。いつもこのような幸運に恵まれるとは、お思いにならないでくださいませ」

花人の顔はやつれてみえた。

「うん」と空人はうなずいた。

花人と石人があまりに優秀で、言いつければ何でも叶えてくれるから、甘えすぎてきたかもしれない。瑪瑙大の言うとおり、そろそろ足の運びを緩める時なのかも。

「わかった。これが終わったら、無茶は慎む」

花人は、笑いをこらえた顔になった。

その場にいても邪魔になるだけのようなので、記録係として活躍していた枝士を残して、城に戻った。あの日以来初めて顔を合わせる瑪瑙大は、感情をうかがわせない皺深い顔で空人を迎え、留守のあいだにたまっていた用事を淡々と告げた。

四日後に枝士が、菓子職人とともに、試作品の菓子を持って帰ってきた。指人はこの間に、製法や原料の配分を変えた二十種類もの菓子を、それぞれ三十個ずつ作っていた。これから三日ごとにすべての種類を一つずつ、状態をよく調べてから食べてみる。そうやって、日持ちを確かめるのだそうだ。

最後まで腐らず、良い味を保てた菓子は、九十日以上売り物になるということになる。それだけの期間があれば、都や裕福な督領で売って、じゅうぶんな儲けを出すことができるだろう。

指人は、しばらくのあいだ城の調理場で働きながら、菓子の出来を確かめる。そうして、日持ちだけでなく、味や見た目、甜の実以外の材料がどれだけ必要かなども考え合わせて、再来年に本格的に作る菓子を決めるのだ。

空人は、半透明の白い膜の中に甜の実が見える、四角い形の菓子が気に入っていた。中の実は砂糖で煮てあり、膜は指人が都から持ってきた、空人の知らない粉を練ったものだという。

まるで宝石のような美しさで、これならきっと、高く売れるだろうと楽しみだった。

その菓子の、配合を変えた四種類のうちの二種類を含めた七種類が、最初の味見のときには腐っていた。次の三日で、さらに六種類が食べられなくなっており、早くも残りは七種類になってしまった。甜の実は、菓子にしてもなお、想像以上に傷みやすいものだったのだ。

城の面々はがっかりしていたが、まだ七種類も残っている。たとえ次の確認の日にすべてが腐っていても、この七種類は六日間の日持ちが確認されたわけだから、売り物にできないことはない。がんばれば、五千鉅の元をとるくらいのことはできるだろう。

そう皮算用するにつけ、指人が二十種類もを作ってくれたことがありがたかった。そうでなければ、早々に全滅していたかもしれない。あんなに急な話だったのに、あれだけの短い期間で、よくぞこれだけの仕事をしてくれたと、空人は若い菓子職人の仕事に感心した。

こうして空人は、輪笏で二度目の冬を迎えた。彼が次々に始めた物事は、まだ何一つ結果を出していなかったが、当初はどれも不可能なほど困難にみえたのに、いまでは順調に進んでいる。もうすぐ成果を生みだして、輪笏を豊かにしてくれるだろう。

そう希望に胸をふくらませた矢先、最悪の知らせが届いた。工事に大問題が生じたのだ。

「申し訳ございません」

工事方の責任者が、床に頭をすりつけた。

山のふもとから赤が原を目指していた水路が、ついに丘まで到達した。そこを越えれば、村になる地まで、あと少し。

ところが、技術者も応援に駆けつけて、丘を横切る水路を掘りはじめると、思いのほか土の層が浅いとわかった。膝が埋まるほどの深さも掘り下げないうちに、岩盤に行き当たるのだ。あの、人の手では決して穿つことのできない岩盤に。

それのどこが問題なのか、すぐには理解できなかった。丘はそれほど高くない。工夫をすれば、あれくらいの障害物を乗り越える水路は作れるはずだ。どういう工夫か、くわしいことは知らないが、水を高いところに持ち上げる方法が存在することを、空人は知っていた。

「岩盤は、どこもきれいに水平に広がっていましたので、まさかあの場で急に、あれほど盛り上がっているとは。もっと徹底した調査を、事前におこなっておくべきでした。私の落ち度でございます。申し開きのしようもございません。こうなっているとわかっていれば、山を下るあたりから水路にゆるやかな傾斜をつけるとか、どうにかする方法もあったでしょう。しかし、今となっては、工事をすべてやり直しかありません」

「やり直す」

驚いて空人は膝立ちになり、咳払いして腰を落とした。

「やり直すとなると、来年の春に豆を植えるのは無理になるな」

「はい。とうてい間に合いません。もしかしたら、その次の春にも」

「そうなると、予定より、金もずいぶんかかることになるな」

「少なくとも、あと七、八百荷は必要になるかと存じます。やり直しの工事は、これまでのものより手の込んだものになりますから、千荷を超えるおそれもあります」

そんな金は、用意できない。畑を与えると約束した者たちを、一年余分に待たせることもできないだろう。いったい、どうしたらいいのだ。

頭を抱えてうずくまりたくなったが、その衝動をこらえ、平静を装って尋ねた。

「迂回してもだめなのか。丘のどこかに、岩盤が盛り上がっていない場所はないのか」

答えは即座で、短かった。

「ございません」

空人の前で頭を床にすりつけに来る以前に、それくらいのことは調べただろう。これから命じることも、おそらく無駄に終わると思いながら、空人は工事方の役人に告げた。

「では、現場に戻って技術方を集め、工事をやり直す以外の方法はないか、知恵を出し合ってくれ」

「しかし、そんな知恵があるとは思えません。すべては私の詰めの甘さがいけなかったのでございます。償いようのない過失です。どうぞ、私を手打ちになさってくださいませ」

目の前の男を手打ちにして、それで問題が解決するなら、喜んでそうしただろう。だが、そんなことをしても何の役にも立たないし、ほんとうの責任は自分にあるとわかっていた。

空人は、工事の開始を急がせすぎた。そのうえ、金を安くすませる方法ばかりを求めた。そのつけが、今になって回ってきたのだ。

これまでは、無茶を押し通しても、何とかなった。だがそれは、周囲の助けや幸運のおかげだった。周囲の助けはまだしも、幸運は、いつまでも続きはしない。そんな自明のことに気づけなかった、己の浅はかさが悔やまれた。

鷹陸への借金が返せないことになったら、空人はどうやって責任をとればいいのだろう。命を投げ出せば、それですむのか。城が破産したら、ここで働く者や輪笏の民は、いったいどうなってしまうのか。

後悔と恐怖に、息が詰まった。何もかも放り捨てて逃げ出したいと、一瞬だけ思った。

だが、そんなわけにはいかない。本気でそうしたいわけでもない。

「とにかく、私も現場に行ってみる」

震え声で謝罪するばかりの工事方を連れて、工事が頓挫している場所を目指した。

行ってみても、耳で聞いたことが間違いなかったと確認することしかできなかった。

水路が丘に突き当たった場所では、土に覆われていた岩盤がむきだしにされ、何人かが、鶴嘴のような工具を打ち付けていた。丸一日そうやっているそうだが、その場所には、穴どころか、傷さえろくについていない。

人夫たちは、横に大きく広がって、丘を掘り返していた。もしやどこかに、岩盤がとぎれて、ここまでと同じ深さの水路を通せる場所がないか、さがしているのだ。しかしすでに、見えなくなるほど遠くまで調べが進んでいる。万が一の幸運は望めそうになかった。

空人は、岩山の前にあぐらを組んですわり、必死に頭を働かせた。

必要なことは、ただ一つ。洞楠の山から流れてきた水に、この低い丘を越えさせればいいのだ。水路の工事をまるまるやり直さなくても、そうできる方法があるような気はするが、空人にその手の知識があるわけではない。そして、弓貴の技術者にもないのなら、乾囲（かんい）国か、その向こうにあるという国々にでも人を派遣して、調べさせるよりほかないだろう。それにはきっと、工事をまるまるやり直すのと変わらないほどの費用と時間がかかる。

いっそのこと、丘のこちら側に畑を作ってはどうだろう。

いや、このあたりの土で作物が育つかは、まだ試していない。大がかりな工事をして畑を拓き、豆の実ができませんでしたでは、大変な損失だ。試していては、やはり一年待つことになるし、土の様子をみても、あまり勝算のある試みではない。

かといって、赤が原の土をこちらに運ぶのも、打つべき手ではないだろう。工事の規模はさらに大きくなるうえ、運んだ土が、いずれ風で吹き飛ばされて、なくなってしまうおそれがある。

空人は、腕組みをして考えた。うなり声まであげて考えた。眉間(みけん)に皺を寄せ、脂汗(あぶらあせ)を垂らしながら考えつづけた。

やはり、洞楠から流れてきた水には、丘の向こうまで行ってもらわねばならない。

水を上に揚げるのが無理なら、目の前の、そう高くもない岩の壁を、どうにかして消し去ることはできないか。

それができないから、みんなが困っているのだが、何かいい知恵はないだろうか。

脂汗がぽたりとふともに落ちたとき、ひらめいた。

11

六樽(むたる)様に、難しいお願いをしに行かねばならない。

それにはどのような手順を踏めばいいか、花人(はなんと)と石人(いしんと)に相談した。水路工事の問題を解決するため必要なことだが、何をお願いするかは、彼らにも打ち明けるわけにはいかないのだと前置きして。

二人は難しい顔をしたあとで、内容を詮索(せんさく)することなく段取りを整えてくれた。

請願を表看板にして都へ行くのは無作法なので、照暈村が織った最初の布を献上するためという名目で出かける。実際には、最初の布は七の姫の羽織ものだが、あれは試作品と位置づければいい。

村が変化をみせはじめた証となる特別なものだから、年に一度の献上品とは別に、輪笏の督より直接お渡ししたい。そうお願いすれば、鬼絹の生産に深い関心をおもちの六樽様は、謁見の場をもってくださるだろう。

ただし、拝謁したい目的が他にあり、それが難しいお願いだということを、事前ににおわせておく必要がある。布を届ける場で、不意討ちのように頼み事をしたら、不快に思われるからだ。

「特にご主人様の場合、すでに取り返しがつかないほど、そういうことをなさっています。今後は厳に慎まなければなりません」とは、石人の弁だ。そんなことは、言われなくてもわかっているのに。

本当の目的を事前ににおわせておくという匙加減の難しい仕事は、花人が引き受けてくれた。彼なら、任せて安心だ。

余分に布を献上すると、機織り場からあがるはずだった収入が減ってしまうが、しかたない。半年先の金のことだ。いまはいったん、忘れよう。

問題は、都行きの費用だった。こうした用向きだから、いつも以上に体裁を整える必要がある。また、これまでのように呼ばれて行くなら滞在費はかからないが、このたびはそうはいかない。

勘定頭に相談すると、驚いたことに、数日のうちに必要な額をそろえてくれた。そんな金があったのに、これまで隠していたのかと腹が立ったが、聞いてみると、そうではなかった。都に行く目的を知った城頭ら五人が、この十年間の苦しい時期にも手放さなかった私物を売って、工面したのだ。

これまで売らずにいたものだ。きっと、輪笏にとってのあの壺のように、それぞれの家にとって大切な品だったろうに。

失敗できないなと思った。輪笏の未来も、空人の明日も、すべてはこの都行きにかかっている。必ず成果をあげねばならない。

とはいえ、六樽様相手に駆け引きなどするわけにはいかない。空人にできるのは、事情をご説明申し上げて、精一杯お願いすることだけだ。

お願いした。心を込めて。なおかつ、事前に習った礼儀作法を忠実に守って。

六樽様は、長いあいだ考え込んでおられた。途中で目をおつぶりになった。少し青ざめてみえるお顔をじっとながめているうちに、空人の中で、何かがすうっと冷めていった。

この方法しかないと思い定めて、ここまで来た。誰にも打ち明けるわけにいかなかったから、一人で決めた。それなのに、陪臣らは彼を信じて、見事に段取りをつけてくれた。城頭らは、私物を売って費用をつくった。

決して失敗できないのに、六樽様の前に来て、ありったけの思いを込めて請願し、答えを待つ間に冷静になってみれば、これはもともと、叶えられるはずのない願いではなかっただろうか。

なにしろ彼は六樽様に、〈空鬼の筒〉を使わせてほしいと頼んだのだ。

赤い模様はあと一つ残っているから、あと一回、光の矢を放つことができるはずだ。あの矢なら、工事をはばんでいる丘に穴をあけられる。もうこれしか、方法はないと考えたのだ。

思いつきだけで突っ走ったわけではない。きちんと長さを測り、水量を計算し、矢を一回放てば必要な穴をあけられそうだと確認をしてきたのだ。あとは六樽様のご許可がいただければ、輪笏は窮状から救われる。

そう考えていたのだが、六樽様のお顔を見ているうちに、自分が口にしたのがどんなに空恐ろしい願いかに、思い至った。逸る気持ちを抑えて、慎重に検討をした気でいたが、彼の目には、輪笏のことしか見えていなかった。浅慮だったと後悔した。輪笏の都合だけからいえば、〈空鬼の筒〉は最上の解決策だ。だが、それにより、あの筒がもう二度と使えなくなることが、弓貴にとって何を意味するか、ここに至るまで考えもしなかったとは。

たった一回矢を放つだけで、大戦の帰趨を逆転しうる道具なのだ。香杏が滅びたとはいえ、叛乱勢力が新たに現れないとはかぎらない。また、海の向こうからさかんに船がやってくるようになっている。それらの国が攻撃してきた場合にも、あの矢を一度でも放てば、おそれをなして、うかつに手を出してこなくなるだろう。

そんな大事なものなのだ。輪笏の水路を通すために、使いきってしまうことが許されるはずがない。いっそ、工事のやり直しにかかる費用を貸してくださいと頼むほうがよかったのではないか。

願い事をそのように訂正しようか、それとも、今さらそんなことをしたら、軽率だと叱られるだけかと空人が悩みはじめたとき、六樽様が口をひらかれた。

「わかった。〈空鬼の筒〉を持っていき、好きなように使うがよい」

「本当ですか」

感謝よりも驚きにかられて、思わず尋ねた。だがこれは、石人にきつくとめられていた非礼なふるまいだ。

「あの、つまり、私が申し上げたかったのは、そのように多大な慈悲をかけていただいてもよろしいのかと、不安になるほどの、大変ありがたいお言葉ですということで……」

六樽様は、空人のあわてぶりに、うっすらと笑みを浮かべられた。

「そなたにだから、率直に話す。たしかに最初は、とんでもないことだと思った。だが、なぜそう思うのかを考えていて、気づかされたことがある。あの道具は、鬼神のもたらした摩訶(まか)不思議だ。あれにより、私は死地を脱し、私についてきてくれた者たちも救われた。さらには、より確実な勝利を引き寄せた。大変にありがたいものだ。ありがたすぎて、私は、あれに頼りすぎるという愚をおかしていた。そのことに、ようやく気づくことができた」

「愚などとおっしゃらないでください。〈空鬼の筒〉は、六樽様の政(まつりごと)のために使うべきもの。頼りすぎなどということは、ありえません」

ついさっき口にした請願と矛盾するが、あの筒の効用を否定されては、空人には身の置き所がない。

「いいや、あるのだ。鬼神は、祀るものであって、頼るべきではない。香杏との戦での使用は、間違ったことではなかったと思っているが、残る一つの模様を私は、不安をまぎらわせるために使っていた。どんな凶事が起こっても、あれがあるからだいじょうぶ。そう思う気持ちが、常に心のどこかにあった。しかしながら、残る光の矢はただ一つ。滅多なことでは使えない。そんなふうにも思っていた」

「それは、当然のお考えと存じます」

「いいや、そのような頼り方をしてはいけないのだ。なくなることへの恐れがあるなら、必要な時に使えない。そなたの願い事に、とんでもないと思ったのが、その証だ」

「それは、私のお願いを、必要な使い方とお考えいただけたということでしょうか」

またしても無作法なことを言ってしまったのかもしれない。六樽様は、あきれたともとれる苦笑を浮かべられてから、おっしゃった。

「必要ではあるが、あの筒を空にするのに適切なほどかは、わからない。もしかしたら、後になって、残しておけばよかったと思う大事が起こるかもしれない。だがそれは、どんな使い方でもいえることだ。どこかで、あれに頼ることから決別しなければならないのだ。なぜなら、あれほど強大な力が手元にあると、どんな難問も解決できるという気持ちになる。それは、油断にほかならない。鬼神に頼ると、万事に隙なく備える覚悟に綻びが生じるのだと、そなたのおかげで、気づくことができた。あのようなものは、さっさと使ってしまうのがいい」

こんなせりふを六樽様は、こともなげにおっしゃった。強靱な精神力がなければ口にできることではないだろうに。

「畑をつくるためというのは、あの筒の最後の役目として、ふさわしいのかもしれない。それに、もともと、そなたがもたらした道具だ。持っていくがいい。ただし、あの筒のことで、確かなことは何もない。模様があと一つ残っているからといって、あと一回、光の矢が放てるとはかぎらない。それは、わかっているな」

「はい。わかっております」

頭の中に、言葉の意味がぽっかりと浮かぶことがなくなったように、空鬼の魔法は、期限切れになっているかもしれない。それは覚悟の上だったが、模様が消えていないなら、きっとまだ使えるという予感があった。

「矢を放ったあとの筒は、この城に戻してくれ。使えない〈空鬼の筒〉を手元に置くことで、私は自分を戒めたい」

「かしこまりました」

請願は聞き入れられた。これで、水路は赤が原に届く。

歓喜すべき時なのに、空人の胸に、喜びの入る隙間はなかった。頼りになる道具をあえて手放し油断を排するのだという六樽様のお覚悟に、ただ圧倒されていた。翻って、自分の覚悟はどれほどのものだろうと考えると、輪笏を率いることの重たさが、急にずしんと感じられた。督に叙されると聞いたときや、初めて輪笏に向かっていたとき、どうしてあれほど無邪気でいられたのか。

急ぎすぎること以外にも、反省すべきことがありそうだが、いまはそれにかまける時間はない。

空人は、〈空鬼の筒〉を持って、輪笏に駆け戻った。


丘の手前で止まっていた工事の現場から、すべての者を遠ざけた。赤が原の工事の手伝いに行かせたのだが、人々の移動の歩みはのろかった。水路の届くあてのない場所で、畑をつくる仕事につくのだと思うと、足が重くもなるのだろう。明日にはその状況は変わっているのだと、言ってやれないのがもどかしかった。

あとには、空人と月人だけが残った。香杏への罠が失敗した籠城のとき、月人は、六樽様とともに砦にいた。光の矢のことはもともと知っていたし、口のかたさは誰よりも信頼できる。

空人は、広い仮小屋でひとり眠った。月人は、寝ずの護衛をしてくれた。

夜明け前に起き出して、星明かりの下、丘を横切った。

山脈側から光の矢を放ったのでは、丘を突き抜けた光が赤が原の仮小屋まで届き、そこにいる人を損なうことが、万が一にもあるかもしれない。反対方向に放つなら、遠い山脈まで達することはまずないだろうし、あったとしても、誰もいないから安心だ。

あらかじめ割り出していた場所に行き、筒の先を向けるべき正しい方位を計測する。そうしたことに長けた技術者を連れてくることはできなかったが、砦の地下でのときとちがって、正確無比でなくていい。丘を貫通する穴があけられさえしたら、出口と入り口に水路をつなぐことは、さほど難しくないはずだ。

それでも、ずれないに越したことはないから慎重に測り、水平には特に注意して、筒先の位置を決めた。

そのまま、空が白むのを待つ。暗闇の中では、あの光は目立ちすぎる。はるかに離れた城にいる者にも、見られてしまうかもしれない。

闇が駆逐される夜明けを待って、光の矢を放った。

群集がどんなふうに〈奇跡〉を受け入れていくのか、その様子を空人は、間近で知ることができた。

彼と月人は、日が昇りきったころ、城に戻った。一晩どこにいたかについては、嘘をつくつもりでいたが、誰も尋ねたりしなかった。督が好きなように〈お忍び〉で出かけることに、輪笏の城の者は、そこまで慣れてしまっていたのだ。

月人は、仮眠をとったあと、二人の身兵を供に、〈空鬼の筒〉を六樽様にお戻しするため旅立った。

水路をはばんでいた丘にあいた穴に、最初に気づいたのは工事方の役人だった。空人に赤が原へと追いやられたものの、そのままにしてきた仮小屋や竈が心配になり、早朝に、様子を見に戻ったのだ。そして、あんぐりと口を開け、自分の目で見ているものが信じられずに、長いこと立ちつくすことになった——とは、本人らがその後、何百回と人に語ったことである。神の御業の第一発見者となった者たちは、生涯にわたって話をねだられ、また自らも、好んで話して聞かせたのだ。

彼らはやがて、気をとりなおして、赤が原へと駆け戻ったが、話を信じる者はいなかった。それでもしつこく訴えて、ようやく数人が確認に行き、血相を変えて戻ってきた。そこで初めて、工事方の上役をはじめとする大勢が、真偽を確かめに出かけていった。

そこから先の出来事は、興奮しすぎた人々がきちんと覚えていなかったので、空人にはよくわからない。噂を聞いて気もそぞろになった人夫の何人かが、作業の場を勝手にはなれて確かめに行き、その者たちがいつまでたっても帰らないので、ついには赤が原にいたほとんどが、一夜にして忽然と現れた穴のまわりに集まったことだけは、話を整理してみて窺い知ることができた。

穴の出現自体も驚くべきことだったが、その穴が、見事なまでに丸いこと、まっすぐなこと、内面のなめらかなことが、この世のものとは思えないと、人々を震え上がらせ、神の御業である何よりの証拠であると確信させたらしい。

奇跡を目の当たりにした感激に、我を忘れて踊り狂う者、地に伏して祈る者、恐怖に震える者、涙を流して感謝の言葉を唱えつづける者、胸を叩きすぎてあばら骨を折る者。

興奮による混乱のさまを、後にあれこれ聞かされたが、彼らがどんなに我を忘れてしまったかは、日が西に傾きはじめるまで、城に知らせが届かなかったことからだけでも察せられた。しっかり者の役人が大勢いたのに、第一になすべきことを思いつくまでに、それほどの時間がかかったのだ。

知らせを受けて、空人はすぐに駆けつけようとしたが、城頭にたしなめられた。そんな与太話に、督が軽々に動かされてはならないというのだ。神の名を使ってでたらめを伝えてくるとはけしからんと、信心深い暦頭は立腹していた。

なるほど、この報告を、すぐに真に受けるのはおかしいのかと了解した空人は、信用のある人物何人かに様子を見に行かせた。彼らが、急いだためだけでなく、顔を真っ赤にして帰ってきてようやく、城頭らも、不可思議な報告に耳を傾ける気になったようだ。とにかく行ってみることが決まったが、すでに日は暮れきっており、出発は翌朝となった。

次の日、いつもの時刻にいつものように、朝の挨拶(あいさつ)がおこなわれた。夜が明けたらとるものもとりあえず様子を見に行く、というのでないあたり、瑪瑙大(めのうた)らは奇跡の話を、いまだに信じきってはいないようだ。けれども、〈お忍び〉の空人のほか、手兵頭や勘定頭も赴くことになったので、報告に重きをおいていないわけでもないらしい。供まわりを入れると三十人ほどの大所帯で出発した。空人はさらに、城の祭司も連れていこうとしたのだが、正式に命じる前に、花人が耳元でささやいた。

「それではまるでご主人様が、あちらで起こっていることを、すでにその目でご覧になっておられるかのようです」

花人は、例によって、すべてお見通しという顔をしていた。

「そうだな。祭司を呼ぶのは、自分の目で確かめたあとのことだな」

花人の忠告もあり、その後はうっかり先走ったりすることなく、手兵頭らとともに、奇跡の穴を見て驚き、わざわざくぐってみて幻ではないと得心し、工事方の者らと喜びあうという手間を、きちんとかけた。そのあとで、そろそろいいだろうと、祭司を呼ぶ使者を出した。

ひとつひとつの行動を気をつけておこなっていたら、さすがは督、こんな時にも落ち着いておられると誉められた。賞賛の声は、奇跡を言祝ぐ大音声と混じり合い、すべては督のおかげだ、督の熱心さが奇跡を呼び込んだのだ、不可能に挑む督のなりふりかまわぬ働きかけに、神も心を動かされたのだという話に、いつのまにかなっていた。

面映ゆいが、ありがたい成りゆきだった。少しでも理屈がつけば、摩訶不思議な出来事も受け入れられやすい。祈りの儀式が終わると人々は、一夜にしてあいた穴を現実のものと受けとめて、新しく図面が引かれ、工事が再開した。

空人は、ますます忙しくなったぶん、やることが増えた。以前より頼りにされるようになったぶん、やることが増えた。工事の視察も、行けば喜ばれるので、これまで以上に足を運んだし、村親制度に若干の手直しをすることになり、何度も会議をもつことになった。そのうえ、三日に一度、甜の実の菓子の試食もある。

もっともこれは、仕事というより楽しみだった。またひと種類、食べられなくなったとわかって、がっかりすることもあったが、ひと月が過ぎても、三つの種類が美味を保っていた。

これで、売り物になる菓子が作れることは確実となった。二年後の菓子作りについて、早くも勘定方で収支の計算が始められた。

照暈村では献上品となる布が、半ば以上織り上がったと報告があった。年明けには、売るための布に着手できるということだ。

この報告に、勘定頭は喜色を浮かべた。これで、二年を待たずに青銅の壺を取り戻せる、再来年の菓子作りの材料も、苦労せずに購えると目を細めたが、そこでふいと真顔になって、付言した。

「空人様がこれ以上、金のかかる新規なことを、始めたりなさらなければの話ですが」

領民や城の働き手たちの空人を見る目が変わっても、日々接している五人の頭は、あいかわらずのようだ。

「心配はいらない。今の私に、そんな余裕はない」

空人が断言すると、「余裕がなくても、なさるのがご主人様」と、背後で石人がつぶやいた。陪臣らの空人に対する態度も、奇跡による変化を受けていないようだ。

だがほんとうに、新しいことを始める余裕など、空人にはなかった。花人らにも打ち明けていなかったが、彼はもうすぐ、都に長逗留(ながとうりゅう)をすることになる。それまでに、やりかけていることに目処(めど)をつけておきたいと、かつてないほどあせっていたのだ。

長逗留は、六樽様にお会いしたとき、言いつけられたことだった。海を越えて交易をする相手国を、いよいよひとつに絞る時が来た。いずれの国を選ぶのか。その国と、どのような取り引きをしていくのか。

「それを決めるのに、そなたの知恵を借りたい。そなたは、我らの〈当たり前〉にうとい。すなわち、縛られていない。海の向こうの国々とのことを考えるのに、そなたの意見は参考になる」

もうひとつ、その折に、言いつけられたことがある。鬼絹をほかの場所でも作れるようにすることだ。秘密を包み込んでいる村が、変化をみせはじめたのはいい。だが、いつになったらその先に進めるのか。

簡単に事情をご説明申し上げて、いま少しの猶予をいただいたが、照暈村が長く沈黙しているようなら、強引な手段をとらざるをえなくなるかもしれない。

できればそれは避けたかった。

十二の月に入ってまもなく、照暈村から音沙汰のないまま、空人は都に旅立った。

今回は七の姫もいっしょだったので、押し車つきの行列でゆっくりと進んだ。この都行きについては、六樽様から支度金をいただけたので、金のかかる行列の歩みの遅さも気にならなかった。

到着するとすぐに、庫帆の督のもとに赴き、空人が知っておくべきことについて説明を受けた。

庫帆の督は、六樽様のご命令で、乾囲国に人を遣り、航行能力のあがった船でつながれた世界がどのようなものかを調べていた。その結果、ふたつの大きな勢力地があることがわかったという。

ひとつは、乾囲国が「派路炉伊」と呼ぶ、乾囲国が属する大陸の反対端にある地域。そこでは、いくつかの強大な国が、常にどこかと戦をしている。これらの国は、力だけを頼りに物事を進め、理屈ではなく一人の首長の思いつきで動いている。すなわち、国と国との約束事があてになる相手ではない。

もうひとつは、乾囲国の言葉で「海の向こう」を意味する「刈里有富（カリリアフ）」という地域。派路炉伊（パロロイ）とは別の大陸の、穏やかな内海を囲んだ場所にあり、そのため古くから航海や海戦の技術が発達していた。外海の嵐（あらし）に耐える造船技術がもたらされたものだから、たちまち多方面に進出を始めた。そのやり方は、話のわかる相手とは話し合いで条件を取り決め、交易をする。話しても無駄な相手は、武力で制圧するというものだ。この地域の国々は、決め事をきちんと守ることが知られていた。

独占的な交易を迫ってきている八カ国の内訳は、派路炉伊（パロロイ）が二カ国、刈里有富（カリリアフ）が三カ国、その他の地域が、乾囲国を含めた三カ国だった。

庫帆のもたらした情報から、交易をする相手は、信用のおけそうな刈里有富（カリリアフ）の三つの国から選ぶことが、まず決まった。

本来なら、長いつきあいのある乾囲と手を組みたいところだが、乾囲には、派路炉伊（パロロイ）の主要国に対抗できるほどの武力がないことがわかった。大きな世界を知ってみると、これまで唯一（ゆいいつ）交流のあったこの国は、ごくちっぽけな存在だったのだ。

とはいえ、これまでのいきさつや近さから、完全に関係を絶つのは好ましくない。

そこで、刈里有富(カリリアフ)の三カ国に、独占的な交易の約束をするにしても、例外として乾囲とだけは、これまで程度の物のやりとりをつづけたいと伝えてみた。「これまで程度」がごく小規模なのがよかったのだろう。いずれの国も、それでいいと返事をよこした。あとは、三つの国のいずれを選ぶか決めるだけだ。

三カ国とも、航行能力の増した新しい船でもひと月かかるほど遠くにある。けれども、その距離をものともせずに、身分の高そうな使者を送ってくるほど、弓貴との交易を望んでいる。派路炉伊(パロロイ)の国々よりも力があり、また、学ぶべき技術も多くもっているようだ。

「だから、刈里有富(カリリアフ)地域から選ぶという判断にまちがいはないと思われるが、三つとも、同じ地域にあるせいか、話を聞くかぎり似たりよったりで、決め手に欠いて困っている。明日、それぞれの国の使者がもう一度、上(かみ)の丞(じょう)の前で、自国と独占的な交易をする利点について、述べることになっている。我々は、それを隣室で拝聴し、六樽様に意見を申し上げるのだ」

これを聞いて、空人はほっとした。長逗留になるという話だったが、そういうことなら、案外早く帰れるかもしれない。

帰ったら、あれもしたい、これもしたいと、早くも心は輪笏に飛んだ。

六樽様に呼ばれての、大事な任務を軽んじたわけではない。明日はよく聞き、よく考えて、思ったところを具申するつもりでいる。けれども、隣室で話を聞く「我々」には、下の丞や八の丞、雪大(ゆきんた)や霧九(きりく)の督もいるという。それだけの人物が意見を言い、六樽様がお決めになるなら、まちがいはないだろうという安心感がどこかにあった。

そのため少し上の空になったとき、庫帆の督が、それまで伏せられていた三つの国の名前を明かした。

トコシンゴ。

ニケフス。

モカラ。

聞き覚えのある名前だと思った。同時に、からだがぐにゃりとねじれたような、奇妙な感覚に襲われた。

いや、ねじれたのは、彼ではない。まわりにある空気が、世界がねじれたのだ。

いま聞いた名前は、ここと重なるはずのない、別世界の国々の名に、奇妙なまでに似通っていた。ひとつなら偶然だと聞き流せるが、三つとも。

そんなはずはない。

空人は、ぶるんと頭をふった。

あの世界は、昔みた夢のようなもの。弓貴の人間が、あの場所の名を口にするわけがない。

そんなことは、川で溺れて死にかけた次の瞬間、雲の上のようなところにいた不思議や、顔を思い出すだけでぼうっとなって長い時間を過ごした人が、生きて動いてしゃべる人間だったことよりも、もっとずっと、あるはずのない、あってはならないことだと、空人には思えた。

これはきっと、錯覚だ。以前、幸せすぎて息がつまり、川の底にいるかのように感じたことがあったが、あれと同じ、心の奥の怖れが生んだ気の迷いだ。六樽様のご下命で大事な仕事に臨むのだという気負いが、一番聞きたくない名前を、意識の下から呼び出したのだ。

そう考えて、庫帆の督に、もう一度、名前を教えてもらいたいと、ていねいに頼んだ。

「そうだな。異国の名前は、耳に残りにくいもの。私もこの名を覚えるのに、いくぶん苦労いたした」

庫帆の督は軽くうなずき、三つの国の名前を、布帳に書き表しながら口にした。

床臣五。

荷毛燻（ニケフス）。

裳辛（モカラ）。

いくら弓貴の字をあてられても、音の響きは、やはり彼の知っている三つの国に似ていた。むしろ、文字にあてはめたことで、もとの音がいくぶん歪（ゆが）められているのだなど推測され、偶然だと考えることが難しくなった。

「心配なさることはない。最後にお決めになるのは六樽様だ。輪笏殿は、ただ、よく聞いて、思うところを率直に申されたらいいのだ」

庫帆の督は、空人の様子が変わったのを緊張のせいだと思ったようだ。励ましの言葉で話を締めくくった。

それからどうやって七の姫が待つ部屋に戻ったのか、覚えていない。いずれにしても、ひどい顔色をしていたのだろう。心配したナナと山士（やまんし）が城の医師を呼ぼうとしたので、あわててとめて、疲れているだけだと言って寝具をのべさせ、昼間から横になった。

それから目をつぶって、さっきのことについて考えようとした。

いやだ、考えたくないと、頭が嫌がった。

「どうぞ、これを飲んで、ゆっくりお休みください」

七の姫が薬湯を差し出した。飲むと眠けに襲われて、ほんとうに寝入ってしまった。

おかげで夜中に目がさえた。空人は長い時間、自分と闘った。あれらの国のことなど、考えたくない。あんなのは、ただの偶然に決まっていると、心はやはり、考えることを嫌がった。

だが、偶然でなかったらどうする。明日、大事な場面で、取り乱してしまうことになりはしないか。六樽様の直臣としての務めを、それで果たせるのか。嫌なことから逃げている場合ではないのではないか。

輪笏の督としての理性が、抗う(あらが)心を諄々(じゅんじゅん)と諭した。

ナナが隣で寝返りをうった。

とにかく、考えてみるだけは、しなければだめだ。

妻の横顔を見て、踏ん切りがついた。

床臣五(トコシンゴ)、荷毛燻(ニケフス)、裳辛(モカラ)は、それぞれ、トコシュヌコ、ニケクスピ、モガンラを思わせる。

まったく同じ音ではないが、異なる言葉に移したり、文字をあてはめたりするうちに、耳慣れない名前は、これくらいの変化をみせるだろう。

だが、トコシュヌコは、ソナンが生まれ育った国だ。ニケクスピは、隣国。モガンラは、少しはなれた海運国。

弓貴で、これらの名前を耳にするなど、あっていいのか。

あってはならない。

偶然に決まっている。

偶然であってほしい。

けれども、トコシュヌコとニケクスピは、そこに住む人々が「中央世界」と呼ぶ地域で、覇を競い合っている。モガンラは、小国ながら、海洋貿易を得意としている。船の性能が上がったとき、遠方にある貴重な特産品をもつ国に、独占的な交易をもちかける国として、この三つはありそうな顔ぶれだ。

すなわち、刈里有富（カリリアフ）とは中央世界。派路炉伊（パロロイ）は、中央世界の人々が「辺境」と呼んでいた地域。そう考えると、庫帆の督から聞いた話によくあてはまる。

中央世界に住むソナンらは、辺境より遠くへは行けないものだと思っていた。海路では、荒れた海に阻（はば）まれる。辺境の国々は野蛮なので、大陸に上がって、陸路でその先に行くこともできない。よその大陸の産物は、じゅうぶん武装したうえで、約束があてにならない野蛮な国と、その場かぎりの物々交換をすることでしか手に入らない。だから高価で貴重だった。

けれども、ソナンの記憶をさらってみると、その状況が変わるかもしれないという噂を、耳にしたような気もする。新しく造られた船は、これまでより遠くまで行ける。珍しい商品を、大量に手に入れられるようになると。

その手の噂は、たいがいが嘘八百だ。そのうえ、商人の家系でない自分には関係のない話だと聞き流したが、あの噂は真実で、ソナンだったことなど夢の中の出来事のように思える今になって、空人の世界に割り込んできたというのか。

そんなはずはないと、心がまた抗った。

ソナンという、軽薄で、誰の期待にもこたえられなかった若者は、死んだのだ。彼はここで、空人という別人になって、新しい人生を送っている。弓貴とトコシュヌコは、海でつながっていてはいけないのだ。ふたつは無関係の、決して行き来できない世界なのだ。

横になったまま、自分のからだを抱えるように丸まって、空人はかぶりを振った。このまま朝が来なければいいと思った。刈里有富（カリリアフ）から来た使者の声など、聞きたくない。金の心配ばかりして、たくさんの問題を抱えていても、輪笏の督の空人としてだけ生きていたい。

それでも、朝は来るだろう。

彼が光の矢で、砦の地下にあくはずのない穴を拓いたように、つながるはずのなかったふたつの世界がつながったのを、目の当たりにしなければならないだろう。

その時のことを考えると、からだがかたがた震えはじめた。ナナの眠りを破らないよう、必死で抑えても無駄だった。

七の姫が薄目をあけた。

「どうかなさいましたか」

半分眠りの内にいるような声だった。

「なんでもない」

「怖い夢でも、ご覧になったのですか」

「いや、幸せな……、とても幸せな夢が、破れそうになったのだ」

「まあ」ナナの目が大きく開いた。「そんなにまでも幸せな夢、私もみてみとうございますわ」

空人の震えは、いつのまにかおさまっていた。ナナの頬に手をのばした。

「おまえとこうしている以上の幸せなど、私にはない」

ナナの目が、また細くなった。目尻を下げて笑ったのだ。そのまま目を閉じ、眠ってしまった。

ゆるやかな寝息が、空人に落ち着きを与えてくれた。

だいじょうぶだ。おそれることはない。

たとえ床臣五がトコシュヌコであっても、空人に直接の関わりは生じない。明日だって、話は隠れて聞くのだし、今後も使者と顔を合わせる機会はないだろう。たとえ交易の相手国としてトコシュヌコが選ばれたとしても、港は庫帆にあり、異国人は港より先に入ってこない。彼はここで、これまでどおりに生きていける。ソナンの世界が、まったく別の場所だったわけでなく、海でつながったところにあっても、それで何も変わりはしない。彼は緑に染めた髪を三つに結い、六樽様の直臣として、輪笏の督として、七の姫の夫として、毎日を送ればいいのだ。

いつのまにか、からだの力が抜けていた。理屈よりも、七の姫の寝惚けまなこが、不安を追い払ってくれた。

おそれることはない。使者がどこから来た人間だろうと、よく聞いて、弓貴にとってどの国を選ぶのがいちばんいいかを考えて、それを六樽様に申し上げるのだ。それが、六樽様に忠誠を誓った空人のやるべきことであり、そのことだけを考えればいいのだ。

そう思い切ったら、つるりと眠りに吸い込まれた。

本当に、刈里有富(カリリアフ)は中央世界だった。床臣五はトコシュヌコで、荷毛燻はニケクスピで、裳辛はモガンラだった。

使者の話す言葉を聞いて、疑問の余地はなくなった。そうではないかと考えてみることさえ心が嫌がった物事が、動かしようのない事実になった。

空人は、目の前が暗くなる思いがしたが、それでも、耳はしっかりそばだてていた。おそれずに、任務を果たすことだけ考えようと決めた、昨夜の――いや、あれはもう明け方だったか――覚悟がきいていた。

そうして、心の動揺に邪魔されることなくしっかり話を聞くうちに、空人は別の意味で青ざめた。

使者の言葉は、派路炉伊(パロロイ)の出身だという男によって乾囲の言葉に直され、それを聞いた庫帆生まれで乾囲の言葉を学んだ者が、弓貴の言葉にして伝えていた。そのようにしなければ、使者が何を言っているか、弓貴の人間にはわからないのだ。

中央世界の内でも、国によって話す言葉が異なるが、その違いは小さくて、ちょっとしたこつをつかめば、言っていることが理解できるようになる。ところが、中央世界と弓貴の言葉は、ひとつひとつのものの名前も、名前と名前のつなぎ合わせ方も、何もかもが違っている。よその地域の言葉を学んだ〈換語士〉の介在が必要だった。

それはしかたのないことだが、二人の換語士のどちらかに問題があるのか、それとも両方にか、使者の言葉は、上の丞に伝わるとき、あちらこちらが変質していた。

たとえば、「そのようにして、貴国を喜ばせたい」というのは、外交の場での決まり文句で、必ずそうするという約束を丁寧に言っているだけなのに、弓貴の言葉に直されたときには、「もしそうなれば、喜ばしい」と、運だのみの願い事のようになっている。

ああ、違う。さっき使者が言ったのは、そういうことじゃない。なんてことだ。大事な内容がひとつ、まるまる忘れられている。

誤りを耳にするたび、心臓が、どくん、どくんと大きく鳴って、口から飛びだしそうなほどだった。

これでは、交易の相手を決めるのに、正しい判断が下せない。そのうえ、どこの国と取り引きを始めても、約束事の内容を正しく理解していなかったら、きっと大きな問題が起こる。〈換語〉が正確でないことを、早く誰かに知らせなければ。

けれども、それにはまず、空人が刈里有富の言葉を理解できると告げねばならない。その理由を、どう説明したらいいのだろう。

ありのままを話す？

砦に突然おろされて、霧九の督に「おまえは誰だ」と問われたときも、ありのままを話したつもりだ。あのときに話せる精一杯を。

嘘をついたり、隠し事をしたわけではない。ソナンが生きた世界とは、まったく違うところにいると思っていたから、眠りの中でみた夢を人に話さないのと同様に、ソナンのことは、わざわざ口にしなかった。

しかし、あのとき言わなかったことを、いまになって打ち明けたら、彼らを騙していたように受け取られはしないだろうか。

きっと、そうだ。下手をしたら、床臣五が送り込んだ工作者だと思われかねない。すなわち、初めから六樽様を裏切るつもりでここに来たと。

そんな疑いをかけられるなど、考えただけで腸が煮え立ちそうだった。実際にそんなことになったら、その場で憤死するかもしれない。

そう考えたとき、思い出した。彼自身、六樽様に裏切られたと思い込み、その怒りを言葉にして本人にぶつけた。四の姫との婚儀のときだ。

なんということをしてしまったのだろうと、いまさらながら、己の所業に慄然(りつぜん)とした。六樽様があれほど立腹されたのも当然だ。よくぞ、許してもらえたものだ。口から飛び出しそうな心臓と、どうしていいかわからない問題を抱えたうえに、そんな古傷まで引っ張り出したものだから、空人は混乱のあまりわけがわからなくなって、ほとんど叫びだしそうだった。けれども、ぐっとこらえて、姿勢も崩さずにいられたのは、一年間、督として過ごした経験の賜物(たまもの)だろう。

空人は、ひざの上のこぶしを強く握って、頭の中の混乱を棚上げすると、話を聞くことに集中した。とにかく、刈里有富(カリリアフ)の三つの国の使者の言葉をよく聞いて、庫帆の換語士が伝えることと、どこがどう違っているかを覚えておこう。

それをいかにして六樽様にお伝えするかは、会議までに考えればいい。

三人の使者が、話すだけ話して賓客用の別棟に去り、昼餉(ひるげ)をはさんで会議が始まっても、空人はどうすればいいか、まったくわからないままだった。

換語に問題があることは、絶対に伝えなければならない。

だが、空人に刈里有富(カリリアフ)の言葉がわかる理由を、どう説明すればいいのだろう。そこを説明できなかったら、話を信じてもらえない。

　空人が床臣五(トコシンゴ)で生まれたという事実を告げればいいのだろうが、その場合、六樽様への忠心を疑われかねない。するとやはり、空人が指摘する換語の間違いを、そのまま信じてもらえないことになる。

　それでは、伝えるべきことが伝わらない。伝わらなければ弓貴は、独占的な交易相手を選ぶのに、間違った判断をしてしまう。そのうえ、さらに悪いことに、国と国との約束を、意味を取り違えたまま結んでしまう。

　あせりが大きくなるばかりで、解決策を見いだせないでいるうちに、上の丞が意見を述べはじめた。

強絹(こわぎぬ)を高く買ってくれる裳辛(モカラ)と手を結ぶべきだと言っている。

刈里有富(カリリアフ)の三つの国はみな、黄金を基準に物の価値を示していた。弓貴が欲するさまざまなものが、どれくらいの重さの金と交換されるかは、三カ国とも似たようなものなので、強絹一反に対し、他所(よそ)より多くの金を渡すという裳辛(モカラ)を、評価したくなる気持ちはわかる。

けれども、裳辛(モカラ)が申し出た値は、当初の取り引きのもので、以後は話し合いにより変動する。よそには売らない約束のもとでの話し合いだから、立場はあちらが強くなる。きっと、どんどん値を下げられる結果となる。それがあの国の、いつものやり方なのだ。

下の丞は、船を進呈すると申し出ている床臣五（トコシンゴ）がいいと意見を述べた。たくさんの国が海でつながるようになった今の世に、自前の船を持つのは必須（ひっす）のことだが、大量の木材が必要な大型船を、弓貴が自分で造るのは難しい。船が貰（もら）えるのはありがたい話だと。

床臣五（トコシンゴ）の使者はさらに、弓貴の人間が船を操る技術を身に付けられるよう、二十人の船乗りを一年間貸し与えると言ったのだが、そのくだりはじゅうぶんに伝わっておらず、床臣五（トコシンゴ）を推す下の丞の演説でも、その利点には触れられなかった。

五の丞は、使者の様子から、もっとも信用できそうなのは荷毛燻（ニケフス）だと印象を語り、続いて八の丞が、上の丞と同じ理由で裳辛（モカラ）を推した。

上の丞も八の丞も、万事に目を配れる抜け目のない人間だ。ほんとうだったら裳辛（モカラ）の罠など、すぐに見破るはずだ。使者の言葉が正確に伝わっていないことが、判断を狂わせているのだ。

このままではいけない。

こめかみから、冷や汗がつつーっとすべり下り、あごの先からぽたりと落ちた。

「申し上げたいことがあります」

気がつけば空人は、大きな声をあげていた。そこにいた全員が、驚いた顔で彼を見た。まだ、空人が発言をする順番ではなかったのだ。

だが、そんなことにかまってはいられなかった。裳辛（モカラ）とだけは、手を組んではいけない。特産品をいずれ買い叩かれるだけでなく、モガンラには、辺境の大国に対抗できる力がない。あの国と独占的な交易の約束をすれば、弓貴は危険にさらされる。

空人は、堰（せき）を切ったようにしゃべりだした。裳辛（モカラ）の使者の言葉で、換語士が伝えそこねたことをすべて挙げ、どこに問題があるかを指摘した。さらに、床臣五（トコシンゴ）からの申し出で、換語士の説明から抜け落ちていること、荷毛燻（ニケフス）の出している条件で、誤って伝えられている点など、忘れないように頭に刻みつけていたことを、一気呵成（いっきかせい）に吐き出した。

話しおえると、胸のつかえがなくなって、すっきりとした気持ちになった。一瞬だけ。

ほうと息をついて、まわりを見ると、下の丞は目を剝（む）いて驚愕（きょうがく）の表情を浮かべ、八の丞は眉間（みけん）に大きく皺（しわ）を寄せ、六樽様は唇をかたく結んだ、怖いようなお顔をされていた。

「それは、つまり」最初に口を開いたのは、上の丞だった。「輪笏殿は、刈里有富（カリリアフ）の言葉がわかるということなのか」
そうだった。それをどう説明するのか、まだ思いついていなかった。
この世界に来て初めて、霧九の督に「おまえは誰だ」と問われたときと同じように、
空人は小さく口を開けたまま、喉の奥に石でも詰まったみたいに絶句した。
「もしそうなら、どうしてこれまで、黙っておられたのだろう」
八の丞の声も視線も、氷の刃のように冷たく、とがっていた。

12

絶句したまま、空人は考えた。
とにかく説明しなければ。
しかし、どこから話せばいいのだろう。
最初からか。最初とは、いつだ。生まれた時のことからか。彼の家系についてもか。
ここに至るまでの長くて不思議な話を、この雰囲気で、最後まで聞いてもらえるのか。
逃げ出したかった。雲の上にでも。
だが、それは、できないことだとわかっていた。あの時に、はっきり言われた。新

たな助けは望めない。ここより先は、人間の限界の中で生きるしかないのだと。

「それは、つまり」

何か言わなくてはと、無理矢理声を押し出したが、そこで止まってしまった。

あたりはしんと静まっている。誰かがごくりと唾をのむ音が聞こえた。剣呑なことを言い出す前触れのような音だった。

けれども、その誰かが何かを言い出す前に、別の方から声がした。

「あの時と同じだ」

霧九の督の森主だった。見ると、多くの者が殺気立つなか、ひとり感慨深げな顔をしていた。

森主が気持ちを表に出すのは珍しいため、人々は彼に注目し、つづく言葉を待った。

「輪笏殿は、初めて我らの前に現れたときにも、そんな顔をしておられた。もどかしさに悔し死にしそうな形相で、言葉を搾り出そうとあがいておられた」

「ほほう」と、空人が砦に現れた時その場にいなかった上の丞が、興味深げに身を乗り出した。「そうなのか」

「はい。あの時、輪笏殿は、じゅうぶんに話すことができないのに、あとから考えれば、我らの言うことを、すべてきちんと理解しておられました。それと同じことが、このたびも起こったのではないでしょうか」

「空鬼（そらんき）の力ということか」

下の丞が瞠目（どうもく）した。

「なるほど。確かにこの状況は、あの時と似ている。輪笏殿には、なぜかはわからないが、床臣五（トコシンゴ）の言葉も、荷毛燻（ニケフス）の言葉も、裳辛（モカラ）の言葉も、乾囲（かんい）の言葉も、聞けば意味がわかってしまうのだな」

庫帆（くらほ）の督が、そう言いながら、自分で何度もうなずいた。

「いえ、乾囲の言葉はわかりません」

急いでそれだけ否定したが、その場にいる人々は、空人の答えなど聞いてはいないようで、しきりに空鬼の名前を出して得心しあった。

「しかしながら」八の丞が大声で、ざわめきを制した。あたりが静まったのを確認してから、おごそかに言葉を継ぐ。「鬼神は同じ人間に、繰り返して不思議を引き起こすことはないと言われています。輪笏殿がいまさら、そのような力を発揮されるとは、解（げ）せないことではありませんか」

空人は、今度こそ覚悟を決めた。やはりきちんと話をしよう。川に落ちたところから。

ところが、空人が口をひらく間もなく、がやがやと論争が始まった。

「そんな説は、世間の噂(うわさ)にすぎない」

「そうだ。祭司様から、そんな話は聞いたことがない」

「世間の噂といえども、多くの人が口にすることには、真実の一片があるものです」

「そうだろうか」

「そうですとも」

「そもそも、輪笏殿に遠い国の言葉がおわかりになるのは、繰り返しての不思議でしょうか。光の矢が模様の数だけ放てたように、空鬼がただ一度与えた力が、いまも効いているということではないでしょうか」

「なるほど、そのようにも解釈できる」

「鷹陸(たかりく)殿。貴殿はどう思われる」

黙ったままの雪大(ゆきんた)に、上の丞が意見を求めた。雪大は、一度も空人と目を合わすことなく、視線を人々の上にさまよわせてから、上下の丞のほうを向いて話しはじめた。

「皆様のご高説は、いちいちうなずけるものですが、いま大切なのは、輪笏の督に、どうして異国の言葉がわかるかではないかと存じます。肝心なのは、刈里有富(カリリアフ)の三つの国の使者が、正確には、何を語ったのか。すなわち、輪笏殿の指摘された換語の間違いが、本当に生じているのか否かではないでしょうか」

「それを見極めるために、空鬼の力が働いているのかどうかを論じているのだ」

上の丞は気を悪くしたようだったが、下の丞は雪大の発言に感心した。

「さすがは鷹陸殿。良い指摘をなさった。考えてみれば、鬼神の業を議論で見定めることなどできはしない。それに、空鬼の力によるものだと判明しても、鬼のやることだ。輪笏殿が捉えたと思った意味が、正しいものとはかぎらない。肝心なのは、使者が何を語ったかなのだから、ここはひとつ、試してみるのがいちばんだ」

「試すとは、何を」

上の丞の問いかけに、下の丞はあざけるような笑みを向けた。

「ふたりの換語士と輪笏殿と、どちらが使者の言葉を正確に伝えられるかに、決まっておろう」

「なるほど」

「おっしゃるとおり、それさえはっきりすればいい」

賛同の声がわきあがり、あざけった者もあざけられた者も、意見を異にしていた面々も、その試験をやってみるべきという考えで一致した。そして、感情的なしこりを感じさせない素早さで、どんな方法がいいかを出しあうと、有望な提言に修正を加え、工夫をほどこし、たちまち相談をまとめあげた。

何を論ずべきかはっきりしたときの彼らの手際(てぎわ)に、空人は、成りゆきを心配することも忘れて感じ入った。

すでに午後も遅い刻限だったが、使者に再度出てきてもらった。

上の丞は、重ねての呼び出しに応じてくれたことに対して、丁重に礼を述べた。その言葉は、二人の換語士を介して三人の使者に伝えられた。彼らの答礼が、同じ経路によって上の丞に返される。

そのやりとりを空人は、布壁越しに聞いていた。目の前には大きな布帳があり、手には植物の茎でできた筆記具。

「この図を見ていただきたい」

上の丞の声がした。様子が見えなくても空人は、何の図が持ち出されたかを知っていた。庫帆の督が手に入れていた、長旅に耐える船の絵図だ。

「私が指で示す場所について、お一人ずつ順番に、できるだけ詳しくご説明いただきたい」

換語士が声に出して換語をおこなったのは、そこまでだった。何をすればいいかを理解した床臣五(トコシンゴ)、荷毛燻(ニケフス)、裳辛(モカラ)の使者が順番に、帆柱や操舵棒(そうだぼう)や波返し板の説明をしていくあいだ、換語士たちは一声も発しなかった。口ではなく手を動かして、聞いたことを筆記しているのだ。これまでと同じく、異国の換語士が乾囲国の言葉になおし、それを読んだ庫帆の換語士が弓貴(ゆんたか)の言葉にするという手順で。

ふたりは、使者とその従者らの背後にすわっているので、絵図も上の丞の指も、見ることができない。隣室にいる空人と同じ条件で、使者の言葉を書き留めているわけだ。

上の丞は、使者の長い口上をひとことも理解することなく、話が終わったと見定めると、「五番目にお聞きしたいのは、これについてだ」と、指の位置を変えて、何回目の指差しかを声にした。指示した図と書き留めた説明を、あとから突き合わせるためだ。

途中で、モガンラの使者がつぶやいた。

「これは、何の儀式でしょうか」

しゃべったことが、その場で上の丞に伝えられないのが不審だったのだろう。

「この土地独自の風習でしょう」

ニケクスピの使者が事もなげに答えた。トコシュヌコの使者は、舷窓(げんそう)の開閉の仕組みについて述べ立てている真っ最中だ。

その声に聞き覚えはなかったが、顔を見たら、もしかしたら知っている人間かもしれない。そう思うと、筆記具を持つ空人の手は震えそうになった。

だが、集中しなければならない。トコシュヌコの言葉を弓貴の言葉にすること自体は難しくなかったが、よけいな動揺をしていたら、うまく文字を書くことができない。

話し手がモガンラ人に替わった。集中力はますます必要になった。モガンラの表現は独特で、頭を働かせないと意味をつかめない言い回しが多いのだ。

空人がくたくたに疲れきったころ、試験は終わった。使者たちは退き、丞や督が集まっての会議が、ふたたび開かれた。

出席者らは布帳を読み比べて、誰もが同じ意見を述べた。

「輪笏殿。そなたは刈里有富（カリリアフ）の使者の言葉を、正しく理解されているようだ」

空人の書いたものが、字の間違いはちらほらあっても、指さされたものの説明として妥当な内容であった一方、換語士の文章は、おかしなところや文意が通じていないところが、あちこちにあった。

「輪笏殿の文を読むと、船についての理解が深まる」

「三人三様の説明をしていることも、よくわかりますね」

「話も自然で、筋が通っている。でっちあげの部分があったら、こうはいかない」

「裳辛の使者と荷毛燻の使者が交わした私語まで書き留めてある。たいしたものだ」

あいつぐ賞賛に居心地の悪さを感じたが、空人が誉められているわけではなかったようだ。

「人の業では、こうはいかない。やはり空鬼の力によるものだ」と、彼らは結論づけたのだ。

「すなわち、輪笏殿の訴えられた換語の誤りは、正しかったということだ」

「交易相手を選ぶ議論は、やりなおさねばなりませんね」

「とはいえ」上の丞がひときわ高い声で、全員の注意をひいた。「換語士らの仕事にいくらかの誤りがあったことは、いたしかたないともいえるだろう。異国の言葉を理解して、ほかの言葉に置き換えるのは、大変に困難なもの。ふたりの換語士を介して伝わったにしては、誤りは少なかったといえるのではないか。ふたりとも、鬼神の助力もないのに、人の力でよくやっている」

空人は、ますます居心地が悪くなった。彼は確かに、鬼神の助力を受けている。でなければこれほど短い期間に、弓貴の言葉を自由に操れるようにはならず、使者の言葉を正しく彼らに伝えることはできなかった。

だが、上の丞がわざわざこんな言明をしたのは、空人がずるをしたと指摘するためではないだろう。ふたりの換語士を用意した庫帆の督に、落ち度がなかったと言いたいのだ。

そう察したのは空人だけではなかったようで、上の丞が話しおえると、人々はうなずきあい、庫帆の督に励ますような笑みを送った。

翌日、六樽(むたる)様の御前で、あらためて会議がもたれた。

討議の場には、三つの国の申し出ている条件をまとめた紙が貼(は)り出されていた。ゆうべのうちに空人が書き出した換語の誤りをもとに、四の丞と五の丞が徹夜で作りあげたものだ。

前日と同じく、上の丞から順に意見を述べていった。前日よりも床臣五(トコシンゴ)を推す声が多くなったが、荷毛燻(ニケフス)も同じくらい人気があった。いまだに裳辛(モカラ)との交易を望む者も、少数ながらいた。

自分の番が来たらどう言うべきか、空人は迷っていた。

三つの国のうち、弓貴にとって最も望ましい相手がどこかといえば、船のことを考えても、床臣五（トコシンゴ）でまず間違いはないだろう。けれども、裳辛（モカラ）は論外として、荷毛燻（ニケフス）の条件も大きく劣るわけではない。この二国なら、どちらを選んでも、問題なくやっていけるのではないかと思う。

だったら、この会議の結論は、荷毛燻（ニケフス）であってほしい。弓貴とトコシュヌコが太い絆（きずな）で結ばれるなど、考えただけでぞっとする。

そんなことになったら、顔見知りが使者となって、都までやってくるかもしれない。髪を緑に染めて弓貴の格好をした彼を、シュヌア家のソナンと見抜く者はいないだろうが、都にあの国の人物がいると考えるだけで、きっと不安になるだろう。

ソナンではなく、空人になった。過去の自分の醜さや過（あやま）ちとは無縁になった。そう思ったから、がんばれた。

それなのに、生まれた国は弓貴と海でつながったところにあった。その事実がわかっただけでも耐え難い思いがしたのに、さらに交易でつながったら、葬（ほうむ）り去ったはずの傷や痛みがしょっちゅう疼（うず）くことになるだろう。

せっかく、新しくやりなおして、今度は前よりうまく生きられそうな気がしていたのに。

空人以外の全員が話を終えた。彼が話す番が来たのだ。答えを決めかねていた空人は、すぐに口を開くことができなかった。

　すると、六樽様からお声がかかった。

「輪笏は、どう思う」

　短い問いかけだが、会議が始まってから初めてのご発言だ。六樽様は通常、結論を下す段階まで、めったに口をおききにならない。この珍しい声かけに、あたりの空気がざわめいた。

　同時に、空人の腹が決まった。考えてみれば、そもそも迷うことがおかしかったのだ。

　六樽様の直臣としてやるべきことは、ただひとつ。髪の毛一本の差であっても、弓貴にとってより有利な条件を出している国の名を挙げることだ。

「床臣五（トコシンゴ）を選ぶのが良いかと存じます。しかし何より大事なことは、裳辛（モカラ）を決して選ばないことです」

　空人は、裳辛（モカラ）との交易に潜む危険について、あらためて指摘した。それから、床臣五（トコシンゴ）の出した条件が、荷毛燻（ニケフス）より若干良いことを言い添えた。

　これで、全員が意見を述べおえた。空人らは、会議の場から退出した。あとは、残った重鎮たちで話し合い、結論を出すのだ。

どんな結論になるのか、怖いような気もしたが、与えられた居室で七の姫と過ごす空人の胸の内は穏やかだった。会議に呼び出された者として、やるべきことを果たした。その手応(てごた)えが、自分は輪笏の督の空人であり、空人としてここでずっと暮らしていけるのだと感じさせてくれていた。

だから、交易の相手が床臣五(トコシンゴ)に決まったとの知らせを受けたときも、自分でも驚くほど平静でいられた。弓貴にとっていちばんいい道が選べたのだと、嬉(うれ)しくさえあった。

だが、大切なのはこれからだ。あらためて、トコシュヌコの使者相手に交易の条件を確認し、文書にして取り交わすことになるが、ここでの小さな過ちは、あとで大きなわざわいを呼ぶ。条件を吟味するのはもちろんのこと、換語の間違いなど、決して起きないようにしなければならない。

そのため空人は、他の督たちが帰り支度を始めても、ひとり帰郷のめどが立っていなかった。いま弓貴で、刈里有富(カリリアフ)の言葉を正しく理解できるのは、空人だけだ。だから当然、条件を確認する場にいなければならない。

空人は、床臣五(トコシンゴ)の使者の前に出て換語士の役を果たす覚悟をかため、より弓貴の人間らしくみえるような表情や姿勢の練習を、ひそかに積んでいたのだが、意外にも、あいかわらずの隣室での立ち聞きをおせっかった。

換語士を替えると、使者が警戒するかもしれないという用心からしかった。床臣五の使者は、換語がうまくいっていないことを薄々気づいているようだった。それなのに、そ知らぬ顔でいる。条件を詰める段階で、換語の齟齬を利用してうまく立ち回ろうとしているのかもしれない。

そこで、使者の見えないところで空人が正しく聞き取り、急ぐ場合は人を介して、そうでなければ会談後に伝えることで、齟齬を埋めていく手筈となった。すると相手は薄気味悪く思い、よけいな画策は慎むだろうということらしい。

意味があるのかないのかよくわからない、ややこしい謀だ。やはり、都の人々が考えることは、輪笏の城内とちがって複雑だ。だがそのおかげで空人は、床臣五の使者と顔を合わせることなく、役目を果たすことができた。

使者との交渉は、日々わずかずつ進められた。換語の間違いがないかだけでなく、取り決めの内容そのものも、いちいち持ち帰って、大勢の目でじっくり吟味し、決めていくのだから、時間がかかる。無事に約束が成って、空人がお役御免となったのは、あと少しで年があらたまるという時だった。

「これでやっと、輪笏に帰れる。長かったな。中川の眺めが懐かしすぎて、もう何年もあそこをはなれている気分だ」

嘆息すると、花人がふふっと笑った。

「ご主人様はまだ、一年と少ししか、輪笏に住んでいらっしゃいませんのに」

「そうだな。おかしいな」

まだそれだけしかあの地に暮らしていないとは、信じられない思いだった。日々駆け回った街道沿いの風景は、子供のころから見てきたような気がするし、城で顔を合わせる人々の挨拶の声は、都にいても、ふと空耳で聞こえるほど、馴染み深いし懐かしい。

「実を申しますと私も、すでに輪笏で十年は過ごした気がしております」石人は、なぜか仏頂面をしていた。「なにしろご主人様にお仕えしていると、一日が十倍の長さに思えますから」

花人が小声で石人を叱ったが、その言い分ももっともだろう。

「忙しくさせてすまない。これからは、もう少しゆっくりと物事を進めていこうと思っている」

これは本当のことだった。今回の働きで、六樽様から褒美の品をいただいた。十荷もの重さの絹だ。勘定頭に使いを出して相談のうえ、都の市場で鉦に換えた。

これでまた、金繰りにゆとりができた。輪笏からの報告によると、水路工事も順調に進み、すでに仕上げの段階に入っているという。鬼絹の件だけは気がかりとして残っているが、照暈村相手にあせりは禁物。急いで進めなければならない物事は、とりあえず片がつきつつある。

すると、輪笏が貧乏だと聞いたときから巣くっていた、逸る気持ちがなくなった。

瑪瑙大は、間違っていた。空人は生き急いでいたわけではない。金の不足に追われていただけなのだ。

そんなことを考えていると、城頭の顔を早く見たくてたまらなくなった。

領境を越えると、懐かしい、すっきりとした風景に出迎えられた。緑のない季節だから、よけいにすっきり、すがすがしい。

帰ってきたのだ。空人は、自分の土地に。

「私には、帰る場所がある」

誰にも聞こえないように、そっと口の中でつぶやいた。

空人が督になって二度目の新年の宴も、倹約に徹したものとなった。金繰りに余裕が生じてきたとはいえ、ここで気を緩めてはならない。鷹陸からの大きな借金を返しおえるまでは、一銭でも、節約できる金は節約すべきだ。

御覧所でそう確認しあってのことだった。

豆人（まめんと）は、この方針が今後も堅持されそうだと見定めると、引退を決め、年が明けてまもなく、勘定頭も代替わりした。

瑪瑙大も、一時は豆人と同時期の引退を考えていたようなのだが、あるとき急に態度を変え、「いったい私はいつになったら、楽隠居の身になれるのでしょう」というぼやきを再開した。

空人がついうっかり、新しく思いついたことを口にしたせいだった。村親たちが見つけ出した学才のある子供らを、都に勉強に行かせたい。その中のさらに優秀な者は、いずれ異国に行かせて、よその国の技術を学ばせたい。

今すぐと言ったわけでもないのに、瑪瑙大は目を剝（む）いて、「まだまだ隠居はできそうにありませんね」と憤慨した。けれども、倉の前の廊下で仁王立ちになったときとちがって、痛ましげな顔はしていなかった。むしろ、皺（しわ）の奥にのぞく瞳（ひとみ）は生き生きと輝いていた。

新年の行事が一段落すると、あとは春を待つだけとなった。春になれば、赤が原に誕生した新しい村が活動を始め、千二百荷の豆が収穫できる畑に植えつけがはじまる。希望で胸をいっぱいにしていたら、足もとに異変が生じた。七の姫が伏せってしまったのだ。

都から戻ったころから、時々顔を曇らせているなと思っていたが、からだの具合が悪いとは、空人は少しも気づいていなかった。

その日もナナは浮かない顔をしていたが、空人はいつものように〈お忍び〉に出た。帰ってみると、妻は寝床の中だった。昼前に、気分が悪いと横になり、それきり起きられなくなったという。

考えてみれば、ナナには苦労のかけどおしだった。都育ちの姫君に、輪笏の城での暮らしは不自由の多いものだったろうに、それに慣れる間もなく機(はた)織り場に行った。あんな場所での生活は大変だったろうに、さらには照暈(てかさ)村相手の気苦労があった。月に一度、険しい道を通って城との間を往復するのも、からだにこたえたのではないだろうか。そのうえ、城にいる日が限られるぶん、布仕事のまとめ役も大変そうだった。

もっと気をつかってやるべきだった。だが七の姫も、からだの具合が悪いなら、そう言ってくれればよかったのにと、悔しいような、腹立たしいような思いがした。たぶん、腹立ちによって、心配をまぎらわせたかったのだ。

　そうやって、顔に出ないていどに動揺をおさめると空人は、三人の陪臣に相談した。七の姫はいったい何の病気だろう。都から優秀な医者を呼んできたほうがいいだろうか。

　すると、三人は顔を見合わせて、不謹慎にもちょっと笑った。

「もう少し、お待ちになったほうがよいかと存じます」

　花人の涼しい顔に、空人はかっとなった。ご令室様が寝込んだというのに、どうしてそんなにのんきなのか。

「何を待つのだ。病気がひどくなるのをか」

「いいえ。そもそもご令室様は、ご病気なのか、それがはっきりしないことには」

「病気でなければ、何なのだ。ナナはどうして、寝込んだというのだ」

　ふたりだけのときに使う愛称を、うっかり口にしてしまったが、三人の陪臣は笑顔のままだ。そういえば、いちばんに心配するはずの侍女たちも、七の姫の異変を知らせた顔は穏やかだった。どうやら空人はまた、周囲の人々にとって当たり前である何かを、一人わかっていないようだ。

「教えてくれ。いったい七の姫に、何が起こっているのだ。はっきりしなくていいから、教えてくれ」

「しかし、もし違っていたら、がっかりなさいますから」

石人は困惑顔だ。

ということは、まだはっきりしていない事態とは、喜ばしいことなのか。

そこまで考えて、やっと空人にも話が見えた。

「子供か。子供ができたかもしれないのか」

「もう二、三集（しゅう）もすれば、はっきりし、正式にお伝えする場がもたれるでしょう。それまでどうぞ、気づかないふりをなさってくださいませ」

それが弓貴でのしきたりらしい。

「そのころには、ご令室様のご体調も、よくなっていらっしゃることと存じます」

そう言う花人も、いつものように黙ったままの山士（やまんし）も、目を細め、頬を緩めたやさしい顔だった。

七の姫の懐妊に、最も大きな喜びを表したのは、瑪瑙大だった。この老人が人目もはばからずに、こぶしで胸を叩（たた）く姿を、空人は初めて見た。瑪瑙大にとって、輪笏の安定がそれほどまでに大事なのだと思い知った。

「この件に関しては、さすがの花人も、読み違えていましたね。ご夫婦が毎晩いっしょにおやすみにならないほうが、お子様は授かりやすいと言われて、なるほどと思いましたが、あの時にはそういう結果は得られずに、おふたりで都に逗留なさって、長くいっしょに過ごされたあと、この喜びが訪れたではないですか。いえ、督の陪臣を批判しているのではございません。鬼神の知恵かと疑うほど、優秀な助言を繰り出すあの者たちでも、間違うことがあるとわかって、ほっとしたのでございます。それにしても、輪笏の地に新しく畑ができるめでたい春に、このようにめでたい知らせが舞い込むとは、いずこかの神の祝福を受けているようではございませんか」

まだ正式に話題にしてはいけないことのはずなのに、瑪瑙大の口はとまらない。こんなはしゃぎ方をする男だったのだなと、微笑ましい気持ちになった。

ナナの妊娠を、空人がどう感じたかというと、正直言って、よくわからない。

不思議な気がする。怖いような気もする。たぶんきっと、嬉しい気持ちも心のどこかにあるのだろうが、捕まえようと手をのばすと、つるりとすべってどこかに消える。

そのあとにしみじみと広がってくるのは、〈ありがたい〉という感情だった。

これでまた、この世界に受け入れられた感じがする。けれども同時に、こんなことがあってもいいのかと、不安なほど希な恩寵を授かった気がする。その両方の〈ありがたい〉。

ほんとうは、手放しで喜ぶべきなのだろうが、それにはきっと、時間がかかる。あせることはない。子供が生まれるのは、まだ何カ月も先のことだ。それまでに、赤が原の畑に結六花(ゆむか)が植えられ、芽を出し、茎を伸ばし、緑を濃くし、赤い花を咲き誇らせる。いまは裸の枝をさらしている甜(てん)の並木は葉を茂らせ、花を咲かせる準備を進める。七の姫のお腹(なか)は、やがて目に見えて大きくなっていく。

そうした時の流れの中で、彼の胸にも何かが生まれて、育つだろう。

自分の心の探究をはなれて、瑪瑙大のおしゃべりを思い返すと、ああ、なるほどと合点のいったことがある。「ご夫婦が毎晩いっしょにおやすみにならないほうが、お子様は授かりやすい」とは、七の姫が照暈村に行きたがったときのことに違いない。世継ぎがまだいないのにと反対していた瑪瑙大が、花人のささやきによって態度を変えた。その急変ぶりに首をかしげたものだったが、そんなことを言われたのなら、喜んで送り出したのもうなずける。

結果として、助言どおりにはならなかったが、おかげで七の姫は機織り場に行くことができ、照暈村のその後の変化につながったのだから、花人は有効な手を打ったといえる。

そうして、何の偶然か、七の姫の懐妊を督に伝える正式な場がもたれたその日、照暈村が動きをみせた。

儀式が終わって、皆がくつろいでいたところに、村から使いが来たのだ。

番小屋の役人が伝言を運んできたのではない。照暈村の人間が、城までやってきたのだ。間違いなく、大きな変化が起こったのだと、空人も城頭らも驚いた。

いきなり直接会うわけにはいかないから、勘定方の役人に用件をうかがわせた。すると、督とご令室様に村にお越しいただきたいと言っているという。

「村に、と言ったのか。機織り場ではなく」

何度も念押しするうちに、もどかしくなって、照暈の使者を目前に呼んだ。

ほんとうに、「村に」と言った。

では、秘密を明かす気になったのか。

朗報にすぎて、にわかには信じられず、実は最悪の結果が待っているのではと鳥肌が立った。

たとえば、村に入ると、そこには無惨(むざん)な光景が待っている。元々を知らないからどう無惨かは想像がつかないけれど、燃えた家とか、枯れ果てた畑とか、無数の虫の死(し)

骸とか、何かが岩に押しつぶされた痕跡とかを見せられる。

そして、申し訳なさそうな顔をした村長が、申し訳なさそうに告げるのだ。

「督にお越しいただいたのは、これをご覧いただくためでございます。鬼絹を生み出していたものは、すっかりだめになりました。もはや我が村には、守るべき秘密がありません。いつでもおいでいただけます」

さらには、こんなふうに言うかもしれない。

「こうなったのは、督が無用な働きかけをなさったからです。どうしてあのまま、そっとしておいてくださらなかったのでしょう」

ぶるんと頭をふって妄想を追いやり、使者の顔をじっと見た。ひたすらまじめな顔をしていた。

「わかった。行こう。ただし、私だけだ。七の姫はいま、遠出ができない」

横合いから勘定頭がその理由を述べると、使者の顔がほころんだ。

「それは、おめでとうございます。そのお知らせは、我らにとっても、大きな幸いでございます。ご令室様のお出ましを心待ちにしている村の者も、そういうご事情であれば、かえって喜びにわくものと存じます」

どうやら照暈村で待っているのは悪い話ではなさそうだと、空人は胸をなで下ろした。

岩山の奥にひそむ村の姿は、想像していたものと大きな違いはなかった。花も緑もないさびしい場所だが、質素な建物はどれもよく手入れされている。掟や規律の支配のもとで、靭くしたたかに生き抜いてきた人々の住む地だと、そのたたずまいは語りかけてくるようだった。

村に入ったのは、空人と月人と勘定頭だけだった。照暈村から要求があったわけではないが、削れるだけ供を削った。この覚悟が、きっと彼らに伝わって、良い結果が得られると信じて。

輪笏の村はどこもそうだが、村に入ってすぐのところに少し開けた場所があり、人々が集まれるようになっていた。そこにはすでに、多くの村人がきっちり並んで膝をつき、頭を下げて待っていた。いちばん前で正装をして両手をついている村長以外、全員が頭を布で包んでいた。

「いと高きご身分である督に、このような辺鄙な村においでいただいたこと、村民一同、幾重にも感謝申し上げます」

白髪を結った村長が、顔を上げてそう言うと、ふたたび深く礼をした。

「ここに来られたことを、嬉しく思う。七の姫も来たがっていたが、身重のために叶(かな)わなかった。残念がっていたよ。だが、みなが息災なことを知れば喜ぶだろう」

この知らせはすでに届いていたらしく、村人たちに驚くようすはみられなかった。村長も、落ち着いた口調で祝いを述べると、空人の顔をじっと見た。挨拶の時間は終わったようだ。

「一同、頭を上げよ。さて、村長。私に何か、話したいことか、見せたいものでもあるのか」

「はい。お見せしたいものがございます。お目汚しとなる大変に恥ずかしいものではございますが、このたびのおめでたい出来事への、我が小さな村からのお祝いにもなるかと存じます」

謎(なぞ)めいた言葉を述べると村長は、てのひらを後ろに向けて、右手を挙げた。それを合図に全員が、かぶりものを取り去った。

布の下から現れたのは、緑の短髪だった。男女を問わず、禿頭(とくとう)に近いものから、肩に届きそうなものまで、長さはまちまちだが、いずれも結うことができないほど短く切られている。

勘定頭が、ひっと喉(のど)を鳴らした。人前で動揺をみせないはずの月人も、わずかに息をのんだ。空人は、侍女から話を聞いていたし、もともと短髪への忌避(きひ)感はない。静かに村長を見つめて、説明を待った。

「これが、我が村が守ってきた秘密でございます。鬼絹は、絹や強絹(こわぎぬ)と同じく、虫がつくった繭(まゆ)からとれます。しかも、金の糸は強絹と同じ虫、緑の糸は絹と同じ虫の繭からとれます。よそとちがうのは、食べさせるものだけなのです」

絹の虫も強絹の虫も、餌(えさ)となるのはただ一種類の草だと聞いている。だが、照暈村に草を育てる畑はなく、村の周囲にも苔(こけ)しか生えない。月に一度運んでくる品にも、虫の餌など含まれていない。それが大きな謎だったが、目の前の光景がその答えなのか。

「虫は、髪の毛を食べるのか」

「はい。ただし、緑の髪にかぎります。私のように、色の抜けたものはだめなのです」

では、私の髪もだめだなと心の中でつぶやいてから、督らしい威厳のある声で確認した。

「では、いま以上に糸を作ることができないというのは、餌の量から来たことだったのだな。村人全員の髪を切って養える虫が、いまの数。これ以上は増やせないと」

「おっしゃるとおりでございます」

だったら緑の髪さえ運んできたら、もっとたくさん糸が作れる。そのうえ、別の村で作りはじめるのも簡単だ。

「この秘密を明かしてくれたということは、ほかの村で鬼絹を作ってもかまわないということだろうか。前に話したように、それでこの村が困ることにはならないはずだが」

「場所をよく選んでくださいませ。多くの人が行き来するところにある村では、村人の髪が短くなったことと鬼絹とを、すぐに結びつけられてしまいます」

「そうだな。場所は選ばなければならないし、秘密をいかに保つかも、城に帰ってよく考えて、確かな算段をしようと思う。髪の毛を与えるだけで鬼絹がとれるのであれば、少しでも秘密が漏れたら、たちまち弓貴の全土で作られるようになるからな」

異国との交易を考えれば、望ましいことかもしれないが、せめて鷹陸からの借金を返すまでは、鬼絹を輪笏だけの特産品としておきたかった。異国にはまだ、鬼絹の存在は知られていない。強絹だけでもじゅうぶんに珍重されているから、しばらく急激な増産は必要ないはずだ。

「そのことでございますが」村長が、ひときわ申し訳なさそうな顔になった。「鬼絹を作るのは、それほど簡単ではございません。髪の毛は、そのまま与えてもだめなのです。土に埋めたり、日に干したあと叩いたりと、手を加えなければなりません」

「そうなのか。どれくらいの期間、埋めるのだ。日に干す時間は」

村長は、どちらの問いにも答えることなく、申し訳なさそうな顔で、けれども視線だけは冷ややかに、空人の目を見つめ返した。

「それはまだ、明かしたくないというわけか」

村長の瞳の冷ややかさが増したので、空人はあわてて言葉を継いだ。

「いや、それにしても、よく餌のことを打ち明けてくれた。礼を言う」

それから、いそいで考えをまとめた。

「まずは、ひとつの村で、鬼絹を新たに作らせようと思うが、どの村にするかは、村長と相談のうえで決めることにしよう。その村に必要な髪の毛は、いったん、ここ照暈村に運ばせるので、そなたらの手で、虫が食べられる状態にしてほしい。その報酬についても、追って相談しよう」

「報酬などという大それたことは、我がつましき村の人間は、誰一人考えておりません。以前お話しくださったように、糸が売れた後、機織り機をいただくだけでじゅうぶんです。それよりも、髪の毛を集めたり、運んだりを、いかに秘密におこなっていただけるか、その方策を知りとうございます」

照暈村はあいかわらず、督に対して慇懃無礼なうえに、餌の秘密は明かしても、加工の仕方を教えるつもりがないようだ。しかしそれでも、よその村で鬼絹を作ることは認めてくれた。これで、取れ高を倍にすることができる。間違いなく、大きく一歩、前進したのだ。

空人は、村長からの宿題を持ち帰ると、御覧所での話し合いで詳細を詰めていった。

翌朝、空人は櫓にのぼった。北のほうをながめると、赤が原に村が出来つつあるのが見て取れるようになっていた。しっかりと目を凝らせば、山地からまっすぐに延びる水路の姿もおぼろに見える。

朝の冷たい空気を大きく吸い込むと、空人の胸は希望でふくらんだ。

輪笏はこれから、豊かになる。

そのうえ空人は、父親になる。

自分の子供が生まれることを、ようやく、心から嬉しいと思った。

櫓の上の空は、どこまでも青く澄みわたっていた。この空と同じで、自分の未来は澄みわたり、暗雲がやってくることなどないのだと思えた。

もちろん、困難や気苦労はこれからも、数多く降りかかってくるだろう。しかしそれらは、これまでのように、家臣らとともに解決していけるのだと、なぜか彼には確信できた。

空人の人生で、〈不安〉という感情から最も離れていられた一時だった。

それから何集かが過ぎ、照暈村に認めてもらえそうな、鬼絹の新しい産地の候補が挙がったころ、都から五の丞が、六樽様のお言葉を携えてやってきた。丞の位にある者が使者の役目を務めるなど、異例なことだ。よほど大事な知らせなのだと、城頭らは色めき立った。空人の胸の中ではちりちりと、嫌な予感がうごめいた。

礼儀通りにもてなしてから、謁見場の上座に通して対面し、入り口の石人らも遠ざけて、二人きりになった。

五の丞は、すぐには用件に入らずに、都の動きについて話しはじめた。

交易の約束の文書を取り交わした床臣五の使者が、国許に戻って二月半が過ぎた。航海が順調なら、そろそろ最初の交易品を積んだ船が、庫帆の港にやってくる。その時には、弓貴に譲渡される約束の船も、連れだってのことになるだろう。

こちらの準備は、整っている。弓貴にない貴重な品々と交換に、引き渡すことになっている強絹や絹、石や草を庫帆に集めて、いつでも荷積みできるよう包んである。今度の船でやってくる床臣五の人々を、もてなす用意もできている。また、沿岸部の村に住む小舟の乗り手から、新しい船の乗組員としてふさわしい者を選び出した。彼らには、絵図を見せて、外海の航海に耐える大きな船がどんなものかを学ばせている。

「この者たちに操船技術を教えるのは、床臣五が一年間の約束で貸し与えてくれる、床臣五の船乗りたちなのだが」

五の丞は、そこでぷつりと話を切ると、交易のための最初の船が来たあとのことを語りはじめた。

床臣五に貰(もら)う船には、「羅馬富(らまと)」という名をつけることが決まっている。祀(まつ)り堂の占いで、こう名づければ、嵐(あらし)に負けない丈夫な船になると出たのだ。

この命名には、すったもんだがあった。外海を行く船の安全を願うべきは、水ノ神なのか、風ノ神なのか、木ノ神なのか、祭司たちのあいだで激しい論争になったのだ。海は水でできている。嵐を起こすのは風だ。船は木がしっかりしていれば沈まない。そんな言い合いがあったあとで、三柱の神に一文字ずつをつけていただくことになり、祀り堂での占いとなった。

五の丞は、そんな細々したいきさつまで語るので、いったいこの話はどこに向かうのだろうかと、空人はいぶかった。

羅馬富号は、荷物を積み、来訪者のもてなしを終えたなら、交易の品を運んできた床臣五の船とともに、刈里有富へ、床臣五へと向かうことになる。この航海により、弓貴と外の世界との交流が、本格的に始まるのだ。

羅馬富号には、交易の品だけでなく、〈使節団〉が乗船する。向こうから使者を来させたきりでは、礼を欠く。こちらからも、身分のある者が、床臣五の君主に挨拶に赴くべきだからだ。

これは、極めて重要な訪問となる。これまでのように、誤りの多い換語士に、換語を任せてはいられない。あちらの言葉をこちらの言葉に、こちらのせりふをあちらのせりふに、できるだけ正しく伝えられる人間が、挨拶の仲立ちをしなければならない。

話がここまでくると空人にも、どんな運命が待っているのかわかってきた。

ふわりと、からだが浮いた気がした。背蓋布（はいがいふ）をつけた彼の身は、正しい姿勢をとったまま五の丞の前にすわっていたが、すうっと薄くなった意識が、高いところからこの会談を見下ろしているように感じられた。

きっと私は、気が遠くなりかけているのだと思ったとき、五の丞が、予期したとおりの言葉を発した。

「そこで、輪笏殿に、換語士として、この〈使節団〉に参加していただきたいのだ」

浮遊感から一転して、ずどんと穴の底に突き落とされたように感じた。

これは、何かの罰だろうか。

人ならぬ存在が、命を助けてくれたそのときに、恩知らずにも、川の底に戻りたいと願った。助けられた命を捨てようとした。

その罰で、すべてが順調に進みだし、苦労の成果が次々にもたらされそうになった今になって、見えない手が、彼をもとの場所に戻そうとしているのか。

いや、違う。

空人は、冷静になろうと努めた。

罰ではない。五の丞の要請は、考えてみれば自明なものだ。この土地の人間が、初めて乾囲より遠い世界に出かけて、挨拶をする。その場には、換語にもっとも堪能(たんのう)な者がいるべきだ。弓貴において、それは空人に他ならない。これは、来るべくしてやって来た事態なのだ。

けれども彼は、先の長逗留で、自分の役目は終わった気になっていた。どうしてそんなに脳天気でいられたのだろう。

床臣五がトコシュヌコ――交わるはずのない別世界にあると思っていた生まれ故郷だったという衝撃を、乗り越えることができたからだろうか。それがあまりに困難だったから、これで試練は過ぎ去ったと、勝手に解釈してしまったのか。

それとももう、あの国のことを考えたくなくて、頭から締め出していたのか。

そんなことをしても無駄だった。現実は容赦なくやってきて、今、彼に答えを要求している。

「本来であれば、督の身分にある貴殿に、お願いすべき役割ではない。それは重々わかっている。しかしながら、使節団の長には鷹陸殿がお就きになるが、八の丞も随員として同行する。異国を相手にするとき、身分の枠にこだわってはいられないことを、どうかご理解いただきたい」

五の丞が、小さな督領まで使者としてやってきたのは、この言葉を目に見える形で裏づけるためなのだろう。

「お引き受けいただけますな」

五の丞が伝えてきたのは、六樽様のお言葉。依頼の体裁をとっていても、命令なのだ。答えは最初から、ひとつしかない。

「承知いたしました」

だいじょうぶだ、と空人は心の中でつぶやいた。

彼らと同じ色の髪を、彼らと同じように結い、彼らと同じ服装をして、所作も身に付いている空人を、ソナンだと見破る者がいるわけがない。

そのうえ、万が一、指摘をされても、知らないと白を切ればいい。他人の空似はよくあることだ。彼がちがうと言い通せば、それ以上はどうしようもできないはずだ。

心配はいらない。あの国まで旅をして、役目を果たして、きっと無事に帰ってこられる。今年の結六花豆が実るより早く、甜の木に花が咲く前、子供がナナの腹にいるうちに、帰ってこられるに決まっている。

空人は、そう信じていた。願っていた。

「あんた、督がお通りだよ」

石組みの納屋（なや）の中で手仕事をしていると、女房が息を切らせてやってきた。

「それがどうした」

督ならしょっちゅう、お通りだ。中川沿いの街道近くに畑をもつ渦人（うずんと）にとって、督が馬で走っていかれるお姿は、見ても意識にのぼらないほど、当たり前のものになっていた。時々、ああ、今日も急いでおられるなと思うが、仕事の手をとめることもなくなって久しい。

今の督がいらっしゃるまで十年間、輪笏に督はいなかった。それでも誰も、とくに困ってはいなかったのに、どうしてそんなに急ぐご用があるのかと、最初は不思議に思ったものだ。この頃では、督とはそんなものだと考えているが。

たぶん、お急ぎになることで、たくさんのお仕事をなさっているのだろう。督がいらっしゃってから、輪笏は大きく変わったという。触れ書きがしょっちゅう出され、村役たちはあたふたし、新規なことがいくつも起こった。

けれども、渦人の暮らしは変わらない。毎年同じ作業をし、同じくらいの豆を収穫し、たくさんの税を払い、なんとか食べていっている。この村にも、村親という、病人を治したり、子供に学問を教えたりする人物が、新たにやってくるようになったが、渦人にはその年齢の子供はいないし、彼も女房も丈夫なたちで、病や怪我と無縁でいる。だからやっぱり、彼の暮らしは変わらない。

あえていえば、女房がよく家をあけるようになった。そう遠くに行くわけではない。隣の家や、その隣に行って、噂話を交換してくるのだ。

女だけでなく、村の男たちもおしゃべりになった。以前は、豆の葉っぱが何枚出たとか、村の娘の誰某が年頃になったが、縁談はどうなっているのだろうといった、かわりばえのしないことをぽつりぽつりと語り合うくらいだったのに、今では、進んで噂を聞きにいかない渦人など、ついていけないこともあるほど話題が多い。

すべてが督にまつわる話だった。赤が原の工事のこと。そこで起こったどえらい奇跡。遠い糧水(かてみず)村という場所での騒動。督が倉町で起こしたという悶着(もんちゃく)の顚末(てんまつ)。

どれひとつとっても、いくら話しても話したりないほどのことらしく、女房は、暇さえあれば誰かの家におしゃべりに行き、不審がったり、感心したり、不安がったり、おもしろがったりしている。まあ、概して元気になったといえるだろう。

けれども、だからといって、督がお通りになるというありふれたことを、息せき切って知らせにくるとは、おかしなことだ。

「〈お忍び〉じゃないよ、行列だよ」

渦人の反応のなさにじれたのか、女房は唾を飛ばしてわめいたが、行列ならなおさら、気にかけることはない。督の行列が通るとき、渦人の身分の者は、できるだけ身を隠さなくてはならない。隠す場所がなければ、ひざまずいて尊礼をすることになるが、納屋にいるのだから、このまま手仕事をつづければいい。

「それがどうした」と繰り返すと、女房は渦人の腕をつかんでゆさぶった。

「これから長く、留守にされるんだよ。海の向こうに行かれるんだよ」

そんなばかなと、渦人は思った。今度の噂は、どう考えても眉唾(まゆつば)ものだ。

「督が、海みたいな危険なところに、行かれるはずがないじゃないか」

「あんた、なんにも知らないんだね。いまじゃあ、海は船で越えられるんだよ。どこまで行っても、沈まない船ができたんだよ」

そういえば、そんな噂を聞いたような気もする。

「だからって、なんで督が、海の向こうにお行きになるんだ」

変わった御仁だとは聞いているが、輪笏を長く留守にしてまで、そんな酔狂なまねはなさらないのではないだろうか。

「六樽様のご命令なんだよ」

「それじゃあ、しかたないな」

お偉い方々のなさることは、よくわからないが、ご命令なら、そういうこともあるのだろう。

「だけど、海の向こうだよ。ぶじに帰ってこられるか、わかったもんじゃないじゃないか」

さっき、沈まない船ができたと言ったのに、女房はやけに不安そうだ。

その顔を見て、渦人も心配になった。

「海は、ひどく恐ろしいところらしいからなあ」

督が帰っていらっしゃらないかもしれない。馬を飛ばして走るお姿を、二度と目にすることがないかもしれない。

そんなことは、これまで考えたことがなかった。太陽が日々昇るように、督はその辺を走っていらっしゃるものだと思っていた。あの方がおられないこの地を想像すると、がらんとして寂しい場所になるような気がする。

だが、それがどうした。輪笏には、つい最近まで十年間も、督が不在だった。そのころと今と、渦人の暮らしは変わらない。だからきっと、督が帰っていらっしゃらなくても、渦人の暮らしは変わらない。変わらないが――。

「お見送り、するか」

女房といっしょに納屋を出たら、確かに行列の姿があった。督は時に行列でさえも、少人数で、飛ぶように急がせてお通りになるが、この行列は大勢で、しずしずと進んでいた。

ふたりは畑の中で尊礼した。

「ねえ、あんた」

行列は遠くにいるから、声を聞かれることはないと考えたのだろう。女房が、頭を地面につけたまま話しかけてきた。

「きっと、帰ってこられるよね」

「もちろんだ」

不吉なことは、口に出すものではない。督がいてもいなくても、輪笏が変わらないとしても、これだけ村をにぎわせたお人に、いまさらいなくなられては困る。督にはこれからも、そこらへんを走っていていただかなければ、困る。

何が困るのかよくわからないまま、渦人は落ち着かない気持ちで答えた。

「帰ってこられるにきまっている。いつか、おまえも言っていたじゃないか。督は、〈空鬼の落とし子〉と呼ばれたお方だ。空鬼の加護があるから、だからきっと、だいじょうぶだ」

「でもさ、空鬼は気紛れだよ。それに、一度ちょっかいを出した相手には、二度と関わらないっていうじゃないか」

「そんなのは、あてにならない噂にすぎない」

「だって、海だよ。海には海の神様がいらっしゃるんだろう。空鬼には、手出しできないかもしれないじゃないか」

「海の上にも、空はあるさ。だいじょうぶ。あの方は、帰ってこられる。そのときは、いきなり〈お忍び〉でお通りになる気がするな。いつもみたいに馬を急がせて、ここをあっという間に駆け抜けていかれる。そんなふうにして、帰ってこられる気がするよ」

そうあってほしいことを口に出せば、不吉な予感は吹き飛ばせる。熱心に頭に描けば、それはきっと、本当になる。

だから渦人は、頭を深く下げたまま、いつになく口数多く、女房に空想の中の督のご様子を語った。行列がすっかり見えなくなってからも、腰を上げずに、督が行ってしまわれた街道の先を見つめていた。その道を、馬を急がせて帰ってこられる督の姿を思い浮かべて。

街道をはさんで連なる畑には、彼のような人影が、いくつも散らばっていた。

（『運命の逆流―ソナンと空人3―』につづく）

阿川佐和子・角田光代
沢村凜・柴田よしき
谷村志穂・乃南アサ 著
松尾由美・三浦しをん

最後の恋
―つまり、自分史上最高の恋。―

8人の女性作家が繰り広げる「最後の恋」をテーマにした競演。経験してきたすべての恋を肯定したくなるような珠玉のアンソロジー。

上橋菜穂子著

精霊の木

環境破壊で地球が滅び、人類が移住した星で、過去と現在が交叉し浮かび上がる真実とは――「守り人」シリーズ著者のデビュー作！

有栖川有栖著

乱鴉の島

無数の鴉が舞い飛ぶ絶海の孤島で、火村英生と有栖川有栖は「魔」に出遭う――。精緻な推理、瞠目の真実。著者会心の本格ミステリ。

浅葉なつ著

カカノムモノ

悲しい秘密を抱えた美しすぎる大学生・浪崎碧。人の暴走した情念を喰らい、解決する彼の正体は。全く新しい癒やしの物語、誕生。

井上ひさし著

父と暮せば

愛する者を原爆で失い、一人生き残った負い目で恋に対してかたくなな娘、彼女を励ます父。絶望を乗り越えて再生に向かう魂の物語。

伊与原 新著

青ノ果テ
―花巻農芸高校地学部の夏―

僕たちは本当のことなんて1ミリも知らなかった――。東京から来た謎の転校生との自転車旅。東北の風景に青春を描くロードノベル。

小島秀夫原作
野島一人著
デス・ストランディング（上・下）

デス・ストランディングによって分断された世界の未来は、たった一人に託された。ゲーム『DEATH STRANDING』完全ノベライズ！

小野不由美著
白銀の墟（おか）　玄（くろ）の月（一～四）
―十二国記―

六年ぶりに戴国に麒麟が戻る。荒廃した国を救う唯一無二の王・驍宗の無事を信じ、その行方を捜す無窮の旅路を描く。怒濤の全四巻。

朱川湊人著
かたみ歌

東京の下町、アカシア商店街ではちょっと不思議なことが起きる。昭和の時代が残したメロディが彩る、心暖まる七つの奇蹟の物語。

須賀しのぶ著
神の棘（Ⅰ・Ⅱ）

苦悩しつつも修道士となった男。ナチス親衛隊に属し冷徹な殺戮者と化した男。旧友ふたりが火花を散らす。壮大な歴史オデッセイ。

椎名誠著
殺したい蕎麦屋

殺したいなんて不謹慎？　真実のためならかまうものか!!　蹴りたい店、愛しい犬、忘れられない旅。好奇心と追憶みなぎるエッセイ集。

髙村薫著
黄金を抱いて翔べ

大阪の街に生きる男達が企んだ、大胆不敵な金塊強奪計画。銀行本店の鉄壁の防御システムは突破可能か？　絶賛を浴びたデビュー作。

新潮文庫最新刊

京極夏彦著
文庫版 ヒトごろし（上・下）
人殺しに魅入られた少年は長じて新選組鬼の副長として剣を振るう。襲撃、粛清、虚無。心に翳を宿す土方歳三の生を鮮烈に描く。

沢村凜著
王都の落伍者 ―ソナンと空人1―
荒れた生活を送る青年ソナンは自らの悪事がもとで死に瀕する。だが神の気まぐれで異国へ――。心震わせる傑作ファンタジー第一巻。

沢村凜著
鬼絹の姫 ―ソナンと空人2―
空人（そらんと）という名前と土地を授かったソナンは、貧しい領地を立て直すため奔走する。その情熱は民の心を動かすが……。流転の第二巻！

河野裕著
さよならの言い方なんて知らない。4
架見崎全土へと広がる戦禍。覇を競う各勢力。その死闘の中で、臆病者の少年は英雄への道を歩み始める。激動の青春劇、第4弾。

武内涼著
敗れども負けず
敗北から過ちに気付く者、覚悟を決める者、執着を捨て生き直す者……時代の一端を担った敗者の屈辱と闘志を描く、影の名将列伝！

青柳碧人著
猫河原家の人びと ―花嫁は名探偵―
結婚宣言。からの両家推理バトル！あちらの新郎家族、クセが強い……。猫河原家は勝てるのか？ 絶妙な伏線が冴える連作長編。

鬼絹(おにぎぬ)の姫(ひめ)

—ソナンと空人2—

新潮文庫　さ - 93 - 2

令和二年十月一日発行

著者　沢村凜(さわむらりん)

発行者　佐藤隆信

発行所　株式会社新潮社

郵便番号　一六二—八七一一
東京都新宿区矢来町七一
電話　編集部(〇三)三二六六—五四四〇
　　　読者係(〇三)三二六六—五一一一
https://www.shinchosha.co.jp

価格はカバーに表示してあります。

乱丁・落丁本は、ご面倒ですが小社読者係宛ご送付ください。送料小社負担にてお取替えいたします。

印刷・株式会社光邦　製本・株式会社大進堂

ISBN978-4-10-102332-8 C0193